Weinstraßenrache

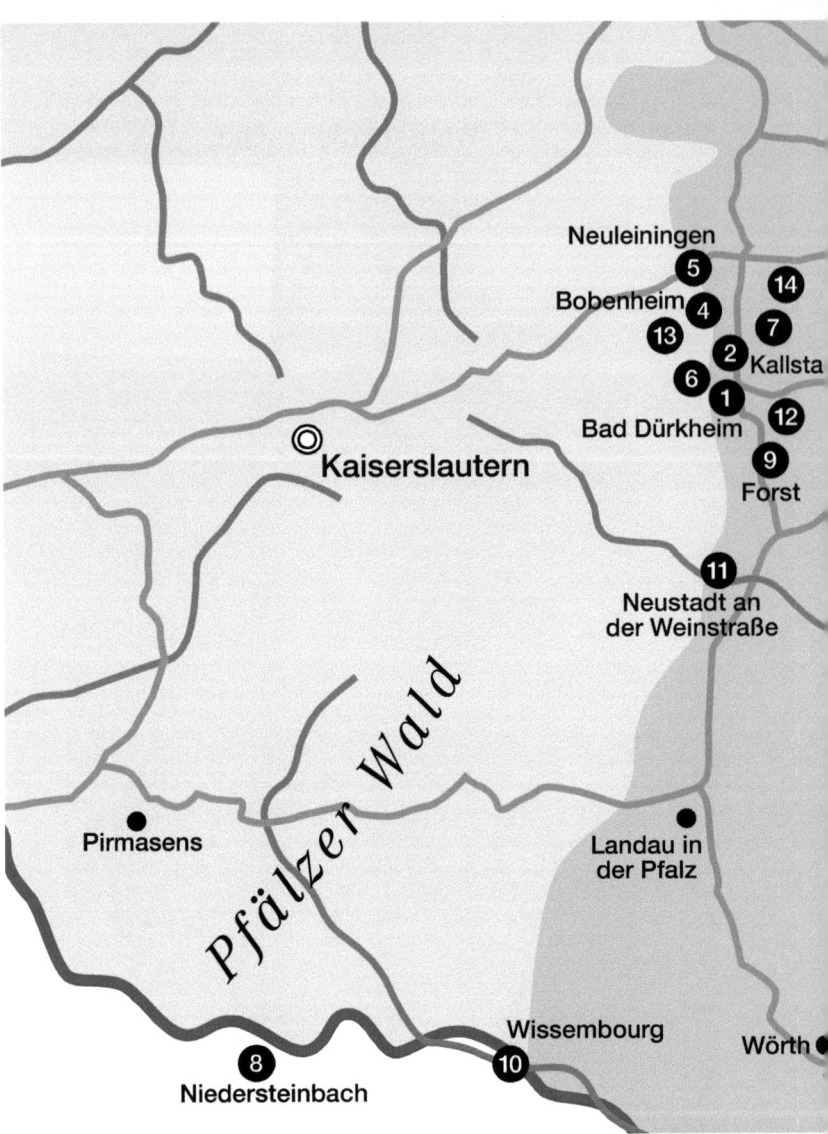

1   Wohnort von Röder und Campingplatz Almensee
2   Weingut von Hellinger und zeitweises Ashram
3   Staatsanwaltschaft
4   Belzenickelmarkt
5   Neuleininger Weihnachtsmarkt
6   PWV-Hütte an der Weilach
7   Freinsheimer Weihnachtsmarkt

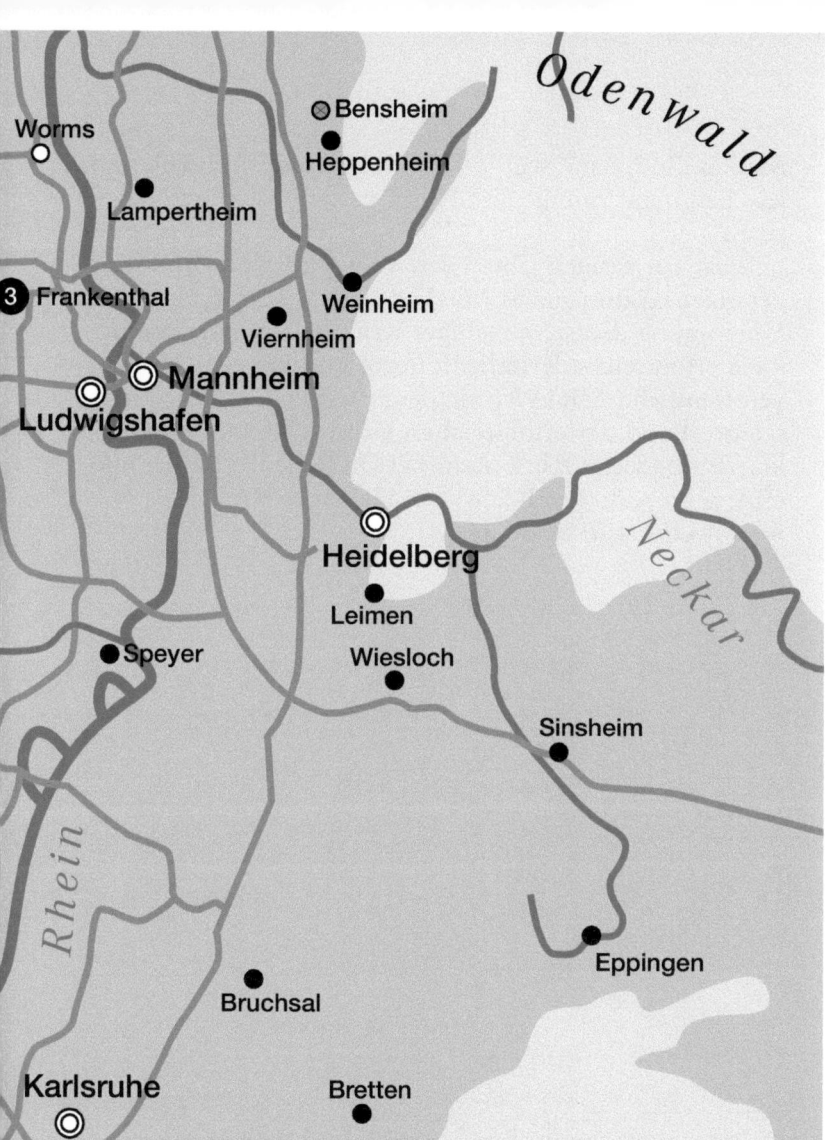

Markus Guthmann wurde 1964 in Pirmasens geboren und lebt heute mit Familie und Hund an der Deutschen Weinstraße. Seit beinahe dreißig Jahren schreibt er im Nebenberuf und hat vor einigen Jahren den Weg zur Kriminalliteratur gefunden. Guthmann ist Mitglied im Syndikat, der größten Vereinigung deutschsprachiger Kriminalautoren, und hat viele erfolgreiche Kriminalromane und Kurzgeschichten veröffentlicht. Mit »Weinstraßenrache« liegt nunmehr der sechste Band der erfolgreichen Krimireihe mit dem unkonventionellen Oberstaatsanwalt Dr. Benedikt Röder und seinem Freund, dem Edelwinzer Hellinger, vor.
www.weinstrassenkrimi.de

MARKUS GUTHMANN

Weinstraßenrache

PFALZ KRIMI

emons:

Bibliografische Information der Deutschen Nationalbibliothek
Die Deutsche Nationalbibliothek verzeichnet diese Publikation
in der Deutschen Nationalbibliografie; detaillierte bibliografische
Daten sind im Internet über http://dnb.d-nb.de abrufbar.

© Emons Verlag GmbH
Cäcilienstraße 48, 50667 Köln
info@emons-verlag.de
Alle Rechte vorbehalten
Umschlagmotiv: © mauritius images/Alamy
Umschlaggestaltung: Tobias Doetsch
Gestaltung Innenteil: César Satz & Grafik GmbH, Köln
Lektorat: Marit Obsen
Druck und Bindung: Books on Demand GmbH, Norderstedt
Printed in Germany
Erstausgabe 2015
ISBN 978-3-95451-739-8
Pfalz Krimi
Originalausgabe
2. Auflage

Unser Newsletter informiert Sie
regelmäßig über Neues von emons:
Kostenlos bestellen unter
www.emons-verlag.de

Für Alex und Felix, zwei echte »Pälzer«

Die besinnlichen Tage zwischen Weihnachten und Neujahr haben schon manchen um die Besinnung gebracht.

Joachim Ringelnatz (1883–1934)

Die grelle Lampe brannte unbarmherzig auf den jungen Mann herab, der auf der anderen Seite des Tisches zusammengesunken und erschöpft auf einem Stuhl saß. Jegliche Farbe war aus seinem Gesicht gewichen, auf seiner Stirn stand kalter Schweiß. Schlaf- und Essensentzug waren eine wirkungsvolle Folter bei dieser Art von Verhör. Ein Blinder konnte sehen, dass der junge Mann am Ende seiner Kräfte war, und der Verhöroffizier war sicher, dass es nicht mehr lange dauern würde, bis ein beliebiges Geständnis nur so aus ihm hervorsprudelte. Aus Erfahrung wusste er, dass er noch einmal hart zulangen musste, bevor der Beschuldigte vollends zusammenbrechen und auspacken würde. Dann wäre der Zeitpunkt gekommen, die Strategie von böse auf gut zu wechseln. Er würde den verständnisvollen Zuhörer mimen und schließlich seinem Gefangenen das gewünschte Geständnis abnehmen wie ein Priester seinen Schäfchen die Beichte. So war das immer, und daran würde sich heute nichts ändern.

Er wollte es hinter sich bringen, auch deshalb, weil er pünktlich zu Hause sein wollte. Seine Frau wartete auf ihn, sie hatten ihren zweiten Hochzeitstag zu feiern. Er freute sich schon auf den Abend, und Stolz stieg in ihm auf, weil es ihm gelungen war, mit einem Genossen zwei Flaschen Jack Daniel's Black Label gegen ein französisches Unterwäsche-Set zu tauschen, das nun originalverpackt und in hübsches Geschenkpapier gehüllt auf seinem Schreibtisch lag.

Der Oberleutnant verweilte noch einen Augenblick bei den angenehmen Vorstellungen, erfreut darüber, wie weit er es gebracht hatte. Denn ein gewisser Dienstgrad und gute Beziehungen waren eine unabdingbare Voraussetzung für solche Geschäfte und förderten die weitere Karriere. Dann musterte er wieder den jungen Mann, der ihm in einem verdreckten Unterhemd gegenübersaß. Der Junge murmelte etwas.

»Du redest nur, wenn ich es dir erlaube«, fuhr ihn der Oberleutnant an und entnahm einem rosaroten Aktendeckel ein paar Papiere. Er tat so, als würde er sie sortieren. »Du bist also in Dresden aufgewachsen und zur Schule gegangen?«

»Das habe ich Ihnen doch schon alles gesagt«, erwiderte der Junge schwach.

»Beantworte meine Frage.«

»Ich brauche einen Arzt.«

»Du sollst auf meine Frage antworten«, schrie der Oberleutnant.

»Ich brauche einen Arzt«, wiederholte der Junge.

Der Arm des Oberleutnants schoss unvermittelt hervor, packte den verschwitzten Haarschopf des Jungen und schlug seinen Kopf brutal auf die schmutzige Tischplatte.

»Du redest nur, wenn du gefragt wirst, du Stück Scheiße. Wie oft soll ich dir das noch sagen?« Er machte eine Pause, aber er ließ den Kopf nicht los. »Pack endlich aus.«

Der Junge nickte schwach und hauchte etwas Unverständliches, woraufhin der Oberleutnant zufrieden seinen Griff lockerte.

»Dann erzähl mal«, sagte er in einem sanften Ton, aber der Junge antwortete nicht mehr. Ungeduldig riss er den Kopf des Jungen hoch. Als er in die seltsam glasigen Augen seines erschlafften Körpers blickte, erkannte er, dass etwas nicht stimmte. Er fluchte, rannte zur Tür und rief nach dem Sanitäter.

EINS

Die Tage in der Pfalz waren kurz geworden, und die Adventszeit hatte begonnen. Feuchtes, kühles Wetter herrschte vor, das konnte die Pfälzer aber nicht davon abhalten, einen der vielen schönen Weihnachtsmärkte zwischen Zweibrücken und Speyer zu besuchen.

Die Märkte versprühten eine der Jahreszeit angemessene romantische Melancholie, die angesichts der vielen angebotenen heißen Getränke und Pfälzer Spezialitäten aber schnell wieder aus den Gemütern vertrieben wurde. Sie folgten ohne nennenswerte Unterbrechung den Weinfesten, bevor sie nahtlos in die Silvester- und Neujahrsmärkte übergingen. Nach einem kurzen Intermezzo, der »Pälzer Fassenacht«, konnte danach die Weinfestsaison entspannt aufs Neue beginnen.

Hatten die Weihnachtsmärkte und ihre Beschicker Hochsaison, bedeutete das für die Winzer eine einigermaßen ruhige Zeit. In den Kellern ruhte der Wein, und die tägliche Kontrolle der Lagerfässer verführte manch einen Experten zu dem einen oder anderen Genusserlebnis in mehr oder weniger geselliger Runde.

Röder steuerte seinen Wagen durch das offene Hoftor des Weinguts Hellinger. Er kam gerade aus dem Baumarkt, wo er Wandfarbe und andere Malutensilien gekauft hatte, denn er wollte das ehemalige Kinderzimmer seiner ältesten Tochter streichen und es zu seinem neuen Arbeitszimmer umgestalten. Sie hatten in ihrer renovierten Gründerzeitvilla zwar keine wirklichen Platznöte, und rein rechnerisch hatte sich die zur Verfügung stehende Quadratmeterzahl pro Person erhöht, seit Marie-Claire in Gießen Journalismus und Turkologie studierte. Röder überlegte dennoch kurz, ob er im Vergleich zu seinen Frauen über oder unter dem Familiendurchschnitt lag, was die Quadratmeternutzung anging, und der Gedanke an sein bisheriges, winziges Arbeitszimmer im Keller ließ ihn ahnen, dass er womöglich sogar noch hinter Lotte, ihrer Golden-Retriever-Hündin, rangierte.

Röder stieg aus, schloss die Wagentür und ging zu Hellingers Probierstube hinüber. Er wunderte sich über die große Buddha-Statue, die auf dem ausgedienten Barriquefass neben dem Eingang thronte, wo vor Kurzem noch ein rustikaler blauer Krug mit herbstlichen Blumen gestanden hatte. Vor dem Buddha brannte ein Teelicht in einem Glasgefäß, und eine Räucherkerze verströmte einen exotischen Duft. Aus der Weinstube fiel nur gedämpftes Licht, was Röder ebenfalls wunderte. Normalerweise war sie um diese Jahreszeit gut beleuchtet, weil Hellinger im Advent viele Kunden hatte, die für das Weihnachtsfest und den Jahreswechsel seine mehrfach prämierten Weine kauften. Er galt als einer der besten Winzer der Pfalz, wenn nicht sogar von ganz Deutschland, und selbst für seine Gutsweine konnte er überdurchschnittliche Preise erzielen.

Auch Röder war gekommen, um seine Vorräte aufzustocken, doch er blieb stehen, als er aus dem Raum ein Summen hörte. Unangenehme Erinnerungen beschlichen ihn, denn erst letztes Jahr im Spätsommer hatte er seinen Freund in einer mehr als peinlichen Situation erwischt. Er verdrängte die Bilder, betätigte aber zur Sicherheit die Klingel, damit Hellinger wusste, dass ein Kunde vor seiner Probierstube stand.

Das Signal schrillte normalerweise über den gesamten Hof, umso überraschter war Röder, als statt des gewohnten, beinahe infernalischen hochtönenden Rasselns ein dezenter Gong ertönte, der eher in einem Hindutempel zu erwarten gewesen wäre. Starr vor lauter Irritation über die wunderlichen Veränderungen im Weingut seines Freundes schwebte Röders Finger noch über dem Klingelknopf, als Hellinger bereits vor ihm stand.

»Servus, Ben. Bitte jetzt nicht noch mal klingeln, das würde die Meditation stören.«

»Grüß dich«, antwortete Röder etwas unsicher. »Wieso

Meditation? Das ist doch deine Probierstube. Komm, lass uns reingehen, und ich meditiere bei einer Rieslingschorle mit.«

»Nein, das geht jetzt nicht.«

Röders Blick blieb an Hellingers Beinen hängen, und er staunte nicht schlecht über die lila Leggings, die dieser trug.

»Hey, was hast du denn für geile Hosen an?«

»Das sind original Jane-Fonda-Aerobic-Hosen. Die waren in den Achtzigern der letzte Schrei. Und sie sind saubequem.«

»Kaum zu glauben, dass sie dir noch passen«, sagte Röder mit leicht gehässigem Unterton.

»Du hast aber auch ein schönes Renault-Hemd an«, entgegnete Hellinger.

»Wieso Renault-Hemd? Das ist doch von Lacoste.«

»Aber auch nicht mehr das neueste«, sagte Hellinger und bildete mit seinen Fingern in schönster Kanzlerinnengeste die Raute der Fahrzeugmarke, mit der er auf den auseinanderklaffenden Stoff zwischen zwei Knöpfen in Röders Bauchgegend deutete.

»Du bist doch ein blöder Sack. Du hast ja in letzter Zeit auch nicht mit mir trainiert.«

»Ja, weil ich meinen diesjährigen Geburtstag so groß und aufwendig gefeiert habe und noch dazu wie immer mitten in der Weinlese steckte. Du hingegen hättest genug Zeit zum Trainieren gehabt.«

Hellinger feierte seinen Geburtstag beinahe jedes Jahr mit einer traditionellen Weinlese für seine Freunde, bei der es reichlich zu essen und zu trinken gab. Vor sechs Wochen allerdings war er fünfzig geworden und hatte an diesem Tag eine besonders aufwendige Party geschmissen.

»Ich ertrinke gerade in Arbeit«, widersprach Röder. »Und ich kann wohl kaum etwas dafür, dass die Pfalz so kriminell ist.«

»Also geht's dir nicht besser als mir, aber du hast eine Plauze bekommen, während ich durch meine Arbeit in den Weinbergen immer noch gestählt bin.« Hellinger klopfte feixend auf seinen flachen Bauch.

»Du Angeber, jetzt lass uns eine Schorle trinken, oder ich decke mich bei deiner Konkurrenz ein.«

»Wenn du dir das leisten kannst. Dein Beamtensalär als Oberstaatsanwalt ist ja nicht schlecht, aber deine Familie ist anspruchsvoll.«

»Was ist nun mit der Schorle?«, drängte Röder, der das Gespräch in eine andere Richtung lenken wollte und zur Türklinke griff.

Hellinger drückte mit der Hand gegen das Holz. »Komm, wir gehen woandershin, wir können da jetzt nicht rein.«

»Aha«, sagte Röder, und im selben Moment tönte aus der Probierstube wieder das monotone Summen: »Ommm ...«

»Na, irgendwo muss Linda doch ihre Yogastunden abhalten. Und der am besten geeignete Raum dafür ist nun mal meine Probierstube«, erklärte Hellinger leichthin, doch Röder meinte, eine gewisse Resignation in seiner Stimme zu hören. »Das ist aber nur ein Provisorium, sie sucht schon nach geeigneten Räumen in der Umgebung.«

Linda war eine gemeinsame Freundin aus Schulzeiten, die schon damals mit Hellinger ein Verhältnis gehabt hatte. Sie heiratete aber kurz nach dem Abitur einen bekannten Grünen-Politiker in Hannover, von dem sie sich vor wenigen Jahren wieder scheiden ließ und daraufhin in die Pfalz zurückzog. Nach einigen – beziehungsweise im Falle von Hellinger zahllosen – Liebesirrungen waren sie im Sommer vor einem Jahr erneut ein Paar geworden, und Linda war bei Hellinger und seinem Sohn Max eingezogen. Beide könnten gegensätzlicher nicht sein, denn Linda hatte man schon in der Schule eher der alternativen Szene zuordnen müssen, während Hellinger stockkonservativ gewesen war, was durch sein damaliges Engagement in der Jungen Union noch unterstrichen wurde. Gegensätze zogen sich aber ja bekanntlich an, und die beiden stritten sich mal so heftig, wie sie sich ein andermal liebten.

»Lass uns in den Weinkeller gehen«, sagte Hellinger und stürmte voran. Er hatte den alten Fasskeller erst kürzlich renoviert und nach den Bedürfnissen eines modernen Weingutes umgestaltet. Die meisten seiner Weine kelterte und lagerte Hellinger zwar in der modernen Halle, die er vor einigen Jahren errichtet hatte, aber seine Spezialitäten bewahrte er immer noch im Keller auf. Weil er die jahrhundertealte Patina mit Hochdruckreinigern von den Steinen hatte entfernen lassen, wirkte der eindrucksvolle Gewölbekeller aus heimischen Kalksteinen nun bedeutend heller. Früher hortete Hellinger hier zwischen den Fässern alle möglichen alten Gerätschaften. Seit der aufwendigen Sanierung säumten nur noch helle Fässer den breiten Mittelgang. Sie lagen auf mächtigen, alten Eichenbalken.

»Dein Keller ist klasse geworden«, sagte Röder und bestaunte die moderne, aber dezente Beleuchtung.

Hellinger lächelte und ging zu einigen ausrangierten Fässern, die aufrecht standen und nun als Tische dienten. »Das Probiereck habe ich erst heute aufgebaut und nehme es mit dir zum ersten Mal in Betrieb.«

»Ich fühle mich geehrt«, antwortete Röder.

»Ich will es für gelegentliche Weinproben im kleinen Kreis nutzen«, sagte Hellinger und nahm zwei der bereitstehenden Gläser, in die er je einen Schluck aus einer ebenfalls bereitstehenden Flasche Weißwein füllte.

»Was, ist das alles? Ich dachte, wir trinken eine Schorle«, sagte Röder entsetzt.

»Mein Fassweinkeller bleibt exklusiv. Schorle können wir oben saufen.«

»Das geht aber gerade nicht, oder muss ich dich daran erinnern, dass deine Probierstube zu einem Ashram umfunktioniert wurde?«

»Jetzt trink mal, mich interessiert deine Meinung. Und außerdem will ich wissen, ob du in all den Jahren unserer Freundschaft endlich etwas über Wein gelernt hast.«

Röder schwenkte den Wein fachmännisch im Glas, hielt ihn gegen das Licht und roch daran, bevor er geräuschvoll einen kleinen Schluck schlürfte.

»Du sollst dir nicht die Zähne putzen, sondern die Flüssigkeit sensorisch mit deinen Geschmacksknospen in Verbindung bringen«, sagte Hellinger.

»Jetzt lass mich doch erst mal …«, nuschelte Röder, während er den Wein zwischen seinen Zähnen hin und her spülte. Dann schluckte er und sagte: »Ein Riesling. Süßer Pfirsich, so wie reife Weinbergpfirsiche, und gleichzeitig ein Duft von Kräutern. Mineralisch und sehr ausgewogen, und ich meine, so etwas bei dir noch nie getrunken zu haben.«

»Ja, und? Schmeckt er dir?«

»Ausgezeichnet. Selten einen so leckeren Wein getrunken, der außerdem nur moderat Säure und Alkohol enthält. Den hast du wirklich toll hingekriegt, ist vielleicht sogar einer deiner besten«, sagte Röder begeistert.

»Der Wein ist nicht von mir«, entgegnete Hellinger zögerlich. Er wirkte etwas konsterniert. »Das ist ein Engehöller Bernstein, Großes Gewächs, und stammt vom Weingut Lanius-Knab in Oberwesel. Ich habe mich bei der letzten VDP-Tagung mit dem Winzerpaar angefreundet. Wie du weißt, ist es Sitte unter VDP-Winzern, dass wir uns gelegentlich die eigenen Weine gegenseitig zuschicken.«

»Na ja, so gut ist er auch wieder nicht«, ruderte Röder zurück.

»Das klang aber eben noch ganz anders«, blaffte Hellinger, der offensichtlich ein wenig schmollte.

»Der Wein ist klasse, aber er kommt natürlich an einen Pfälzer – und speziell an deine Weine – nicht heran. Dazu ist er einfach nicht gehaltvoll genug«, erklärte Röder und blickte auf das Etikett des zweifellos leckeren Weines, der für einen Riesling gerade mal acht Volumenprozent aufwies. »Das wollte ich eigentlich gleich zu Anfang sagen.«

»Spar dir deine Lobhudelei, ich kenne die Weinsprache besser als du. Aber du hast absolut recht, der Wein ist Spitzenklasse, und außerdem kann man ja nicht das ganze Jahr nur seine eigene Plörre trinken«, sagte Hellinger und schenkte fleißig nach.

»Da hast du wiederum recht. Und Konkurrenz belebt das Geschäft«, ergänzte Röder, bevor er schnell das Thema wechselte. »Du, Achim, ich wollte da noch was mit dir besprechen.«

»Schieß los.«

»Sonntag in einer Woche ist an der Hütte an der Weilach doch wieder die Nikolausfeier. Laura hat in den letzten Jahren immer gern das Gedicht vorgetragen, aber nun ist sie schon ein bisschen zu alt dafür. Deshalb wollte ich dich fragen, ob Max das übernehmen kann.«

Röder und Hellinger waren seit Jahrzehnten Mitglieder im Pfälzerwald-Verein. Die Dürkheimer Ortsgruppe betrieb ihre Hütte in der Nähe von Leistadt; die urige Schenke war ein beliebtes Ausflugsziel für die Menschen in der näheren Umgebung. Mit seiner Familie hatte Röder schon viele schöne Stunden dort verbracht, besonders als die Kinder noch klein gewesen waren. Die Hütte lag mitten im Wald, verfügte über mehrere hundert Sitzplätze im Freien und einen großen Spielplatz. Auch heute genossen er und Manu noch regelmäßig die kleine Wanderung von ihrer Haustür zur Hütte, um dort unter alten Bäumen eine zünftige Pfälzer Mahlzeit einzunehmen.

Hellinger warf sich stolz in die Brust. »Du menschd, weil Max so gut babble konn wie soi Vadder?«

»Du haschd's erfasst.«

»Ei, isch denk, des konn er mache. Zumal isch weeß, dass mer dort immer ä guder Schorle fer de Vadder kriet.«

»Darauf konnschde wette«, sagte Röder und stieß mit seinem Freund an.

»Ach, hier seid ihr.«

Röder und Hellinger fuhren herum, als Manu den Keller betrat. Sie trug einen weiten rosafarbenen Jogginganzug aus Baumwolle und hatte eine zusammengerollte Gymnastikmatte unter dem Arm. Röder wunderte sich ein wenig über ihre legere Aufmachung, denn Manu legte normalerweise viel Wert auf gute Kleidung.

»Hast du etwa auch da oben Yoga bei Linda gemacht?«, fragte er erstaunt.

»Was soll denn diese Frage? Hast du seit Neuestem etwas gegen Sport?«

»Nein, es ist alles in Ordnung, mein Schatz«, antwortete Röder. »Ich frage mich nur, ob ich vielleicht in einer Szene von ›Flashdance‹ gelandet bin, wenn ich euch beide so vor mir sehe in eurem Achtziger-Jahre-Retrolook.« Er spielte auf Hellingers Leggings und den rosa Jogginganzug von Manu an und konnte sich ein Lächeln nicht verkneifen.

»Wir machen Yoga und keinen Jazzdance, das ist ein gewaltiger Unterschied, mein Lieber«, sagte Manu mit einem schnippischen Unterton. »Ein bisschen mehr Sport könnte dir übrigens auch guttun. Yoga fördert die Fettverbrennung.«

»Ich zäppel uns mal ein bisschen Rotwein«, sagte Hellinger, der sich der Diskussion unter Eheleuten entziehen wollte, und griff nach einem Weinheber. »Meine Roter-Teufel-Cuvée von vor zwei Jahren ist jetzt schön ausgereift.«

Während Manu Röder mit hochgezogenen Augenbrauen musterte, lamentierte der einmal mehr über die wenige Zeit, die ihm bei seinem derzeitigen Arbeitspensum für Sport blieb. Unterdessen ging Hellinger zu einer Reihe von Fässern auf der anderen Seite des Raumes, öffnete das Spundloch des obersten Fasses und zog mit der riesigen Pipette eine ordentliche Portion Rotwein, die er auf drei langstielige Weingläser verteilte. »So, jetzt probiert den mal.«

Röder und Manu beendeten ihr Geplänkel, schwenkten und prüften die Farbe des Weines, bevor sie ihn probierten.

Hellinger hatte seine Kreation »Roter Teufel« genannt, nach dem »Roten Baron« Manfred Freiherr von Richthofen. Die Idee, eine seiner bordeauxähnlichen Cuvées nach dem berühmt-berüchtigten Flieger zu benennen, war ihm vor ein paar Jahren gemeinsam mit Röder gekommen, nachdem er seinen nagelneuen Ultraleicht-Doppeldecker auf diesen Namen getauft und später unter dramatischen Umständen zu Schrott geflogen hatte.

»Ein intensiver Geschmack nach Brombeere und vielleicht auch ein wenig Vanille«, begann Röder. »Ich würde sagen, der Dornfelder dominiert, das Weiche kommt vom Regent. Die Süße liefert der Portugieser, und ich tippe auf wenigstens dreizehn Umdrehungen.« Er nahm einen weiteren großen Schluck und blickte triumphierend zuerst zu Manu und dann zu Hellinger.

»Na ja, so ähnlich«, sagte Hellinger und dehnte das letzte Wort. »Was ist deine Meinung, Manu?«

Manu hielt das Glas gegen die weiß getünchte Wand und schaute sich die Farbe des obersten Millimeters sowie die langsam herabfließenden Tränen genau an. »Man sieht, dass der Wein noch keine drei Jahre alt ist.« Dann roch sie zum wiederholten Male am Glas und sagte: »Er hat starke Aromen. Spritzig, bissig und sehr nobel.«

»Sehr gut«, sagte Hellinger lächelnd. »Mach weiter.«

Manu hielt das Glas am langen Stiel und schwenkte es kräftig, wodurch sich die Geruchsaromen verstärkten und sich laut Theorie andere Duftnoten bemerkbar machen sollten. »Gut, dass ich mir noch nicht die Hände eingecremt habe, denn die Duftstoffe versauen die olfaktorische Wahrnehmung ungemein.«

Hellinger nickte anerkennend.

»Die Rote Johannisbeere dominiert …« Sie schlürfte einen winzigen Schluck und ergänzte: »Aber da ist auch noch Kirsche und vielleicht etwas Erdbeere zu schmecken.«

»Sehr gut, du bist ein echter Profi«, lobte Hellinger.

»Der Geschmack ist sehr ausgewogen, und die Säure zergeht fein auf der Zunge.« Manu nahm noch einen Schluck und wartete. »Der Abgang ist intensiv und wunderbar lang. Kurzum: Der Wein ist ein Meisterwerk, eine absolute Köstlichkeit. Wegen seines minimalen, aber großartig erdigen Geschmacks ist er eindeutig ein Produkt des Pfälzer Edelwinzers Hellinger, und das Feuerwerk der Aromen spricht für eine Cuvée aus mindestens fünfzig Prozent Cabernet Sauvignon und dreißig Prozent Cabernet Franc. Der Rest ist Merlot und ein wenig Portugieser. Sehr aufwendig in der Herstellung und von dem besten Kellermeister in der ganzen Umgebung zusammengestellt. So etwas bekommt man nicht alle Tage.«

»Wow, ich stelle dich sofort als Sommelière ein!«, rief Hellinger begeistert und gab Manu einen dicken Kuss auf den Mund. »So toll kann kaum jemand meine göttlichen Kreationen beschreiben.«

Manu lächelte, und Röder staunte mit offenem Mund.

»Übrigens hat dein Mann den ›Roten Teufel‹ schon mal als Kopfweh-Cuvée bezeichnet.«

»Dieser Banause«, sagte Manu entrüstet.

»Ich bin halt eher ein Weißweintrinker«, meinte Röder kleinlaut.

»Ich packe euch jetzt mal die Kiste für Weihnachten. Ihr werdet darin auch ein paar Flaschen von der Konkurrenz finden. Aber auf alle Fälle fülle ich euch noch zwei Flaschen ›Roter Teufel‹ für Manu ab.«

»Tu das, Achim, unbedingt. Übrigens haben Linda und ich beschlossen, heute Abend mit euch nach Bobenheim auf den Weihnachtsmarkt zu gehen«, rief Manu Hellinger hinterher, der bereits im angrenzenden Keller verschwand.

»Bin dabei«, antwortete er.

»Aber ich wollte doch anfangen, das Zimmer zu renovieren. Ich könnte für morgen schon mal alles abkleben«, sagte Röder.

»Papperlapapp. Heute gehen wir auf den Weihnachtsmarkt. Es ist gutes Wetter, und der Bobenheimer Belzenickelmarkt ist einer der schönsten hier in der Umgebung. Viele urige Stände und noch nicht kommerziell versaut. Ich weiß gar nicht, vor wie vielen Jahren wir das letzte Mal dort gewesen sind. Abkleben kannst du auch noch morgen, und über das Zimmer müssen wir sowieso noch einmal sprechen.«

»Was gibt's denn da noch zu besprechen? Das Zimmer wird mein Arbeitszimmer. Du kannst es auch gern jederzeit benutzen.«

»Aber natürlich, mein Schatz, danke. Da bin ich ganz deiner Meinung.« Manu lächelte Röder an und klimperte mit den Augenlidern. Irgendetwas tief in Röders Innerem wurde misstrauisch. Dann sagte Manu: »Komm, gib mir einen Kuss«, und Röder kam dieser Aufforderung nur zu gern nach.

★★★

Röder war auf der Heimfahrt nicht ganz bei der Sache, denn eine Frage ließ ihn nicht in Ruhe: »Hey, Schatz, ich war ja total beeindruckt von deinen Weinkenntnissen. Hast du etwa heimlich geübt und den Gault-Millau auswendig gelernt oder eine Sommelier-Ausbildung gemacht? Das Weinseminar, das wir mal zusammen besucht haben, ist immerhin schon eine Weile her. Ich wusste echt nicht, dass du das so draufhast und dann noch die Rebsorten kennst.«

»Tja, gelernt ist gelernt«, antwortete Manu. »Wenn du möchtest, gebe ich dir heute Abend eine kleine Lektion, wenn wir die erste Flasche öffnen.«

Röder lächelte und versuchte, sich die Lektion bildlich vorzustellen, während er das Auto auf sein Grundstück lenkte – und heftig erschrak. Seine Mutter stand im Vorgarten und hantierte mit einem Spaten. Sie trug unter der Gärtnerschürze offensichtlich nur Unterwäsche.

»Um Gottes willen, Mutter, was machst du denn da? Und wie bist du angezogen? Wir haben Dezember, es ist saukalt.«

»Ach, da sind ja mein Sohn und seine feine Frau. Ich mache mal wieder eure Arbeit, das Gemüsebeet muss bepflanzt werden.«

»Mutter, das ist nicht das Gemüsebeet, hier im Vorgarten haben wir nur Blumen und Rosen, und du holst dir den Tod.«

»So ein Quatsch, Gartenarbeit hält fit und gesund. Jetzt ist die beste Zeit, um Möhren und Spinat auszusäen«, erklärte Röders Mutter voller Überzeugung. Sie war Mitte achtzig und hatte seit ein paar Jahren Alzheimer. Ihre Krankheit stagnierte glücklicherweise gerade, und sie hatte immer wieder lichte Phasen, aber Röder wusste, dass es jederzeit steil bergab mit ihr gehen konnte.

Manu kam mit einer Decke aus dem Haus gelaufen und legte sie ihrer Schwiegermutter um die Schultern. Dabei redete sie einfühlsam auf sie ein. Obwohl Röders Mutter schon immer stur gewesen war, was sich mit ihrer Krankheit noch verstärkt hatte, gelang es Manu, sie ins Haus zurückzubegleiten. Röder seufzte, und während Manu seine Mutter in der Erdgeschosswohnung versorgte, stieg er die Stufen zu ihrem Reich hinauf. Als er die Tür aufschloss, lag Lotte, ihre Golden-Retriever-Hündin, winselnd vor der Tür.

»Ach du meine Güte. Lotte, du alter Kojote, war denn niemand mit dir Gassi?«

***

Röder hatte seine Einkäufe aus dem Baumarkt verstaut, und er wusste seine Mutter und den Hund versorgt. Schimpfend war er es gewesen, der mit dem Hund in den Weinbergen den gewohnten Rundgang machte, denn beide noch zu Hause wohnenden Töchter glänzten durch gut begründete Abwesenheit. Felicitas, die nach einigen schulischen Umwegen kurz vor dem Abitur stand, hatte sich mit Freundinnen zum gemeinsamen Lernen getroffen. Laura, die Jüngste, die gerade voll die Pubertät erlebte, bestritt das letzte Hallen-Hockey-Freundschaftsspiel für das laufende Jahr. Röder saß entspannt in seinem Fernsehsessel und wartete auf Manu, die sich zum Ausgehen fertig machte.

»Schläfst du schon?«, fragte Manu, als sie ins Wohnzimmer kam und Röder eine Rieslingschorle im Dubbeglas vor die Nase hielt.

»Ich bin nur kurz eingenickt, während ich auf dich gewartet habe«, antwortete Röder und nahm dankbar das Glas entgegen.

»Ja, jetzt lass uns mal auf die Adventszeit anstoßen, denn du hast vorhin einen ziemlich unentspannten Eindruck gemacht.«

»Wieso unentspannt? Mir geht es gut.«

»Dann stoß endlich mit mir an«, sagte Manu, und Röder folgte. »Ich weiß, dass du in den letzten Wochen viel Arbeit und Stress gehabt hast, aber die Zeit der Besinnung hat begonnen.«

»Du bist gut. Ich habe an die tausend Fälle auf dem Tisch liegen, die ganze Abteilung rotiert, denn leider hören die Pfälzer nicht auf, sich gegenseitig umzubringen. Dann muss ich noch das Haus renovieren und meine Mutter, die Kinder und den Hund versorgen. Ich habe leider nur vierundzwanzig Stunden am Tag zur Verfügung.«

»Deswegen freuen wir uns über die besinnliche Adventszeit. Und darüber, dass wir sie länger genießen dürfen als andere. Denn wie du weißt, hat der Advent in der Pfalz fünf Wochenenden. Das muss selbst der Oberstaatsanwalt anerkennen«, sagte Manu, aber Röder blickte verständnislos, deshalb hakte sie nach: »Wo waren wir letzte Woche?«

»Beim Weingut Fluch-Gaul in Sausenheim. Es war so warm, dass ich eine Schorle hatte, aber du hast trotzdem Glühwein getrunken.«

»Na, siehst du. Die machen die Adventsausstellung schon eine Woche früher. Quasi erster Advent minus eins. In der Summe ergibt das fünf Pfälzer Adventswochenenden.«

»Schatz«, sagte Röder, der endlich verstanden hatte und einen großen Schluck Schorle zu sich nahm, »wenn ich darüber nachdenke, kann ich dir nur recht geben.«

»Schön, dass du das einsiehst. Du musst mir immer nur recht geben.«

»Na klar«, sagte Röder, dessen Stimmung sich besserte. »Aber du musst mich noch in die Geheimnisse einer Sommelière einweihen.«

»Später, mein Liebster. Heute stehen erst einmal die Weihnachtsmärkte im Vordergrund.«

★★★

Röder parkte seinen alten Mercedes-Kombi in den Weinbergen vor Bobenheim. Hier standen überall Autos, denn alle offiziellen Parkplätze waren belegt. In Weisenheim am Berg, dem Nachbardorf, gab es seit einigen Jahren ein Parkleitsystem, das einer Großstadt zur Ehre gereicht hätte. Viele Besucher des Belzenickelmarktes parkten bereits dort und spazierten durch die Weinberge nach Bobenheim.

Der Markt fand immer am ersten Advent statt und war daher stets einer der ersten, auf alle Fälle aber einer der traditionellsten Weihnachtsmärkte in der Region. Er war nach der urpfälzischen Version des Weihnachtmannes, dem Belzenickel, benannt. Der Pfälzer Auswanderer Thomas Nast, der vor über einhundertfünfzig Jahren als Karikaturist in den Vereinigten Staaten lebte und arbeitete, hatte, inspiriert durch die Eindrücke seiner Jugend, einen alten, mit Pelzmantel bekleideten Mann mit weißem Rauschebart gezeichnet, der von seinem Schlitten herab Bürgerkriegssoldaten beschenkte, und damit den Weihnachtsmann, den amerikanischen Santa Claus, erfunden und in aller Welt berühmt gemacht.

In diesem Jahr animierte das trockene, kalte Wetter besonders viele Menschen, den Belzenickelmarkt zu besuchen, und so schoben sich Röder und Manu durch die Menge in der Leininger Straße, die jetzt für den Verkehr gesperrt war. Obwohl ihnen verführerischer Glühwein- und Waffelduft entgegenschlug, ließen sie den Hof mit dem Ausschank der Pfadfinder und den Stand des Roten Kreuzes rechts liegen und passierten auch die Stände mit Weihnachtsschmuck und die alte Schmiede, weil sie sich beim Ausschank des Bürgervereins mit Hellinger und Linda verabredet hatten. Der Ausschank war der inoffizielle Mittelpunkt des Weihnachtsmarktes, er stand zwischen der Kirche und dem Bürgerkeller.

Hellinger war noch nicht da, und Röder arbeitete sich zur Theke vor, wo er zwei Becher Glühwein bestellte. Er kannte den Vorsitzenden des Bürgervereins, mit dem er ein paar Worte wechselte, bevor er die die gut gefüllten Tassen sicher zu Manu balancierte.

»In die alte Schmiede und in die Chocolaterie müssen wir aber schon noch gehen«, sagte sie, als sie an ihrem Glühwein nippte.

»Wir sind doch eben erst gekommen, und du weißt, mit dir zusammen gehe ich überallhin.«

Röder musste den Flirt mit seiner Frau unterbrechen, denn Hellinger und Linda tauchten aus der Menge auf.

»Das ist aber sehr tamasig, was ihr da trinkt«, meinte Linda, nachdem sie sich alle mit Küsschen begrüßt hatten.

»Tamasig?«, fragte Röder.

»Ich geh mal was zu trinken holen«, verkündete Hellinger mit einem leicht genervten Unterton in der Stimme.

»Ja, das ist das Dunkle und Bremsende der drei Gunas«, erklärte Linda, und Röder blinzelte verständnislos, während Manu an ihren Lippen zu kleben schien. »Nach der ayurvedischen Lehre werden Lebensmittel in die drei Gunas aufgeteilt. Sattva, Rajas und Tamas. Tamas steht dabei für Nahrungsmittel, die das Gleichgewicht im Körper ungünstig verschieben und so unserer Gesundheit schaden.«

»Aha.«

»Alkohol gehört genauso dazu wie Junkfood oder Fertiggerichte und natürlich das ganze fettige Zeugs wie Chips, Pommes und Süßkram. Eine solche Ernährung kann deine geistige, emotionale und spirituelle Gesundheit komplett durcheinanderbringen.«

»Das heißt, ich bin spirituell nicht ganz gesund, denn hier im Glühwein sind Alkohol und Zucker«, meinte Röder provokant.

Linda schaute Röder ernst an und erwiderte: »Tamasige Menschen sind negativ, egoistisch und ignorant. Du hast mal wieder nichts verstanden, wie damals in der Schule.«

Röder wollte etwas Patziges antworten, aber Hellinger kam just in diesem Augenblick vom Glühweinstand zurück. Er hatte das Ende des Gesprächs mitbekommen und verdrehte, für Linda unsichtbar, die Augen. »Hier ist dein Kinderpunsch«, sagte er und stellte die Tasse vor Linda ab.

»Aller donn, broscht!« Hellinger stieß mit Röder an und hob die Tasse dann in Richtung der beiden Frauen.

»Aber im Kinderpunsch ist doch auch Zucker«, bemerkte Manu, und Linda nickte.

»Klar, ein Ingwertee wäre besser, aber ich gehe mal davon aus, dass hier nur Fruchtzucker drin ist. So denke ich, dass dies nur Rajas ist, und so etwas kann man sich ab und an gönnen.«

»Wisst ihr was, Jungs? Ihr könnt euch meinen Glühwein teilen, ich hole mir jetzt auch einen Kinderpunsch«, sagte Manu, und Linda blickte anerkennend.

Nach Manus Rückkehr an den Tisch vertieften sich die beiden Frauen in ein angeregtes Gespräch. Röder hörte Wortfetzen wie: »... im Einklang mit sich selbst und der inneren Natur ... Lebensenergien, den Doshas ... Vata, Pitta und Kapha ...«

»Was ist denn in Linda gefahren?«, fragte er Hellinger konsterniert. »Die hat doch früher auch immer ganz schön was weggeputzt.«

»Ich weiß auch nicht, was mit ihr los ist, aber seit zwei, drei Wochen ist es ganz schlimm. Angefangen hat es mit den Yogakursen, die ich ja noch ganz gut finde, aber der ganze esoterische Kram geht mir auf den Sack.«

»Vor allem der Ernährungsquatsch«, pflichtete Röder ihm bei. »Ein guter Schoppen hat noch niemandem geschadet.«

»Genau.«

»Ihr könnt ja noch weitersaufen. Manu und ich gehen mal in den Bürgerkeller, da ist ein Stand mit hinduistischer Kunst.«

»Ja, geht nur, Mädels. Ihr findet uns hier oder im ›Belzenickelhof‹«, antwortete Hellinger.

Als die beiden Frauen entschwunden waren, fragte Röder: »Wo ist denn der ›Belzenickelhof‹?«

»Der ist weiter oben. Das ist der Ausschank der freiwilligen Feuerwehr und mein Treffpunkt mit Max. Die Eltern der Freunde, mit denen er gerade durch die Gegend zieht, haben dort Dienst.«

Röder und Hellinger tranken jeder noch einen Glühwein. Dann gaben sie die Pfandtassen ab und schlenderten die Straße hoch.

»Weißt du, wen ich vorhin getroffen habe?«

»Keine Ahnung«, antwortete Röder.

»Den Hasbach. Er ist mir unten auf der Hauptstraße begegnet, als wir angekommen sind.«

Röder kannte Dr. Hasbach, einen bekannten hiesigen Wirtschaftsexperten, flüchtig. Privat hatten sie nichts miteinander zu tun, aber er gehörte zur lokalen Prominenz. Der Professor an der Wirtschaftshochschule in Worms galt als ausgewiesener Experte für Insolvenzrecht und hatte in der Vergangenheit schon oft für positive Schlagzeilen gesorgt, weil er traditionsreiche Pfälzer Unternehmen vor dem sicheren Untergang bewahren konnte. Allerdings erinnerte sich Röder auch sehr gut an den heftigen Eklat, zu dem es im Oktober gekommen war.

Hellinger hatte an seinem fünfzigsten Geburtstag ein zünftiges Weinfest in seinem Hof veranstaltet. Neben einem Sekt- und einem Weinstand hatte er zwei Essensstände aufbauen lassen. Der eine wurde von Vito, seinem Lieblingsitaliener aus Grünstadt, betrieben, der die Feiernden mit Pizzen und mit Nudel- und Fleischgerichten versorgte. Gehobene kulinarische Ansprüche wurden von einer Crew des »Cheval Blanc« in Niedersteinbach im Elsass befriedigt. An ihrem Stand gab es Austern, Foie gras, gefüllte Wachteln, Vogesenforellen und andere Spezialitäten. Hellinger belieferte das »Cheval Blanc« schon seit Jahren mit seinen Weinen und hatte sich mit den Eigentümern angefreundet.

Eine alte Freundin von Hellinger war in Begleitung von Dr. Hasbach erschienen, und es war zu einem unangenehmen Zwischenfall gekommen, als sich Hasbach lautstark mit einer der Servicekräfte vom »Cheval Blanc« zu streiten begann. Die Auseinandersetzung gipfelte darin, dass die Frau alles stehen und liegen ließ und den Rest des Tages nicht mehr gesehen wurde. Auf die Gründe des Streits angesprochen, hüllte sich Hasbach in Schweigen. Zum Glück war die Stimmung nur kurz getrübt, denn die von Hellinger engagierte Band spielte schnell wieder zum Tanz auf.

Sie erreichten den Ausschank der freiwilligen Feuerwehr, während des Weihnachtsmarktes »Belzenickelhof« genannt, und Röder reihte sich in die Schlange für den Glühwein ein, während Hellinger zwei Bratwurstbrötchen besorgte. Mit ihren Brötchen in der einen und dem Glühwein in der anderen Hand standen sie vor einem kleinen Zierteich, in dessen Mitte ein Buddha mit roter Nikolausmütze thronte.

Röder zückte sogleich sein Smartphone. »Davon muss ich doch glatt ein Foto für Linda machen.«

»Lieber nicht, die fühlt sich sonst veräppelt«, sagte Hellinger.

»Jedenfalls ist jetzt nicht nur das Getränk tamasig, sondern auch das Essen.«

»Deswegen schmeckt es ja so gut«, meinte Hellinger und stieß mit Röder an.

Sie unterhielten sich noch eine Weile über Röders Mutter und ihre Wunderlichkeiten, dann wurden sie von Hellingers Sohn unterbrochen.

»Papa, Papa!« Max, der mit seinen Freunden den Weihnachtsmarkt unsicher gemacht hatte, kam aufgeregt auf sie zugerannt.

»Was is donn los, moi Kleener?«, fragte Hellinger. Er stellte seinen Glühwein auf ein Weinfass, das als Bistrotisch diente, und Max sprang ihm in die Arme.

»Papa, de Belzenickel is dod.«

»Ach, was de net verzählschd.« Hellinger grinste belustigt.

»Doch, Papa, glaab mer's: De Belzenickel is dod!«

»Klar, moi Kleener. Morje steht aa in de ›Bild‹-Zeidung: ›Aus für Weihnachten – Josef gesteht alles.‹«

»Ach Vadder, du glaabscht mer widder nix. Loss misch runner, vielleischd glaabd mer jo de Unkel Ben.« Max sprang zappelnd auf den Boden und zog nun an Röders Hosenbein. »Unkel Ben, du glaabschd mer doch, odder? Du bischd doch so ebbes wie ä Bolizischd.«

»Jo, des kemmer so sache«, meinte Röder lächelnd. »Wo hoschd du denn de Belzenickel gsehe?«

»Ei, do hinne leid er«, sagte Max und deutete die Straße hinauf.

»Ei, donn geh mer mol hie.« Röder nahm Max an der Hand und wandte sich an Hellinger: »Bass emol uff de Gliewoi uff. Mer sin glei widder zurick.«

»Beeile eisch, sunnscht werd der Gliewoi kalt. Wahschoin's hot der Belzenickel nur zu viel vunn dem Zeich krieht. Des verdrahd net jeder.«

Max zog Röder gegen den anschwellenden Strom der Besucher die Straße hoch und blieb vor einem alten Hoftor aus Stahlblech stehen. »Hinner dem Dor leid er.«

»Wie, hinner dem Dor?«

»Ei, du musschd schunn riwwerkrawwele.«

»Was, riwwerkrawwele?«

»Ei jo. Sunnschd sieschd 'ne jo net.«

»Unn wie bischd du do noikumme?«

»Ei, des Haus schtehd doch leer, unn die Kollesche unn isch sinn do noi.«

»Unn wo sinn doi Kollesch jetztert?«, fragte Röder und spähte über das halbhohe Tor in den dahinterliegenden Hof.

»Ei, fort. Die henn Ongschd krieht.«

»Unn du bischd sischer, dass do hinnedro ä doder Belzenickel leid?«

»Hunnertpro. Jetzert geh schunn gucke.«

Röder seufzte und stemmte sich am Tor hoch. Er hatte ein Bein auf der anderen Seite, als ihn ein Mann an der Schulter packte.

»He, Sie. Wollen Sie da etwa einbrechen? Dann rufe ich jetzt die Polizei.«

»De Unkel Ben is vunn de Bolizei, unn do hinne leid ä doder Belzenickel«, rief Max, und in Windeseile bildete sich vor dem Tor eine kleine Menschentraube.

»Ich will gerade nachschauen«, sagte Röder und schwang sich vollends über das Tor.

Er musste nur zwei Schritte weit gehen, dann konnte er einen Schatten am Boden ausmachen. Zweifellos die Umrisse eines erwachsenen Mannes. Ein bauschiger weißer Kunstbart leuchtete schwach in der Dunkelheit.

»Hier liegt wirklich jemand«, rief Röder und beugte sich zu der Silhouette hinab.

Er tastete nach dem Kopf und griff in eine leicht klebrige Flüssigkeit. Röder wusste sofort, dass das Blut sein musste, aber er tastete weiter und versuchte, am Hals einen Pulsschlag zu fühlen.

»Er lebt noch«, rief Röder erleichtert und brachte den Mann in die stabile Seitenlage.

★★★

Der Notarzt hatte den Schwerverletzten abgeholt, und Röder hatte mit den beiden Beamten von der Schutzpolizei gesprochen. Alles sah nach einem Unfall, einem Treppensturz aus, auch wenn Röder unterschwellige Zweifel hatte, die er nicht in Worte fassen konnte. Die Polizisten hatten Blut an einem steinernen Pfosten der Eingangstreppe gefunden, und es schien wahrscheinlich, dass der Mann gestolpert und mit dem Kopf dort aufgeknallt war. Aber was hatte er in dem verlassenen Haus zu suchen gehabt?

»Komm, lass uns nach Hause gehen«, sagte Manu mit einem besorgten Blick auf Röders blutverschmierte Hände und die ebenfalls besudelte Jacke.

»Nichts da«, sagte Röder, der seine unguten Gedanken verdrängte. »Die Polizei sagt, es war ein Unfall, und ich hoffe, dass wir den armen Teufel rechtzeitig genug gefunden haben, damit ihn die Ärzte wieder zusammenflicken können. Kein Grund, den Abend vorzeitig zu beenden. Lass uns in den ›Belzenickelhof‹ zurückgehen, ich brauche jetzt eine Schorle.«

ZWEI

Der Sonntag begann grau. Reif hatte sich auf die Bäume und Sträucher gelegt und verwandelte sie in bizarre weiße Kunstwerke. Die Stadt schlief noch, und es zeigte sich kein Leben auf den Straßen oder in den Gärten, denn selbst die Singvögel saßen aufgeplustert und bewegungslos in den Bäumen.

Röder quälte sich aus dem Bett, um Kaffee zu kochen. Es hatte sich zu einem sonntäglichen Ritual entwickelt, dass er für sich und Manu vor dem Frühstück einen Kaffee zubereitete, den sie in der kalten Jahreszeit im Bett zu sich nahmen.

»Du bist ein Schatz«, hauchte Manu, als er ihr die dampfende Tasse reichte. »Das war gestern vielleicht ein Tag.«

»Das kannst du laut sagen. Aber den Spaß am Weihnachtsmarkt haben wir uns nicht verderben lassen. Ich hoffe nur, dass der Belzenickel den Sturz letztlich unbeschadet überstanden hat.«

Manu kuschelte sich enger an ihn. »Ich helfe dir heute beim Streichen. Ich klebe ab, und du fängst an zu malen. Das können wir gleichzeitig machen. Feli und Laura haben das Zimmer gestern schon mal ausgeräumt. Nur das Bett und den Schrank musst du noch zerlegen, aber sie haben versprochen, die Teile auf den Speicher zu schaffen.«

Röder wunderte sich, denn normalerweise waren seine Töchter nur schwer zur Arbeit im Haushalt zu bewegen.

»Feli will übrigens heute Morgen mit dem Hund Gassi gehen. Du brauchst dich um nichts zu kümmern und kannst gleich mit der Arbeit beginnen.«

Spätestens jetzt wurde Röder klar, dass irgendetwas im Busch war. »Was ist denn in die Mädels gefahren? Haben die einen Anfall von Arbeitswut oder extrem teure Klamottenwünsche für Weihnachten?«

»Ach, nun hab dich nicht so. Sie wollen einfach nur helfen«, sagte Manu und kraulte seinen Nacken.

»Na, wenn das so ist«, sagte Röder, der die Berührung genoss und seiner Frau einen innigen Kuss auf den Mund geben wollte. »Dann haben wir bei so viel Hilfe ja noch ein bisschen Zeit, bevor wir wirklich aufstehen müssen.« Er stellte die Tasse ab und versuchte, Manu in die Arme zu nehmen, die sich ihm aber entwand und mit einem Satz aus dem Bett sprang.

»Nichts da. Dafür ist keine Zeit, die Arbeit ruft. Mal sehen, ob die Mädels schon den Frühstückstisch gedeckt haben.«

Röder war nun vollends durcheinander. Irgendetwas in diesem Weiberhaushalt stimmte hinten und vorne nicht.

Grübelnd schlurfte er ins Bad.

***

Die Arbeit ging mit der Hilfe seiner Frauen zügig voran. Es war gerade einmal halb vier, und Röder besserte noch einige Stellen mit der Malerrolle nach, als seine Töchter schon die Klebebänder und die Folie entfernten. Manu kam mit zwei gefüllten Schorlegläsern, um die Renovierung professionell abzuschließen und angemessen zu begießen.

»Ich habe uns Pizza bestellt, und wenn wir wollen, können wir noch ein oder zwei Stunden auf den Neuleininger Weihnachtsmarkt gehen«, sagte sie.

»Mach mal langsam, ich bin ganz schön geschafft. Aber so schnell habe ich noch nie ein Zimmer gestrichen. Danke für eure tolle Hilfe.«

Röders Töchter kicherten, und Manu stieß mit ihm an.

»Eigentlich würde ich gern Vaters Schreibtisch vor das Fenster stellen. Hellinger kennt einen Schreiner, der ihn mir aufarbeiten würde«, sagte Röder.

»Was, dieses Ungetüm soll hier rein?«

»Das ist kein Ungetüm, das ist ein schönes und wertvolles Jugendstilmöbelstück, das zurzeit im Keller vor sich hin gammelt. Ich will keinen Schickimicki-Schreibtisch aus Glas und Plastik in meinem Arbeitszimmer.«

»Ben, jetzt sei mir nicht böse, aber ich möchte mir das Arbeitszimmer gern mit dir teilen.«

»Klar, ist doch kein Problem, du kannst deine Artikel ja auch auf dem alten Prunkstück von Schreibtisch schreiben. Was ist dagegen einzuwenden?«

»Wir bringen schon mal den Müll runter und decken den Tisch, die Pizza kommt bestimmt gleich«, sagte Feli und verschwand eilig mit den prall gefüllten Plastiksäcken und ihrer kleinen Schwester nach unten.

»In meinem Arbeitszimmer ist für einen Schreibtisch kein Platz«, sagte Manu.

»In jedem Arbeitszimmer steht ein Schreibtisch. Per Definition.«

»Ja, schon. Ich habe bei Ikea auch schon einen tollen Tisch gesehen, den man ausklappen kann. Den könnten wir hier an der Wand befestigen«, sagte Manu und deutete auf eine Stelle neben dem Fenster.

»Sag mal, was geht denn hier ab?«, rief Röder ungehalten. »Ich will uns ein Arbeitszimmer einrichten, und du willst einen Klapptisch installieren?«

»Jetzt reg dich nicht auf«, sagte Manu und atmete tief ein. »Natürlich soll das ein Arbeitszimmer werden, aber bei meiner Arbeit ist der Tisch nur im Weg. Ich will hier mit Linda Yogakurse geben.«

Röder fiel aus allen Wolken. Er war zu schockiert, als dass er schimpfen konnte. »Du willst was?«, fragte er mit einem dicken Kloß im Hals.

»Yogakurse geben. Und wenn gerade keine Kurse sind, kannst du das Zimmer benutzen. Die Stunden finden nicht mehr als drei- bis viermal die Woche statt, und da unsere Klientel überwiegend aus Hausfrauen bestehen wird, ist das Zimmer abends bestimmt meistens frei.«

»Und ich klapp dann einfach meinen Tisch runter und fange gemütlich an zu arbeiten.«

»Genau.«

In diesem Moment klingelte Röders Privathandy. Nur

die Familie und enge Freunde kannten die Nummer. Es war Steiner, der Leiter des Kommissariats 11 von der Kriminaldirektion in Ludwigshafen. Vor vielen Jahren hatte Röder kein gutes Verhältnis zu dem Kriminalbeamten gehabt, denn dieser fühlte sich von Röder als Staatsanwalt zu stark beeinflusst, ja sogar gegängelt. Das hatte vor allem daran gelegen, dass Röder mehr als einmal eigenmächtig parallel ermittelte und gern mal mit dem Kopf durch die Wand ging. Obwohl Steiner ein ausgefuchster und äußerst erfahrener Hauptkommissar war, hatte Röder in einigen schwierigen Fällen recht behalten. Mittlerweile spielte die Vergangenheit keine Rolle mehr, und aus der gegenseitigen Ablehnung war Freundschaft geworden. Beide hatten den anderen mehr als nur schätzen gelernt und profitierten bei ihren Ermittlungen voneinander.

»Servus, Ben. Ich wollte dir nur mitteilen, dass ich gerade vom Kriminaldauerdienst angerufen wurde. Der Belzenickel, den du gestern gefunden hast, hat laut seinen Ärzten einen heftigen Schlag auf den Hinterkopf bekommen und ist erst dann mit der Schläfe gegen den Treppenpfosten geknallt. Das ist jetzt wohl eine Sache für mich.«

»Du musst die Kriminaltechnik in das Haus nach Bobenheim und einen Gerichtsmediziner in die Klinik schicken.«

»Du hältst uns wohl für totale Anfänger. Das hat der Kriminaldauerdienst längst veranlasst, aber nach Bobenheim können sie erst morgen früh, wenn wieder Tageslicht ist und sie von ihrem Einsatz in Ludwigshafen zurück sind.«

»Was war denn da los?«

»Nichts Besonderes. Eine Schießerei zwischen zwei verfeindeten Clans in der Gartenstadt. Eigentlich ein Wunder, dass es keine Toten oder Schwerverletzten gegeben hat, aber dafür waren eine Menge Kugeln und Blut im Spiel.« Steiner fügte hinzu: »Die Schutzpolizei hat das Haus in Bobenheim versiegelt.«

»Gut, und wie geht es dem Opfer?«

»Du meinst den Belzenickel? Dem geht's ziemlich mies. Er liegt im Koma, und es kann sein, dass er es nicht schafft.«

»Das ist nicht gut. Kennt ihr schon seine Identität?«

»Nein, und das ist ein bisschen komisch. Die Schutzpolizei hat heute Fotos herumgezeigt, aber in Bobenheim kennt ihn anscheinend niemand. Wir jagen gerade seine Fingerabdrücke durch den Computer.«

Es klingelte an der Haustür, und Röder verspürte umgehend Hunger auf Pizza. »Ich mach jetzt Schluss, halte mich aber bitte auf dem Laufenden.«

»Klar, mach ich. Aber sag mal, hast du vielleicht Lust, heute Abend nach Neuleiningen zu kommen? Da ist Weihnachtsmarkt, und es herrscht perfektes Glühweinwetter.«

★★★

Röder stand auf der Aussichtsplattform der Burgruine Neuleiningen und genoss den Ausblick über die nächtliche Oberrheinebene, die an dieser Stelle ungefähr vierzig Kilometer breit war. Zu seinen Füßen erstreckte sich das Lichtermeer von Mannheim und Ludwigshafen, wobei die riesige Chemiefabrik mit ihren weitläufigen Anlagen und den über sie hinwegziehenden Dampfschwaden als Kulisse einem Science-Fiction-Film entsprungen sein könnte. Hinter ihm, vor der Burgschenke, drängten sich die Leute am Glühweinstand, und neben ihm telefonierten Manu und Steiner mit ihren Handys.

Steiner legte zuerst auf. »Der Belzenickel ist ein Ossi und heißt Jörg Biehler. Wir haben einen erkennungsdienstlichen Eintrag von ihm im System, er hat eine Vorstrafe wegen Drogendelikten. Weil es nicht lassen konnte und wiederholt erwischt wurde, landete er vor ein paar Jahren für achtzehn Monate im Knast. Alles in allem ein kleiner Fisch, der mit Marihuana und Koks gedealt hat.«

»Vielleicht ging es um einen Streit im Drogenmilieu. Habt ihr was bei ihm gefunden?«

»Nein, es ist ja noch gar nicht lange klar, dass er ein Fall für uns ist. Warum hätten wir also danach suchen sollen? Ich habe jedenfalls eine Streife ins Krankenhaus geschickt, um seine Habseligkeiten sicherzustellen.«

Manu, die am anderen Ende der Plattform gestanden hatte, kam herüber. Sie hatte mit Marie-Claire, ihrer ältesten Tochter, telefoniert.

»Sag mal, ist bei euch beiden alles in Ordnung?«, raunte Steiner Röder zu. »Ihr wart so komisch, als wir euch vorhin getroffen haben.«

»Ja, ja, alles in bester Ordnung«, antwortete Röder wenig überzeugend.

»Stellt euch vor«, sagte Manu mit einer gewissen Betroffenheit in ihrer Stimme. »Marie-Claire will erst am Vierundzwanzigsten kommen, dabei hat sie doch schon viel früher vorlesungsfrei. Irgendetwas stimmt nicht mit ihr, sie war auch ein bisschen seltsam am Telefon.«

»Was hat sie denn für einen Grund angegeben, dass sie erst am Heiligen Abend kommen will?«, fragte Röder.

»Irgendwelche Hausarbeiten und Sitzungen des Asta-Ausschusses, in dem sie tätig ist.«

»Das kann doch sein.«

»Ach Quatsch, wer will denn so kurz vor Weihnachten noch arbeiten?«, entgegnete Manu aufgelöst.

Sie gingen zurück in den Weihnachtsmarkttrubel, wo sie Steiners Frau bei einem Steinmetz zurückgelassen hatten, der Feuerschalen auf Pfälzer Sandsteinsäulen präsentierte.

»Die da würde wunderbar in unseren Hof passen«, sagte sie und hakte sich bei Steiner unter.

»Bist du wahnsinnig? Die kostet ja beinahe tausend Euro.«

»Die Schale ist aber wirklich toll«, mischte sich Manu ein. »So eine könnte ich mir auf unserer Terrasse auch gut vorstellen.«

Röder seufzte. Das war wohl einfach nicht sein Tag. Ein wenig frustriert reihte er sich in die Schlange am Glühweinstand ein, um eine Runde für sich und seine Begleiter zu spendieren. Heute war Manu der Glühwein nicht zu »tamasig«, aber das Gespräch drehte sich noch lange um die teuren Feuerschalen und das Für und Wider einer eventuellen Anschaffung.

***

Am Montagmorgen kam Röder später als gewöhnlich zur Arbeit. Der Besuch des Neuleininger Weihnachtsmarktes hatte sich gestern noch zu einem mittleren Gelage entwickelt. Eigentlich hatten er und Manu frühzeitig wieder gehen wollen, aber dann hatte seine Frau eine ehemalige Schulkameradin getroffen. Die Freundin aus alten Tagen war im Hauptberuf Apothekerin in Grünstadt und ehrenamtlich im Vorstand des Heimatvereins tätig. So erhielten sie eine exklusive Führung durch die »Alte Münze«, das neue Heimatmuseum des Dorfes, bevor sie alle gemeinsam einen weiteren Rundgang über den Weihnachtmarkt machten und schließlich in der Mittelgasse an einem Glühweinstand hängen blieben, der von jenem Architekten betrieben wurde, der vor einigen Jahren Hellingers neue Betriebshalle geplant hatte. Deshalb war es auch kein Wunder, dass Hellinger später ebenfalls aufkreuzte und der Abend in der Gesellschaft vieler Freunde und Bekannter ausartete.

Frau Vogel, Röders Sekretärin, kannte ihren Chef sehr gut und stellte ihm ohne große Worte einen duftenden Becher Kaffee vor die Nase. Die ersten Monate als Chef waren für Röder nicht leicht gewesen, denn sie hatte ihn bei jeder Gelegenheit mit seinem Vorgänger Miltenberg verglichen. Es hatte eine Weile gedauert und einiger ernster Personalgespräche bedurft, bevor er sich ihrer Loyalität sicher sein konnte. Frau Vogel war zweifelsohne die »Oberrätsch« seiner Abteilung, aber ihre Leistungen waren seither nicht mehr zu beanstanden, und Röder profitierte mittlerweile sogar davon, dass er den neuesten Tratsch als Erster erfuhr.

Er schlürfte müde an seinem Kaffee, als es an der Tür klopfte und Larscheid in seinem Büro erschien. Röder hatte mit ihm noch vor der Montagsbesprechung reden wollen, denn Larscheid war einer seiner fähigsten Staatsanwälte, und er wollte mit ihm den Fall des Bobenheimer Belzenickels diskutieren.

»Steiner wird sich melden, wenn er mehr über das Opfer weiß«, sagte Röder, nachdem er die bisherigen Erkenntnisse zusammengefasst hatte.

»Du ziehst das Verbrechen in der Pfalz aber auch magisch an«, sagte Larscheid im Hinblick auf Röders Verwicklung in den Fall.

»Jedenfalls möchte ich, dass du den Fall übernimmst.«

»In Ordnung. Lass uns gemeinsam mit Steiner sprechen, sobald er hier ist.«

»Wieso, wollte der denn kommen?«, fragte Röder.

»Du hast gesagt, er meldet sich im Laufe des Tages, und heute ist Currywurst-Tag in der Kantine. Da nehme ich an, dass er persönlich Bericht erstattet.« Larscheid schmunzelte wissend.

Röder musste ihm recht geben. Die Kantine der Staatsanwaltschaft war für die beste Amts-Currywurst in der Gegend bekannt.

Tatsächlich trafen sie Steiner nach der Montagsbesprechung in der Kantine. Er hatte sein Tablett wie erwartet mit der überall gerühmten Currywurst beladen und setzte sich zielstrebig zu Röder und Larscheid an den Tisch.

»Ich kann mich an Zeiten erinnern, da hat dir Manu am Montag immer Obst zur Ablenkung von der Currywurst mitgegeben«, sagte er mit einem süffisanten Lächeln. »Sie hat's wohl aufgegeben. Na ja, um die Weihnachtszeit herum nehme ich auch immer ein paar Kilo zu.«

»Was soll das denn heißen?«

»Du hast mir doch gestern nach dem vierten Glühwein vorgejammert, dass du keine Zeit mehr zum Laufen hast. Jetzt kann ich sehen, was dein Problem ist. Das soll es heißen.«

»Anderes Thema«, sagte Röder, während Steiner und Larscheid einander angrinsten. »Ich hoffe, du bist heute gut aus dem Bett gekommen, nachdem wir dich gestern in dein Auto tragen mussten«, stichelte er zurück.

Steiner wurde auf der Stelle sachlich. »Es war ja gewisser-
maßen zu erwarten: Unser Belzenickel ist heute Vormittag
für hirntot erklärt worden. Damit sollte sogar euch Akten-
heinis klar sein, dass wir es jetzt mit vollendetem Mord oder
Totschlag zu tun haben.«

»Danke, die juristische Beurteilung des Falls kannst du
getrost uns überlassen«, sagte Röder, der aber wegen des
albernen Schlagabtauschs lachen musste. Steiner lachte mit,
wobei ihm ein großes Stück Wurst von der Gabel glitt und
klatschend in der Soße landete.

Larscheid putzte sich grinsend die Ketchup-Spritzer von
der Brille, während Steiner versuchte, die rotbraunen Flecken
mit einer Serviette von seinem Ärmel zu rubbeln.

»Also, unser Belzenickel hat eine ziemlich interessante Geschichte. In den Achtzigern war er Sportsoldat im Olympia-
Schwimmkader der DDR und hat an einigen internationalen
Wettkämpfen mit großem Erfolg teilgenommen. Er war bereits
als Sechzehnjähriger bei den Olympischen Spielen in Moskau
dabei, die ja vom Westen boykottiert wurden. Ansonsten wäre
er wohl damals gegen unseren Albatros geschwommen.«

»Sie meinen Michael Groß?«, fragte Larscheid.

»Genau, der Biehler hat angeblich das Zeug gehabt, der
Michael Groß der DDR zu werden.«

»Und was ist mit ihm passiert, dass es so nicht gekommen
ist?«

»Er wollte in den Westen. Durch seine internationalen
Wettkämpfe hatte er einen Eindruck von der westlichen Le-
bensart bekommen. Den Sportlern war es verboten, längere
Gespräche mit den Westkollegen zu führen. Biehler hielt sich
aber wohl nicht daran, er hatte eine westdeutsche Schwimmerin kennengelernt und war von da an äußerst verdächtig
für die Stasi. Die haben IMs auf ihn angesetzt, die ihn rund
um die Uhr bespitzelt haben.«

Larscheid stöhnte, er stammte ebenfalls aus der ehemaligen
DDR. »Ja, ja, die lieben Genossen von der Stasi. So einer hieß
im Jargon Sportverräter.«

Larscheid war in der DDR aufgewachsen und zur Schule gegangen. Unter dem Eindruck der Wende hatte er beschlossen, Jura zu studieren. Da die juristischen Fakultäten im Osten Anfang der neunziger Jahre noch im Aufbau begriffen waren, begann er sein Studium im Westen und zog es in kürzester Zeit und mit Auszeichnung durch. Danach strebte er den höheren Justizdienst an, um die Gerechtigkeit in seiner Heimat voranzubringen, wie er immer betonte. Letztlich hatte es ihn dann aber doch nach Frankenthal verschlagen, wo er zu einem kompetenten und beliebten Staatsanwalt geworden war. Die Beurteilungen, die er von Röder regelmäßig erhielt, waren ausnahmslos hervorragend, und Röder unterstützte seine Karriere, wo er nur konnte. Er wollte ihn zum stellvertretenden Abteilungsleiter ernennen, sobald der derzeitige in Rente gehen würde. Das war meistens eine Voraussetzung für einen weiteren Karriereschritt.

»Sie können uns bestimmt auch ein paar Geschichten erzählen«, sagte Steiner. »Wo genau stammen Sie eigentlich her?«

»Aus Freital, aus dem Tal der Ahnungslosen.«

»Wie bitte, woher?«

»Aus dem Tal der Ahnungslosen. So nannten wir die Gebiete rund um Dresden, in denen kein Westfernsehen zu empfangen war. Auch nicht mit den größten selbst gebauten Antennen, die man auf dem Speicher verstecken konnte.«

Die drei Männer lachten und beschlossen, die Besprechung in Röders Büro fortzusetzen.

Frau Vogel brachte Kaffee, und Röder putzte sich mit einem feuchten Tuch einige Flecken von der Hose, die er sich an der Geschirrrückgabe zugezogen hatte.

»Diese blöde Currywurstsoße. Es ist doch jede Woche das Gleiche. Das Zeug pappt einfach überall.«

»Herr Steiner könnte doch das nächste Mal ein paar Overalls von der Spurensicherung mitbringen«, meinte Larscheid.

»Gute Idee, die verkaufe ich dann am Eingang zur Kantine und bessere so mein schmales Beamtensalär auf.«

Die Männer lachten wieder und fingen sich einen kritischen Blick von Frau Vogel ein.

»Apropos Spurensicherung«, fuhr Steiner fort. »Pyreck ist in Bobenheim und will sich bei mir melden, sobald er ein vorläufiges Ergebnis hat. Sybille macht beim Opfer noch einen genaueren Background-Check und wird im Anschluss daran Biehlers Habseligkeiten untersuchen. Der Rechtsmediziner kommt nicht mehr ins Krankenhaus, stattdessen schicken wir die Leiche nach Mainz zur Obduktion.«

»Ja, ist klar. Wo hat Biehler gewohnt?«, fragte Röder.

»Das überprüfen wir gerade, denn die Adresse aus den alten Ermittlungsakten scheint nicht mehr zu stimmen. Aber jetzt lasst mich mal seine Geschichte zu Ende erzählen.«

Röder und Larscheid stimmten zu, und Steiner fuhr fort.

»Ihr müsst euch also vorstellen, dass Schwimmen sein Leben war, bis die Stasi beschloss, ihn abzusägen. Offensichtlich war Linientreue letzten Endes wichtiger als sportliche Erfolge.«

»Ja, das kann ich bestätigen«, sagte Larscheid. »Sind auch Stasi-Dokumente in den Ermittlungsakten?«

»Nein, was ich euch erzähle, stammt alles aus den Vernehmungsprotokollen. Der Kollege vom Rauschgiftdezernat erinnerte sich noch gut an Biehler, der muss sich wohl seinen ganzen Frust von der Seele gequatscht haben. Außerdem war die Story an sich sehr ungewöhnlich. Ihr solltet auch mal einen Blick in die Prozessakte werfen, ob sich bei der Verhandlung noch etwas anderes ergeben hat.«

Larscheid machte sich eine Notiz auf seinem Tablet-Computer.

»Mit der westdeutschen Kollegin hat Biehler trotz mehrmaliger Ermahnung Kontakt gehalten und sie anscheinend sogar getroffen. Der Druck auf ihn wurde immer stärker, und Anfang 1987 haben sie ihn aus der NVA geschmissen und damit seine Sportkarriere beendet.«

»Haben wir den Namen der westdeutschen Schwimmerin, und hatten die beiden ein Verhältnis?«, fragte Röder.

»Keine Ahnung; da es für die damaligen Ermittlungen keine Rolle spielte, wurde es auch nicht weiter verfolgt.«

»Jetzt könnte es aber von Interesse sein.«

»Genau, deshalb erwähne ich das ja auch. Aber nun halt mal die Luft an, denn hier kommt der spannendste Teil: Biehler hat daraufhin endgültig mit der DDR gebrochen und wollte über die Ostsee fliehen.«

»Wollte?«

»Ja, wollte. Nach seinen Angaben wurde er verpfiffen und von einem Boot der Grenzpolizei aufgegriffen.«

Larscheid schluckte heftig. Er konnte sich offensichtlich denken, was nun folgte.

»Biehler war ja ein herausragender Schwimmer und wollte in der Bundesrepublik neu beginnen. Aber die Stasi hat ihn eingebuchtet, und er ist erst nach der Wende wieder freigekommen.«

Im Raum herrschte betretenes Schweigen. »Lass mich raten«, sagte Röder nach einiger Zeit, »danach hat er keinen Fuß mehr auf den Boden bekommen. Stimmt's?«

Steiner nickte nur, aber Larscheid sagte laut: »Verdammt, mir ist ja so zum Kotzen zumute.«

Er stand auf und tigerte im Zimmer auf und ab. »Wir müssen sein Umfeld durchleuchten. Freunde, Verwandte, Arbeitgeber und die Schwimmerin.«

»Ist bereits am Laufen.«

»Klar, ich weiß, dass Sie diesen Job nicht erst seit gestern machen. Ich versuche nur, meine Gedanken zu ordnen«, erklärte Larscheid und ergänzte: »Und wir müssen in die Stasi-Akten Einblick nehmen.«

»Du vermutest eine alte Stasi-Geschichte?«, fragte Röder. »Auch wenn ich deinen Ansatz im Grundsatz unterstütze, so denke ich, dass wir in erster Linie seine Drogenvergangenheit untersuchen müssen. Dort ist das Motiv womöglich eher zu finden.«

»Rein statistisch ist das wohl richtig«, sagte Steiner. »Aber es kann nicht schaden, die Unterlagen kommen zu lassen.«

»Okay. Kümmerst du dich bitte darum, Jürgen?«, fragte Röder, und Larscheid nickte.

★★★

Röder kam am Abend erst spät nach Hause. Er fühlte sich ausgelaugt. Das Wochenende mit den Weihnachtsmarktbesuchen, die Renovierung und der lange Arbeitstag hatten ihn geschafft. Er freute sich auf ein Abendbrot und eine Schorle. Dann würde er noch ein paar Seiten in seinem Buch lesen oder ein bisschen Fernsehen schauen, auf alle Fälle aber wollte er früh zu Bett gehen. Er wunderte sich, dass das Haus so dunkel war, und ging die Treppe direkt in den ersten Stock, wo ihre Wohnung lag. Im Erdgeschoss wohnte seine Mutter, und im Dachgeschoss waren das atelierartige Wohnzimmer und einige kleinere Nebenräume. Vor ein paar Jahren hatten sie eine große Wendeltreppe einbauen lassen, damit das oben gelegene Wohnzimmer nicht nur über das Treppenhaus erreicht werden konnte, sondern in den unteren Wohnbereich integriert war. Das Leben spielte sich ohnehin meistens dort ab, wo sich die Schlafzimmer und die moderne Wohnküche befanden. Heute war es allerdings verdächtig still.

Röder öffnete die Tür, und Lotte kam sofort herbei, um ihn stürmisch zu begrüßen. Es war zu einem Ritual geworden, dass sich die Hündin auf den Rücken legte und sich am Bauch kraulen ließ. Hellinger hatte einmal derb gemutmaßt, dass die Hündin eine »Monnemerin« sei, weil sie sich immer gleich auf den Rücken legte. Röder hatte daraufhin lakonisch geantwortet, dass Lotte aus »Dahleschwiller« stamme, was auf das Gleiche hinauslief.

»Ommm ...«

Röder wollte es nicht glauben, aber das meditative Gebrumm kam aus dem frisch renovierten Zimmer. Er öffnete die Tür zu Hellingers Ashram-Außenstelle. Manu, Linda, die beiden Töchter und drei oder vier andere Frauen saßen im Lotussitz auf dem Boden. Was Röder aber am meisten überraschte, war, dass auch seine Mutter vor dem Fenster auf einem Stuhl saß und offensichtlich mitmeditierte.

»Was ist denn hier los?«, rief er.

»Pst, störe uns nicht«, antwortete Manu.

»Oh, sorry, das war nicht meine Absicht. Essen wir was zusammen?«

»Nein, du kannst gern was futtern, aber nun lass uns weitermachen. Ach ja, und geh bitte mit dem Hund raus. Am besten jetzt gleich.«

»Wieso, war der noch nicht draußen?«

»Nein, wir dachten, das kannst du heute machen, denn wir haben ja unseren Kurs.«

Röder riss der Geduldsfaden. »Wisst ihr was? Ich schmiere mir jetzt ein tamasiges Leberwurstbrot und trinke dazu eine brutal tamasige Rieslingschorle. Ommmt ihr nur schön weiter.« Er knallte die Tür zu und ging wütend in die Küche, wo er sich zur Ruhe zwang, damit sein Blutdruck wieder unter den Grenzwert sinken konnte.

Während er sein frugales Mahl zubereitete und dabei wütend vor sich hin murmelte, wurde er von Lotte aufmerksam beobachtet. Die Hündin wusste genau, dass der Haussegen schief hing, und machte keinen Mucks, obwohl sie noch einmal rausmusste.

Röder hatte es sich gerade mit dem Brot, der Schorle und Lotte zu seinen Füßen in seinem Fernsehsessel gemütlich gemacht, als sein Smartphone klingelte. Er stöhnte und war versucht, den Anruf nicht anzunehmen, bis er sah, dass er von Steiner kam.

»Was willst du schon wieder, du störst mich bei meiner Feierabendschorle.«

»Du hast es gut, meine muss warten, weil irgend so ein ungeduldiger Oberstaatsanwalt unbedingt noch einen Bericht über die laufenden Ermittlungen von mir will.«

»Eigentlich bin ich froh, dass du anrufst und mich ablenkst, denn die Frauen hier im Haus haben einen Knall.«

»Ist es so schlimm?«

»Schlimmer, aber das erzähle ich dir ein andermal. Was habt ihr herausgefunden?«

»Das Grundstück, auf dem du Biehler gefunden hast, gehört einem Bobenheimer Winzer, der seit einem Jahr im Altenheim wohnt. Von Zeit zu Zeit scheint er aber in dem Haus zu übernachten. Für die Kinder im Ort ist das Haus eine Attraktion, absolut museumsreif, und es gilt bei ihnen als Mutprobe, in das unheimliche Gemäuer einzusteigen. Über den Schuppen gelangt man ganz einfach ins Wohnhaus. Das ist jahrzehntelang nicht renoviert worden. Pyreck meinte, es sei erstaunlich, dass wenigstens die Gaslampen irgendwann durch elektrische ersetzt worden sind.«

»Die Kiddies können da doch nicht einfach reinlaufen«, entrüstete sich Röder.

»Ach Ben, man merkt, dass du nur von braven Mädels umgeben bist und deine eigene Kindheit anscheinend längst vergessen hast.« Steiner lachte und machte eine kurze Pause, bevor er weiterredete. »So viel zum Haus, aber jetzt kommt der Hammer: Sybille hat im Nikolaussack Stofftierchen entdeckt, die ihren Namen wirklich verdienen.«

»Wie bitte?«

»Ich habe genauso gestutzt. In dem Sack befanden sich kleine Stofftiere. Du weißt schon, Löwen, Pandas und so weiter, alle mit einem Clip zum Anstecken. Aber wir fanden auch Kühe, und die sind speziell. In den grünen ist Gras und in den schwarz-weiß geschecken Koks.«

»Sag das noch mal. Ich glaub's ja nicht.«

»Der Kollege vom Rauschgiftdezernat hat so etwas auch noch nie gesehen, aber er sagt, dass um die Weihnachtszeit der Rauschgiftkonsum steigt.«

»Wieso das denn?«

»Die Leute gönnen sich halt was an den Feiertagen, und dass der Straßendealer die Leute in diesem Sinne als Nikolaus erfreut, ist eigentlich ziemlich clever.«

Röder konnte nur staunen. Einen ähnlichen Fall hatte er in seiner ganzen Laufbahn noch nicht erlebt. Er diskutierte noch eine Weile mit Steiner, der einen Mitarbeiter aus der Rauschgiftabteilung zur Mitarbeit in der Mordkommission angefordert hatte. Nachdem er das Telefonat beendet hatte, seufzte er, trank einen Schluck aus dem Schorleglas und bemerkte das schüchterne Fiepen von Lotte.

»Na gut, du alter Kojote. Lass uns noch eine Runde an die frische Luft gehen.«

★★★

Die Arbeitswoche verlief weitgehend ereignislos. Röder beschäftigte sich mit Routinearbeiten und der Leitung seiner Abteilung. Zur Wochenmitte lieferte Sybille Wohlfahrt, Steiners junge Mitarbeiterin mit den extravaganten Frisuren, ihm und Larscheid einen ausführlichen Bericht über den Stand der Ermittlungen: Im Haus waren unter einer losen Bodendiele weitere »Stofftierchen« gefunden worden. Offenbar hatte Biehler den Leerstand genutzt, um dort seine Drogenvorräte zu lagern. Ansonsten galt es, auf die Abschlussberichte der Gerichtsmedizin und der Kriminaltechnik zu warten. Deshalb konzentrierten sich die Untersuchungen bis auf Weiteres auf das private Umfeld von Biehler. Seine Mutter lebte im Altenheim. Beim Erhalt der Nachricht vom Tod ihres Sohnes hatte sie einen Nervenzusammenbruch erlitten und war für die nächste Zeit nicht vernehmungsfähig. Weitere Verwandte schien es, ebenso wie Freunde, nicht zu geben. Die Nachforschungen mussten deshalb Stück für Stück auch auf Biehlers Vergangenheit ausgedehnt werden, eine heiße Spur hatten sie bisher allerdings nicht. Die Ermittler wussten, dass sich die Aufklärung umso länger hinziehen würde, je weiter sie zurückgingen.

Dennoch war Röder zuversichtlich. Sybille war eine hervorragende Polizistin und würde sicher bald den nächsten Karriereschritt machen. Obwohl Steiner sie förderte, war er nicht wirklich glücklich darüber, denn um mehr Erfahrung zu sammeln, würde sie über kurz oder lang in ein anderes

Dezernat wechseln müssen, was eine große Lücke in seine Mannschaft reißen würde.

Sybille, die zurzeit einen modischen, beinahe unauffälligen Haarschnitt trug, kam, statt zu telefonieren, gern persönlich in die Staatsanwaltschaft. Und zwar aus gutem Grund, denn seit etwas mehr als einem Jahr war sie mit Batuhan Köksal liiert, einem von Röders jungen aufstrebenden Mitarbeitern.

Zu Hause bei den Röders herrschte dicke Luft. Das lag zum einen an Röders anstrengendem Arbeitspensum und zum anderen an den beinahe allabendlichen Yogakursen. Hinzu kam, dass Manu und die Töchter eine beinahe wahnhafte Diskussion über ayurvedische Ernährung führten, deren Anwendung sie im Selbstversuch testeten. So wurde Röder belehrt, dass tierische Eiweiße minimiert werden müssten, da sie in Kombination mit anderen Lebensmitteln angeblich unweigerlich zu Stoffwechselschlacken und dem sogenannten »Ama« führten. Auf seine Frage, was Stoffwechselschlacken denn genau seien, bekam er keine verwertbare Antwort, sondern wurde als Banause und Spielverderber bezeichnet. Am dritten Tag hatte er keine Lust mehr auf Linsencurry und Ingwertee, sodass er das gemeinsame Abendessen einstellte, zumal der Kühlschrank keine Alternativen mehr hergab.

Da Röder nur noch mittags in der Kantine aß und sich abends flüssig ernährte, konnte er am Ende der Woche anderthalb Kilogramm weniger auf der Waage verbuchen. Dieser Nebeneffekt freute ihn dermaßen, dass er insgeheim anfing, sich mit dem Spleen seiner Frauen zu arrangieren. Felicitas trug dazu bei, indem sie erklärte, dass sie während der Abiturvorbereitungen keine Zeit für ihren Kampfsport hatte, aber das Yoga ganz wunderbar zur Entspannung und zum Kraftsammeln nutzen konnte. Diese Logik versöhnte Röder besonders auch deshalb, weil seine Frauen um ihn herumschwärmten, seit er sich rarmachte. In gewisser Weise schienen sie also doch ein schlechtes Gewissen zu haben.

So war Röder deutlich entspannter, als er am Freitag Sybille auf dem Gang traf, die wieder auf dem Weg zu Larscheid zur Berichterstattung war. Er hatte das Gefühl, dass sie etwas bedrückte, und fragte sie deshalb nach der Begrüßung: »Ist bei dir alles in Ordnung?«

»Ja, klar. Es ist alles in bester Ordnung«, antwortete sie wenig überzeugend. »Ich bin hier, um Larscheid auf den neuesten Stand zu bringen.«

»Und, gibt's was Neues?«

»Nicht besonders viel. Biehler hat Hartz IV bezogen und war seit etwa einem Jahr unter der Adresse des Winzers in Bobenheim gemeldet. Trotzdem muss er noch woanders gewohnt haben, aber wo, wissen wir nicht. Bei seiner Mutter in Erpolzheim musste er raus, als diese im vergangenen Jahr ins Altenheim kam und die Wohnung aufgelöst wurde. Im Altenheim hat er dann auch den Winzer aus Bobenheim kennengelernt und ihm wohl versprochen, sich um das Haus zu kümmern. In Bobenheim selbst kennt ihn kaum einer. Die Nachbarn wussten bloß, dass er gelegentlich nach dem Rechten sah, hatten aber keinen echten Kontakt zu ihm. Wir wühlen also weiter in Biehlers Vergangenheit. Eine Neuigkeit kommt vom Kollegen vom Drogendezernat, der meint, dass das Rauschgift aus Spanien stammt. Ansonsten versuchen die gerade festzustellen, ob Biehler allein gearbeitet hat oder ob ein ganzer Ring dahintersteckt.«

»Haltet mich bitte auf dem Laufenden.«

»Natürlich. Die Obduktion ist für heute Nachmittag angesetzt. Ich fahre nachher hin, und ich hoffe, dass wir danach alles über die Umstände seines Todes wissen. Ich melde mich dann bei Larscheid.«

***

Larscheid kam am frühen Abend noch einmal kurz in Röders Büro, als dieser gerade zusammenpackte. »Die Wohlfahrt hat angerufen. Biehler hat wie vermutet einen Schlag auf den Hinterkopf bekommen, woraufhin er die Treppe heruntergestürzte und mit der Schläfe gegen den Treppenpfosten prallte.

Er hat einen doppelten Schädelbruch erlitten und ist an dem schweren Schädelhirntrauma gestorben.«

»Also können wir von Totschlag oder sogar Mord ausgehen.«

»Danach sieht es aus.«

»Was noch?«

»Eins Komma eins Promille Alkohol und ein erheblicher THC-Pegel im Blut. Er hatte wohl schon ein paar Becher Glühwein getrunken und dabei den einen oder anderen Joint aus seinem Vorrat geraucht. Die letzte Mahlzeit dürfte er ebenfalls auf dem Weihnachtsmarkt zu sich genommen haben, denn das Ganze sieht sehr nach Bratwurst im Brötchen aus.«

»Was bedeutet, dass er schon eine Weile vor Ort war. Da muss es doch Zeugen geben, die ihn gesehen haben«, stellte Röder fest.

»Ja, ich werde mit Steiner reden, dass er die Budenbesitzer abklappern lässt.«

»Irgendwelche Erkenntnisse über die Tatwaffe?«

»Die Verletzungen könnten der Form nach von einem Totschläger stammen, aber gefunden haben wir nichts.«

»Das klingt nach Vorsatz. Irgendjemand hat ihm mit einer Waffe aufgelauert und ihm eine übergebraten.«

»Vermutlich war es genau so.«

»Hat die Rauschgiftspur etwas ergeben?«

»Bis jetzt nicht. Diese Art von ›Kuhhandel‹ scheint den Rauschgiftfahndern neu zu sein. Das ist ja auch zu grotesk. Ein Weihnachtsmann, der Drogen in Stofftieren vertickt.«

Larscheid war mit seinem Bericht am Ende und zögerte, weshalb Röder ihn fragte: »Irgendetwas hast du noch auf dem Herzen, stimmt's?«

»Ja, ich möchte dich um deine Erlaubnis bitten, am Montag nach Dresden zur Außenstelle der Gauck-Behörde zu reisen.«

»Ich dachte, du hättest bereits einen Nachforschungsantrag gestellt.«

»Habe ich«, antwortete Larscheid. »Seine Hauptakte haben sie schon gefaxt, da steht genau das drin, was wir aus den alten Ermittlungsakten wissen. Ich denke aber, wir müssen tiefer einsteigen, denn in seinem Umfeld werden mindestens fünfundzwanzig IMs genannt, die ihn ausspioniert haben.«

»Fünfundzwanzig?«, fragte Röder ungläubig.

»In der DDR gab es einen Stasi-Mitarbeiter pro einhundertachtzig Bürger. Eine so hohe Quote haben weder die Nazis noch die Sowjets geschafft. Ich dachte, du hast meine Doktorarbeit gelesen.«

»Habe ich auch, aber warum lässt du nicht die Kriminalpolizei fahren oder bittest bei den Dresdnern um Amtshilfe?«

»Weil ich mich mit Stasi-Unterlagen auskenne, ich habe schließlich meine Dissertation über dieses Thema geschrieben.«

Röder wiegte den Kopf hin und her. »Wie lange wirst du weg sein?«

»Zwei, maximal drei Tage. Ich könnte Sonntag fliegen und wäre spätestens Donnerstag wieder hier.« Grinsend fügte er hinzu: »Schlafen tue ich bei meiner Verwandtschaft, das schont das rheinland-pfälzische Staatssäckel. Außerdem hat Dresden einen der schönsten Weihnachtsmärkte in Deutschland, sodass ich mit Bratwurst und Stollen zufrieden bin und nicht noch das ›Bean & Beluga‹ auf die Reisekostenabrechnung setze.«

»Bean und was?«

»Du alter Saumagenfresser, und ich dachte, ich wäre aus dem Tal der Ahnungslosen. Das ›Bean & Beluga‹ ist das Sternerestaurant in Dresden und betreibt unter anderem die Gastronomie in der Semperoper.«

»Ist ja schon gut. Ich bin froh, wenn du mir ein paar Tage aus den Füßen bist, du alter Snob«, sagte Röder und genehmigte die Reise.

DREI

Graues, kaltes und stürmisches Wetter eröffnete das zweite Adventswochenende im Dürkheimer Land. Röder hatte am Morgen kleinere Schönheitsreparaturen im Haus ausgeführt und saß jetzt mit der Zeitung vor dem Kamin. Das Buchenholz hatte er mit Hellinger Anfang des Jahres im Wald bei Leistadt selbst geschlagen. Es hatte nun den richtigen Feuchtegrad und sorgte für ein angenehmes, prasselndes Feuer. Er streckte seine Füße den Flammen entgegen und überlegte, ob es schon Zeit für eine Schorle war, als der alljährliche Artikel über das Dürkheimer Weihnachtsmarkt-Desaster seine Aufmerksamkeit auf sich zog. Seit einigen Jahren gab es keinen Weihnachtsmarkt mehr in Bad Dürkheim, denn die Stadt und der hiesige Gewerbeverein konnten sich wegen ewiger Streitigkeiten über die Lastenverteilung nicht einig werden. So war Bad Dürkheim die einzige größere Stadt in der Pfalz ohne Weihnachtsmarkt, was eine Schande war, wie Röder fand. Das Hin und Her sorgte für viel Gespött, und der Weihnachtsmarkt wurde auch gern als »Wanderzirkus« bezeichnet, weil er durch die ständigen Querelen schon früher, in den Jahren seiner rund dreißigjährigen Existenz, auf insgesamt fünf verschiedenen Plätzen in der Innenstadt abgehalten worden war.

Noch mehr als für den Artikel interessierte sich Röder aber für das Bild, auf dem ein braun gekleideter Nikolaus eine ähnlich kostümierte Frau im Arm hatte und lächelnd in die Kamera blickte. Die Aufnahme stammte aus dem Jahr 2004, als der Bad Dürkheimer Weihnachtsmarkt noch unter Federführung der Stadt ausgerichtet wurde. Die Bildunterschrift lautete: »Carola und Jörg Biehler bringen Hans Trapp nach Dürkheim.«

Röder gehörte einer Generation an, die in der Grundschule noch das Fach Heimatkunde gehabt hatte, und ihm fiel ein, dass »Hans Trapp« in der Südpfalz und im benachbarten Elsass synonym mit »Knecht Ruprecht« verwendet wurde. Elektrisiert starrte er auf das Foto. War das Jörg Biehler, das Opfer aus Bobenheim? Wegen der Maske war nicht viel vom Gesicht zu erkennen, aber im Hintergrund, an der Weihnachtsmarktbude, konnte er ein Schild erkennen, das für Spezialitäten aus dem Elsass warb.

Röder sprang beinahe aus dem Sessel, um sein Smartphone zu suchen. Er nahm es mit in die Küche, wo er sich eine Schorle mischte und dabei Steiners Nummer wählte. Da Steiner nicht abnahm, hinterließ Röder eine Nachricht auf der Mobilbox. Er fasste kurz zusammen, was er in der »Rheinpfalz« gelesen hatte, und stellte die Frage, warum niemand Biehlers Frau ermittelt hatte. Dann holte er seinen Laptop und wollte die Namen googeln.

»Hast du schon etwas für mich zu Weihnachten?« Manu war in die Küche gekommen. Sie hatte ihrer Schwiegermutter im Haushalt geholfen und kam gerade wieder zurück.

»Ich dachte, wir schenken uns dieses Jahr nichts?«, fragte Röder erstaunt.

»Ich habe da eine tolle Buddha-Statue gesehen«, sagte Manu und zog sich den Laptop heran, um die einschlägige Shop-Seite aufzurufen. »Die würde klasse vor unsere Tür passen.«

Röder war sprachlos, denn er fand den ganzen Buddha-Kram kitschig, und als er den Preis sah, bekam er beinahe einen Schlaganfall. »Was, der kostet ja vierzehnhundert Euro!«, entfuhr es ihm entgeistert.

»Der ist ja auch fast einen Meter hoch und aus grünem Lavagestein.«

»So ein Kitsch kommt mir nicht ins Haus, oder willst du einen Tempel errichten?«

»Linda hat recht, du bist und bleibst ein Banause!«

Röder rief seiner Frau noch etwas hinterher, was er später bereuen sollte, aber Manu hatte die Tür zum Schlafzimmer schon zugeknallt. Rastlos tigerte er eine Weile durch das Zimmer, bis er beschloss, dem Wetter zu trotzen und eine Runde joggen zu gehen. Seit fast zwei Jahren hatte er an keinem Marathon mehr teilgenommen, aber es war an der Zeit, das Training wieder aufzunehmen, denn im kommenden Frühjahr würde der nächste Weinstraßenmarathon stattfinden.

Er stellte die Schorle für später in den Kühlschrank und sammelte seine Laufklamotten ein, was eine Weile dauerte. Als er endlich fertig war, lag Lotte vor der Tür und blickte ihn treudoof an. »Na, dann komm halt mit, du altes Mistvieh«, sagte er stöhnend und suchte nach der Hundeleine.

Es war windig, aber trocken, als Röder mit Lotte im Schlepptau an der Sonnenwende vorbeitrabte. Nach dem Anstieg spürte er sein Trainingsdefizit in den Beinen, aber gleichzeitig erfüllte ihn diese innere Zufriedenheit, die er schon oft beim Laufen gespürt hatte. Er entschied sich gegen den weiteren Anstieg bis zum Bismarckturm und passierte stattdessen den Parkplatz an der Weilach, um durch die Weinberge nach Leistadt zu laufen. Da bei diesem Wetter kaum Spaziergänger unterwegs waren, hatte er den Hund von der Leine gelassen. Lotte genoss die Freiheit und schnüffelte an jedem Rebstock, der ihr interessant erschien. Röder war vollkommen in sich gekehrt, als sein Telefon klingelte. Er hatte nach dem Streit eigentlich einen Anruf von Manu erwartet, aber es war Steiner.

»Ich habe deine Nachricht erhalten und gehe der Spur aus der Zeitung natürlich nach. Danke für den Hinweis. Aber sag mal, warum schickst du den Larscheid nach Dresden, ohne vorher mit uns gesprochen zu haben?«

»Larscheid kennt sich mit Stasi-Unterlagen aus. Er hat seine Doktorarbeit darüber geschrieben«, sagte Röder, fühlte sich aber dennoch schuldig, denn er hätte das tatsächlich vorher mit Steiner und Sybille absprechen sollen. »Ich dachte, Larscheid hätte euch die Idee unterbreitet.«

»Hat er nicht. Immerhin hat er mich heute Morgen angerufen, um mich vor vollendete Tatsachen zu stellen.«

»Jetzt sei keine Prinzelbiene. Er kennt sich mit solchen Recherchen aus wie kein Zweiter.«

»Ich bin keine Prinzelbiene, und ich verstehe die Argumente schon. Es kommt nur sehr überraschend und war mit dem Team nicht abgesprochen. Ich kann dir nichts vorschreiben, aber ich finde Alleingänge nicht gut.«

Röder sah ein, dass er einen Fehler gemacht hatte. Fahndungserfolge waren fast immer ein Ergebnis von Teamarbeit und selten das Werk eines Einzelnen. Er hatte das zu Beginn seiner Laufbahn selbst lernen müssen, neigte aber trotzdem immer noch zu Alleingängen. Er versuchte, Steiner zu beschwichtigen, und beobachtete Lotte dabei, wie sie mit ihrem Hinterteil über eine Grasnarbe rutschte, um ihre Afterdrüsen auszudrücken. Der Hund bot ein dermaßen komisches Bild, dass Röder lachen musste.

»Was gibt's denn da zu lachen?«, fragte Steiner entrüstet.

»Hast du etwas geraucht?«

Röder konnte seinem Freund von der Kriminalpolizei, der niemals Erfahrung mit Hunden gemacht hatte, keine überzeugende Erklärung liefern. Immerhin konnte er sich selbst damit beruhigen, dass die Hündin diese Prozedur nicht auf einem Teppich in ihrer Wohnung verrichtet hatte, und erheitert weiterlaufen.

Nach ungefähr einer Stunde erreichte er Weisenheim und entschloss sich, umzukehren. Er war noch wenig trainiert und hatte nichts zum Trinken dabei, was bei einer längeren Tour absolut notwendig war. Gleichzeitig wurde sein Schorledurst größer, weshalb er den Weg durch die Weinberge nach Kallstadt einschlug. Er stand schon vor Hellingers Tor, als er sein Smartphone zückte und Manu anrief. Reumütig entschuldigte er sich für seinen Ausfall und schwor ewige Liebe. Manu verzieh ihm und versprach, ihn mit dem Auto abzuholen. Erleichtert drückte Röder die Klingel an der Probierstube. Der sanfte Gongschlag verursachte ein wohltuendes Kribbeln auf seiner Haut. Auf eine ungewohnte Art fühlte sich Röder mit einem Mal tiefenentspannt, und er verspürte einen starken Drang, die Augen zu schließen und an nichts mehr zu denken.

Linda lief kichernd an ihm vorbei, und Röder war sich nicht sicher, ob er träumte oder nicht. Die Szene war total unwirklich. Linda rannte ins Haus, ohne ihn zu beachten. Bevor er sich Gedanken darüber machen konnte, stand mit einem Mal Hellinger auf dem Treppenabsatz; sein Blick schweifte seltsam in die Ferne.

»Komm rein, mein lieber Freund, und lass uns eine Schorle verköstigen«, sagte Hellinger in einem eigenartigen Singsang und dehnte dabei die Silben.

Jetzt fielen Röder der süßliche Geruch im Raum und die erweiterten Pupillen seines Freundes auf. Ein Aschenbecher stand auf dem Tresen, in dem ein besonders großer Zigarettenstummel lag. Lotte lief aufgeregt schnüffelnd auf und ab.

»Sag mal, spinnt ihr jetzt komplett? Das ist illegal!«

»Stell dich nicht so an. Früher, als du noch kein Staatsanwalt warst, hast du doch immer mitgeraucht.«

»Vielleicht zwei oder drei Mal, und das Ganze ist mindestens dreißig Jahre her.«

»Jetzt krieg dich wieder ein.« Hellinger öffnete die Fenster. »Du kannst mich gern anzeigen, das Verfahren wird sowieso wegen Geringfügigkeit eingestellt. Ich weiß das, denn ich kenne jemanden von der Staatsanwaltschaft in Frankenthal. Oder meinst du vielleicht, ich baue das Zeug im großen Stil in meinem Keller an? Wäre wahrscheinlich nicht der schlechteste Ort. Ich habe neulich erst gelesen, dass die Polizei mit Wärmebildkameras Überflüge macht. Ungewöhnlich warme Dächer können ein Indiz für eine Plantage auf dem Dachboden sein. Deswegen würde ich die Anzucht grundsätzlich nur im Weinkeller machen.« Hellinger hantierte mit zwei Dubbegläsern und füllte sie umständlich, aber mit der richtigen Mischung aus Riesling und Sprudelwasser.

»Dann kriegen sie dich wegen zu hohen Energieverbrauchs«, sagte Röder einigermaßen besänftigt. »Pflanzenleuchten ziehen ordentlich.«

»Die gibt es mittlerweile in energiesparender LED-Ausführung, und außerdem platziere ich das Pflänzchen neben dem

Kühlaggregat, wo es es wegen der Abwärme schön warm hat. Bei dem Energieverbrauch meiner Kühlung fällt das bisschen Strom für die Pflanzenleuchte nicht weiter auf.«

»Ich merke schon, du hast ein neues Geschäftsmodell für Pfälzer Winzer entwickelt.«

»Ach Quatsch. Ich mache mir aus dem Zeug nicht viel. Eine gute Schorle ist mir lieber«, sagte Hellinger und schob Röder das eine der beiden Dubbegläser zu. »Linda hat sich eine Portion andrehen lassen, und ich habe ein paar Züge mitgequarzt. Das ist alles.«

»Wie vereinbart sie das mit ihren ayurvedischen Prinzipien?«, fragte Röder.

Hellinger zuckte mit den Schultern und nahm einen Schluck. »Ich werde zurzeit nicht schlau aus ihr. Ich glaube, sie will wieder eigene Wege gehen.«

Röder sagte zunächst nichts. Er war betroffen, weil sein Freund seine aktuelle Beziehung so fatal schlecht einschätzte. Überhaupt schien ihm der Joint nicht viel ausgemacht zu haben, denn seine Worte waren jetzt wieder erstaunlich klar. »Wo hat Linda den Stoff eigentlich her?«, fragte er dann.

»Den bekommst du an jeder Straßenecke, besonders jetzt um die Weihnachtszeit.«

»Wie meinst du das?«, fragte Röder und war auf einmal hellhörig.

»Hast du noch nie was von ›White and Green Christmas‹ gehört?« Hellinger fing zu singen an: »I'm dreaming of a White Christmas. Just like the ones I used to know ...«

»Du bist anscheinend doch noch voll auf Droge«, meinte Röder.

»Du hast echt keine Ahnung. In der Weihnachtszeit stehen sie überall.«

»Wer steht überall?«

»Na, die Weihnachtsmänner, die ›White and Green Christmas‹ verkaufen.« Als Röder nur verständnislos den Kopf schüttelte, fügte er hinzu: »White Christmas‹ für Koks und ›Green Christmas‹ für Gras.«

»Das weißt du?«, fragte Röder ungläubig.

»Das weiß doch jeder, außer den Bullen, denn ein guter Straßendealer spricht seine Kunden von sich aus an, wenn sie nicht gerade nach Polizei oder Staatsanwaltschaft riechen.«

Röder war schockiert. »Und du wirst angesprochen?«

»Ich eigentlich weniger, aber Linda umso öfter. Liegt vielleicht an ihrer grünen Vergangenheit in der Großstadt. Die Nikoläuse sind aber schon ein paar Jahre auch bei uns unterwegs. Ich dachte, du weißt das. Der Bobenheimer war doch auch einer von der Sorte.«

Röder war immer noch sprachlos, also fuhr Hellinger fort: »Du siehst ziemlich verschwitzt aus. Ich bringe dir mal eine Fleecejacke von mir. Wenn ich wiederkomme, musst du mir erzählen, was für eine Strecke du gelaufen bist. Wir sollten unbedingt mal wieder zusammen trainieren, der nächste Weinstraßenmarathon kommt bestimmt.«

Röder fröstelte tatsächlich, und seine Hände zitterten, als er die Nummer von Steiner in sein Telefon tippte.

***

Röder besprach mit Hellinger gerade den Ablauf der Nikolausfeier beim Pfälzerwald-Verein, als Manu mit ihrem mittlerweile in die Jahre gekommenen Opel Zafira vorfuhr. Noch machte ein siebensitziges Auto Sinn, aber sie überlegte schon, sich ein kleineres Auto zuzulegen, wenn alle Töchter ihren Führerschein hatten. Laura, die jüngste, war mit einer Freundin ebenfalls mitgekommen.

In der Probierstube knallte Manu eine Sporttasche vor Röder auf den Tresen. »Da habe ich deine Jeans und einen Pullover für dich drin. Wenn du noch duschen willst, mach es jetzt, denn um fünf Uhr wird in Freinsheim das Krippenspiel aufgeführt.«

»Och, nicht schon wieder Weihnachtsmarkt«, stöhnte Röder.

»Sei still, du hast etwas gutzumachen«, sagte Manu. »Außerdem freut sich Laura darauf, und Lotte hält das auch mal aus.«

Hellinger wollte nicht mitgehen. Er wartete noch auf Max, der bald vom Spielen bei einem Freund zurück sein sollte. »Aber ich könnte mit Manu noch einen trinken, bis du wieder gesellschaftsfähig bist«, schlug er vor und wandte sich sogleich an Manu: »Ich habe da noch einen ganz besonderen Tropfen für dich.«

Während sich Röder auf den Weg in die Dusche machte, hörte er seine Frau bereits wieder fachsimpeln: »Er bildet sehr schöne Fenster und hat eine tolle Bernsteinfarbe, ist dabei aber trotzdem klar. Der Duft erinnert an Aprikose und Quitte, mit einer gewissen edlen, rauchigen Note. Es ist schon jetzt klar, dass das ein geradliniger Riesling mit viel Finesse ist, dessen ungeheures Potenzial nur noch größer werden kann …«

Hellinger überschlug sich beinahe vor Lob und Anerkennung.

★★★

Der Freinsheimer Weihnachtsmarkt war beschaulich und das Verhältnis von Kunsthandwerks- und Fressbuden ausgewogen. Es gab zweifellos bedeutend größere Weihnachtsmärkte, wie jene in Deidesheim oder Neustadt, aber der Freinsheimer war in den Augen von Röder einer der schönsten. Das Krippenspiel, das in Pfälzer Mundart aufgeführt wurde, war vorüber, und Röder und Manu genehmigten sich beim Weingut Rehg gegenüber einen Glühwein. Laura war mit ihrer Freundin und dem Hund in Richtung Retzerhof losgezogen, wo es einen angesagten Schmuckstand gab. Später wollten sie sich dort wieder treffen.

Zum Glück hatte Manu an diesem Abend nicht die Absicht, eine ayurvedische Ernährung durchzusetzen, und Röder erzählte seiner Frau die verrückte Geschichte von den dealenden Weihnachtsmännern. Manus Journalistenneugier erwachte, und sie stellte eine Menge Fragen, während sie danach durch die Gassen mit den alten Fachwerkhäusern schlenderten. An der evangelischen Kirche gönnten sie sich eine Zimtwaffel und einen weiteren Glühwein. Sie hatten gerade zu essen begonnen, als Manu Röder mit der waffelbewehrten Hand anstupste. Dabei übertrug sie eine erhebliche Menge an Zimt und Puderzucker auf Röders Jackenärmel, der nun wie ein »Pälzer Woihnachtsguzel« aussah und auch so roch.

»Hey, was ist denn los?«, wollte Röder wissen.

»Dreh dich langsam und unauffällig rum. Hinter dir stehen zwei Halbstarke und so ein Weihnachtsmann, von dem du gesprochen hast.«

»Wirklich? Das kann doch nicht sein.« Röder biss in die Waffel und drehte sich um. Ein kleines Mädchen bückte sich und griff jauchzend in den Jutesack eines lachenden Nikolauses. »Ich sehe nur ein kleines Mädchen.«

»Die Halbstarken verschwinden gerade eilig nach links. Achtung, sie kommen in unsere Richtung.«

Manu und Röder blickten den beiden jungen Männern nach.

»Ich hätte dir die Geschichte nicht erzählen sollen, jetzt siehst du schon Gespenster.«

»Du hast doch damit angefangen«, sagte Manu schnippisch. »Außerdem wäre das endlich mal wieder eine Recherche, die mir liegen würde.«

»Im Drogenmilieu zu recherchieren ist doch viel zu gefährlich.«

»Weil deine Klienten ja auch alle im Knabenchor singen. Die beiden Jungs eben sahen jedenfalls nicht so aus, als würden sie sich für niedliche Stofftierchen interessieren wie die Kleine da drüben.«

Das Mädchen hielt triumphierend einen bunten Löwen in die Höhe, den sie aus den Tiefen des Jutesacks geangelt hatte. Die Mutter reichte dem Nikolaus einen Geldschein.

»Meinst du nicht, dass die Mutti gerade für den Stoff ihrer Tochter bezahlt?«

»Du bist unmöglich. Die beiden Typen haben nicht in dem Sack gewühlt, aber trotzdem ein Stofftier erhalten und sind eilig von der Bildfläche verschwunden. Sonst bist du doch immer der Skeptiker, der alles genau wissen will.«

»Ich habe diese Woche genug mit verhinderten Detektiven zu tun gehabt. Mein Quantum ist erfüllt.«

»Dann zeige ich dir jetzt mal, wie eine echte Feldrecherche bei Journalisten funktioniert. Da können Theoretiker, wie du einer bist, noch was von lernen.«

Manu stellte den Glühwein auf den Tresen und legte den Rest ihrer Waffel auf die von Röder. Dann ging sie zu dem Weihnachtsmann hinüber und sprach ihn an. Ohne zu zögern, griff der Weihnachtsmann in die Außentasche seines Mantels und bot ihr ein kleines Stofftier dar. Manu wühlte in ihrer Handtasche und nahm einen Schein aus ihrem Portemonnaie. Mit vor Aufregung gerötetem Gesicht kam sie zu Röder zurück.

»Zeig her, ich will sehen, was du bekommen hast«, forderte er ungeduldig.

»Nicht jetzt, dazu zittere ich viel zu stark. Lass uns erst einmal so tun, als ob nichts gewesen wäre.« Sie nahm einen großen Schluck von ihrem Glühwein.

»Dann sag wenigstens, was ihr gesprochen habt.«

»Ich bin einfach rübergegangen und habe ›I'm dreaming of a Green Christmas‹ gesagt. Er hat mich nur kurz angeschaut und ›Zwanzig Euro‹ geantwortet. Dann hat er mir das Stofftier hingehalten.«

Röder war zu perplex, um den unglaublichen Vorgang zu kommentieren. Er konnte sehen, wie Manu das Stofftier mit der Hand in ihrer Manteltasche untersuchte.

»Da ist garantiert etwas drin. Das fühlt sich nicht an wie die Füllung eines Stofftiers. Komm, lass uns mal in ein dunkles Eck gehen.«

Sie betraten die Kirche und setzten sich in eine der vorderen Bänke, denn im Eingangsbereich herrschte rings um die Krippenausstellung ein ziemlicher Trubel. Manu hielt Röder das Stofftier hin. Es war ein grüner Frosch. Röder versuchte, ihn an der Naht aufzureißen.

»Hier, probier es mal mit der Nagelfeile«, sagte Manu, die das Kosmetikwerkzeug mit unglaublicher Präzision aus den Tiefen ihrer Handtasche gefischt hatte, wo Röder niemals etwas finden würde. Einen kurzen Augenblick später hielt Röder ein kleines verschweißtes Plastiktütchen in der Hand. Im Inneren befanden sich eine Cannabisblüte und einige Blätter.

»Den kauf ich mir«, sagte Röder und stand abrupt auf.

»Nein, das tust du nicht«, sagte Manu laut und versuchte, ihn zurückzuhalten. Ein paar Besucher im hinteren Teil der Kirche schauten zu ihnen herüber. »Setz dich wieder«, ergänzte sie im Flüsterton. »Wie sollen wir an die Hintermänner kommen, wenn du so einen kleinen Straßendealer hochnimmst?«

Röder sah ein, dass seine Frau recht hatte. Aber es ging nicht nur um einen kleinen Straßendealer oder einen Drogenring. Es ging um ein Tötungsdelikt, bei dem Drogen eine Rolle spielten.

»Was meinst du, wie viel ist das?«, wollte Manu wissen und betrachtete prüfend die kleine Tüte.

»Die übliche Verkaufsgröße ist ein Gramm. Das könnte auch auf unser Stofftier zutreffen.«

»Und was ist das wert?«

»Auf der Straße zwischen zehn und fünfzehn Euro.«

»Ich habe zwanzig bezahlt.«

»Vergiss das niedliche Stofftier nicht.«

Manu musste lächeln. »Verdammt, ist das spannend! Das wird eine tolle Geschichte.«

»Du sollst doch nicht in der Kirche fluchen«, sagte Röder schmunzelnd und gab ihr einen Kuss. »Außerdem haben wir jetzt genug Räuber und Gendarm gespielt. Ich rufe lieber mal Steiner an, damit seine Mordkommission der Spur nachgeht.

Außerdem will ich, dass du die blöde Idee mit dem Artikel sein lässt. Das ist viel zu gefährlich.«

»Sag mal, bin ich nun eine Journalistin, oder bin ich keine?«

***

Röder war motiviert, sich auch schon im alten Jahr, vor den großen Feier- und Fresstagen, wieder sportlich zu betätigen. Nach einem ausgiebigen Sonntagsfrühstück mit Manu, bei dem sie fast ausschließlich über die Erlebnisse des Vortages sprachen, warf er sich in seine Laufklamotten, schnappte sich den Hund und lief an der renaturierten Isenach entlang. Obwohl er den letzten Lauf noch ein bisschen in den Knochen spürte, fühlte er sich ausgesprochen leicht und befreit. Er durchquerte den winterlichen Kurpark, um danach die Bundesstraße zu kreuzen, bevor er durch den Dürkheimer Bruch den Weg nach Erpolzheim einschlug. Im Sommer brüteten hier manchmal Störche, die in den feuchten Wiesen der ehemaligen Sumpflandschaft ihre Lieblingsnahrung fanden. Röder musste unwillkürlich an den grünen Stofffrosch denken, den er am Vortag auseinandergenommen hatte. Er versuchte, alle Puzzleteile zu einem Motiv zusammenzufügen, und kam zu dem Schluss, dass der Tod des Belzenickels wahrscheinlich mit dessen Drogengeschäften zusammenhing. Trotzdem war er aus irgendeinem Grund unzufrieden, und er führte sein schwer zu beschreibendes Gefühl auf die Tatsache zurück, dass die Erkenntnisse über das Opfer noch sehr mager waren.

Das Laufen entspannte Röder. Manchmal kam er mit neuen Ideen zurück, aber oft schaltete er nach einer Weile einfach ab und trabte gedankenverloren vor sich hin. Obwohl er die Gegend seit seiner Kindheit kannte, konnte es passieren, dass er irgendwann aus seiner Trance erwachte und im ersten Moment nicht wusste, wo er war. Das waren Momente tiefster Entspannung, da brauchte er kein Yoga zu praktizieren.

Als er zu Hause ankam, nahm er sich vor, das bei Gelegenheit mit Manu zu diskutieren und sie mal wieder auf einen Lauf mitzunehmen.

★★★

Die Nikolausfeier in der Hütte an der Weilach begann um drei Uhr nachmittags, aber sie waren etwas früher gekommen, um die Gelegenheit zu nutzen, mit dem Hund durch den Winterwald zu wandern. Außerdem waren sie hungrig, und Röder ließ sich, bevor es losging, eine Portion Saumagen mit der dazugehörigen Rieslingschorle schmecken.

Das Wetter war kühl, aber trocken, und so würde der Nikolaus im Freien kommen. Die Kinder tobten auf dem Spielplatz, und Röder ging nach dem Essen mit Manu hinaus, um sich das Spektakel anzusehen. Es war das erste Jahr seit beinahe einem Vierteljahrhundert, in dem sie ohne Kinder hier waren.

Um halb vier kam der Weihnachtsmann; Röder erkannte ihn schon am federnden Gang. Ihm zur Seite marschierte ein deutlich kleinerer Knecht Ruprecht, der unverkennbar Max war. Gemeinsam zogen sie stöhnend einen großen Handwagen hinter sich her und stellten sich damit vor der Treppe zum Haupthaus auf. Im Nu waren die Kinder zusammengeströmt und bildeten einen Halbkreis um das ungleiche Paar.

Max drohte mit der Rute, damit etwas Ruhe in die Gesellschaft kam; dann fing Hellinger mit dröhnender Stimme an, das Begrüßungsgedicht aufzusagen.

»Vum Pälzer Wald, da kumm ich her,
isch muss eisch sache, de Weech war schwer.
De Schlitte war net gut zu lenke,
kään Schnee uff de Gass un all die Geschenke.
Un donn noch die Kilos zu viel uf de Rippe,
ma soll halt net alles in Sahnesoß dippe.
Nun steh isch vor eisch un schau in die Reihe,

ihr misst mer de Ausdruck schunn verzeihe.
Denn was isch do seh, is nimmi frisch,
um ehrlich zu sahn, rischtisch kümmerlich.
Drum halte eisch fit und dut jo net vergesse,
ää gudder Pälzer Saumache zu esse.
So mancher vun eisch werd de Enkel losschicke,
weil die Dritte dahäm im Nachtkaschde ligge.
Des Gebiss in de Gosch, donn des Schwarzbrot mit
Schmalz,
ä Blutdrucktablett hinnerher und alles schä dick mit
Salz.
Drum dud net verzache, es gebt nix geschenkt,
tritt näher ans Lewe, denn es is kerzer, als ma denkt.
So feire jetzt schä und lassen's gud krache,
was soll mer a sunscht mit de Hüftprothes mache.
Drum hebt eier Gläser und stimmt mit mer oi:
Ä guder Schorle is mit Pälzer Woi!
Ich bleib in de Palz, bis ich nimmi konn,
denn moi letschdes Hoch gilt dem Sensemonn.«

Auch wenn es während des Vortrages einzelne Lacher gab,
die Zuhörer mussten, selbst hier im Herzen der Vorderpfalz,
einen solchen Nikolaus erst einmal verkraften. Dann jedoch
kam aus einer der hinteren Reihen der erste Applaus, und
Sekunde um Sekunde steigerte er sich.

»Do honn ihr awwer Glick gehat. Wenn ihr jetzt net ge-
klatscht hättet, hätt isch des Zeich widder fortgefahre.«

»Das war schon ein bisschen anders als in den vergangenen
Jahren«, sagte Röder zu Manu.

Als die Zuhörer wieder ruhiger wurden, hatte Max sei-
nen großen Auftritt, der die pfälzische Version eines kurzen
Rilke-Gedichts vortrug. Klatschen und Johlen beendeten
seinen Vortrag, und ein Chor formierte sich, der im richtigen
Moment »Morsche kummt de Woihnachtsmonn« anstimmte.
Es folgten noch zwei weitere Lieder mit der Zugabe »Stille
Nacht«, und alle sangen mit.

Die Ungeduld der Kinder war am Höhepunkt, als Hellinger und Max endlich die Geschenke verteilten. Nachdem das erledigt war, tobten sie wieder auf dem Spielplatz, und mitten im Trubel mischte ein kleiner Knecht Ruprecht mit.

Röder ging mit seinem Schorleglas zu Hellinger hinüber. »Das war eine ziemlich schräge Vorstellung, aber mir hat es gefallen.«

»Von einigen jungen Eltern habe ich Beschwerden bekommen, weil mein Gedicht angeblich nicht kindgerecht war, aber ihrer Aussprache nach waren das keine Pfälzer.« Die beiden Freunde lachten und stießen mit ihren Dubbegläsern an. »Komm, ich stell dir mal Otto vor, der ist Schwimmtrainer bei den Delphinen in Grünstadt und ein wandelndes Lexikon des Schwimmsports. Vielleicht weiß der was über den Bobenheimer Nikolaus.«

Otto war ein agiler Endsechziger und freute sich, dass sein Wissen gefragt war. »Klar, den Jörg Biehler kenne ich. Der wäre in den Achtzigern beinahe ein zweiter Albatros geworden, aber nachdem er in der DDR in Ungnade gefallen war und eingesessen hat, war's damit vorbei.« Otto zählte Medaillen und Wettkampfplatzierungen auf.

»Warum konnte er im wiedervereinigten Deutschland nicht mehr an seine Erfolge anknüpfen?«, wollte Röder wissen.

»Tja, man hatte ihn fast drei Jahre vom Sport ausgeschlossen, das ist viel versäumte Trainingszeit, besonders im Alter von Mitte zwanzig. Außerdem wurde sein Wille im Gefängnis gebrochen, denke ich. Der war ein seelisches Wrack nach der Entlassung. Auch geht das Gerücht, dass er in der DDR gedopt war. Nach allem, was wir heute wissen, ist das sogar sehr wahrscheinlich so gewesen. Er hat trotzdem ein Comeback versucht und ist für einen Ludwigshafener Verein geschwommen, aber er war nur unter der Rubrik ›Ferner liefen‹ zu finden.«

»Das ist sehr tragisch«, sagte Röder, und Otto nickte. »Weißt du etwas über eine Freundin, die eine westdeutsche Schwimmerin gewesen sein soll?«

»Klar, das war die Carola Lang. Auch eine hervorragende

Schwimmerin in den Achtzigern. Sie wurde mehrfach deutsche Meisterin im Lagenschwimmen und hat zweimal an Olympia teilgenommen. Sie hat eine Silbermedaille in der Staffel bekommen, das ist schon etwas Besonders. Aber wegen ihr hat Biehler die ganzen Schwierigkeiten gehabt.«

Röder wähnte sich auf der richtigen Spur. Die Frau neben Biehler auf dem Foto in der Zeitung hieß Carola. Das war wohl ein und dieselbe Frau.

»Weißt du, ob die beiden verheiratet waren?«

»Nein, nicht dass ich wüsste. Das war wohl auch eine sehr komplizierte Liebesgeschichte. Ich weiß nur, dass sie irgendwann als Trainerin ins Ausland gegangen ist. Ich kann dir aber nicht sagen, was sie heute macht.«

Röder unterhielt sich noch eine Weile mit dem alten Schwimmer und gab eine Runde Schorle aus, bevor er, Manu und Lotte den Heimweg über die Weinberge antraten. Es war schon dunkel, als sie den Ortsrand von Bad Dürkheim bei der Weinstube Barth erreichten. Sie entschlossen sich, dort einen Absacker zu trinken. Beim Betreten der Weinstube klingelte Manus Telefon. Es war Marie-Claire.

Während Röder in der rustikalen Weinstube auf die Bestellung wartete, ging Manu in den Hof hinaus, um ungestört telefonieren zu können. Als sie wiederkam, wirkte sie zerstreut. »Also irgendwie ist Marie-Claire seltsam drauf. Sie hat nicht viel gesprochen, aber ich glaube, sie hat etwas auf dem Herzen und will es mir nicht sagen.«

Röder versuchte, seine Frau zu beruhigen, aber ihr Mutterherz war äußerst sensibel, wenn es um das Wohlbefinden ihrer Kinder ging, und meistens waren ihre Gefühle begründet.

***

Röder brühte sich gerade einen Kaffee zum Frühstück auf, als sein Telefon klingelte. Es war Steiner. »Guten Morgen, Gerald. Bist du unter die Frühaufsteher gegangen?«, fragte

Röder und blickte auf die Uhr. Es war zehn Minuten nach sieben.

»Wenn ich in einer Mordermittlung stecke, fange ich früh an und mache Überstunden. Im Gegensatz zu den Typen bei der Staatsanwaltschaft habe ich keine Zeit zu verlieren, sonst werden die Spuren kalt. Staatsanwälte kennen diesen Druck nicht. Die leben nur mit den Akten, die wir zusammenstellen, und dafür nehmen sich die faulen Säcke alle Zeit der Welt. Dabei kommt es dann auch schon mal vor, dass sie einen Schwerverbrecher, den wir überführt haben, laufen lassen müssen, weil sie eine Frist verpennt haben.«

»Na, du hast ja eine hohe Meinung von der Judikative im Allgemeinen und von deinem Freund im Speziellen.«

»Allerdings, aber deswegen rufe ich nicht an. Ich bin gerade auf dem Weg zu Biehlers Mutter. Sie möchte mit uns reden, und ich dachte, du willst vielleicht hinkommen, denn sie wohnt ja quasi in deiner Nachbarschaft.«

Die alte Frau Biehler lebte im Altenheim an den Salinen, was für Röder in der Tat nur ein kurzer Fußweg war. Er sagte zu und schickte Frau Vogel eine Nachricht, dass er wegen der Zeugenbefragung später ins Amt komme.

Um kurz nach halb acht traf Röder Steiner im Eingangsbereich des Altenheims an den Salinen. Es war eines der besseren Häuser in Bad Dürkheim, mit modernem Standard und gut gelegen, sodass die mobilen Heimbewohner ohne Weiteres die Stadt und die nähere Umgebung erreichen konnten. Nachdem sie sich angemeldet hatten, gingen sie in den ersten Stock, wo Frau Biehler ihr Zimmer hatte. Es war ein Einzelzimmer, der Raum war hell und freundlich gestaltet. An den Wänden hingen Fotografien, und einige ältere Möbelstücke sorgten für eine behagliche, individuelle Atmosphäre. Röder hatte sich ein Altenheim viel schlimmer vorgestellt und überlegte, ob das im Fall, dass sie später einmal vollends zu einem Pflegefall werden würde, eine Möglichkeit für seine Mutter wäre.

Die alte Frau lag in einem Pflegebett. Sie sah sehr blass

aus und hing an einem Tropf. Die Stationspflegerin hatte gesagt, dass nach ihrem Zusammenbruch eigentlich keine Besuche erlaubt seien, aber Frau Biehler habe ausdrücklich darum gebeten, mit der Polizei sprechen zu dürfen. Bis zu dem Kollaps sei die alte Dame eine sehr agile Frau gewesen, die wegen Hüftproblemen in Folge einer chronischen Knochenerkrankung auf eine gewisse Pflege angewiesen war. Als Röder und Steiner nun vor Frau Biehler standen, bekundeten sie einfühlsam ihr Beileid, was der alten Frau Tränen in die Augen trieb. Dann wollte sie wissen, was mit ihrem Sohn passiert und wie er zu Tode gekommen war.

Röder war sich zunächst nicht sicher, ob es wirklich eine gute Idee gewesen war, dem Wunsch der alten Frau nachzugeben, aber schließlich fing sie an zu erzählen: »Er war ein so guter Junge. Ich weiß gar nicht, wie es nun weitergehen soll, denn er zahlt jeden Monat für meine Unterbringung in diesem Heim. Mit meiner schmalen Rente kann ich mir das allein nicht leisten.«

»Was hat denn Ihr Sohn beruflich gemacht?«, fragte Steiner unverfänglich.

»Er hat elsässische Spezialitäten importiert und auf den Weinfesten in der Umgebung verkauft. Das brachte richtig Geld.«

Steiner blickte Röder an. Nach ihren Erkenntnissen hatte Biehler von Hartz IV und von seinen Drogengeschäften gelebt. Das waren wohl die »Elsässer Spezialitäten«, die seine Mutter meinte. Die Ironie war offensichtlich. Andererseits gab es da dieses Foto aus der »Rheinpfalz«, das Biehler und Carola Lang vor einer Verkaufsbude auf dem Dürkheimer Weihnachtsmarkt zeigte.

»Sie haben ursprünglich in der DDR gelebt. Wie sind Sie in die Pfalz gekommen?«

»Nach der Wende, als mein Sohn aus dem Gefängnis kam, hat uns nichts mehr im Osten gehalten. Mein Mann ist schon lange tot, und ein Cousin von mir lebte in Erpolzheim, also sind wir hergekommen. Außerdem wollte Jörg wieder schwimmen. In Ludwigshafen hat er einen Verein gefunden, der ihn trainieren und fördern wollte.«

Steiner stellte noch ein paar Fragen über Biehlers Sportkarriere und darüber, warum der Erfolg ausgeblieben war, aber sie erfuhren nichts Neues.

»War Ihr Sohn verheiratet?«, fragte Röder, und er bemerkte, wie die Augen der alten Frau aufblitzten.

»Nein, er war niemals verheiratet.«

»Aber er hatte doch bestimmt Freundinnen.«

»Oh ja, er hatte viele Freundinnen. Er war ja auch ein gut aussehender Mann.«

»War Carola Lang eine seiner Freundinnen?«

»Carola, diese Schlampe? Ganz sicher nicht. Wie kommen Sie darauf?« Frau Biehler hatte jetzt rote Flecken auf den Wangen.

»Er kannte Carola, wegen ihr wollte er in den Westen.«

»Sie hat ihn verraten«, zischte die alte Frau.

»Wie das, sie war doch eine Westdeutsche?«

»Eine Stasi-Spionin war sie.«

»Erklären Sie uns das bitte.«

In den folgenden zwanzig Minuten erfuhren Röder und Steiner eine der unglaublichsten Geschichten, die sie in ihrer Laufbahn gehört hatten. Darüber, wie Biehler mit seiner Mutter Fluchtpläne geschmiedet hatte, weil er im Osten all seiner Chancen beraubt worden war. Als sportlicher junger Mann, der im Training jeden Tag zwanzig Kilometer schwamm, hatte er von Boltenhagen, einem Ostseebad, in die Lübecker Bucht schwimmen wollen.

»Meine Familie wurde nach dem Krieg enteignet, wir waren seither gegen den Staat eingestellt. Eine Weile dachten wir, es würde alles gut, denn Jörg konnte als Sportler ein privilegiertes Leben führen. Er durfte reisen, hatte Geld, bekam eine Wohnung und ein Auto zugewiesen.«

»Aber trotzdem wollte er fliehen.«

»Ja, und schuld daran war diese Carola. Sie hat ihn in Ostberlin besucht und ihm den Kopf verdreht. Daraufhin haben sie ihn das erste Mal ins Gefängnis gesteckt. Acht Wochen lang haben sie ihn verhört, gefoltert und in einer Dunkelzelle sich selbst überlassen. Sie konnten ihm nichts nachweisen, aber seine Karriere war vorbei. Die Wohnung, das Auto, alles haben sie ihm wieder weggenommen.«

»Und von da an wollte er fliehen?«, fragte Röder, und die alte Frau nickte.

»Ich bin mit ihm nach Boltenhagen gefahren. Von dort sind es gerade mal fünfundzwanzig Kilometer bis in die Lübecker Bucht. Aber der Abschnitt war gut bewacht. Jörg war ja nicht der Erste, der dort rüberschwimmen wollte. Wir haben uns in einem Strandkorb versteckt und gewartet. Mit der Zeit stellten wir fest, dass die Scheinwerfer jede Stunde kurz ausgeschaltet werden mussten, weil sie sonst zu heiß wurden. Das war der Zeitpunkt, den er abgepasst hat, um ins Wasser zu springen und um sein Leben zu schwimmen.«

»Wieso wurde er erwischt?«

»Carola hat ihn verraten.«

»Warum sollte sie das getan haben? Und wie?«

»Das weiß ich nicht, aber sie hat es getan. Jörg hat sich nach mehreren Stunden im Wasser an einer Boje ausgeruht. Ein Boot der Grenzpolizei hat ihn dort aus dem Wasser gefischt. Sie haben gezielt nach ihm gesucht, sonst hätte er es bestimmt geschafft.«

»Wissen Sie, wo Carola heute ist?«

»Nein, und ich will es auch nicht wissen.«

Die Pflegerin kam herein und beendete die Befragung. Röder und Steiner sahen es ein, denn die alte Frau war sichtlich erschöpft. Sie wollten gerade gehen, als Frau Biehler sich energisch in ihrem Bett aufrichtete und mit Wut in der Stimme sagte: »Finden Sie den Mörder meines Jungen und sagen Sie mir niemals, wer es ist, denn ich würde ihn sofort erschießen.«

Röder, Steiner und die Pflegerin sahen sie betroffen an, und obwohl Röder ihre Gefühle in gewisser Weise verstand, antwortete er behutsam: »Das dürfen Sie nicht. Die Bestrafung müssen Sie uns überlassen.«

»Ich bringe ihn um, das schwöre ich«, rief Frau Biehler und machte Anstalten, das Bett zu verlassen. Die Pflegerin scheuchte Röder und Steiner sofort energisch aus dem Zimmer und versuchte, die tobende Frau zu beruhigen. Sie hatten bereits die Tür hinter sich geschlossen, als die Schreie der Frau in ein markerschütterndes Schluchzen übergingen.

»Das ist eine schlimme Geschichte, und ich hätte nicht gedacht, dass die Frau noch so viel Energie hat«, sagte Steiner, als sie wieder in der Empfangshalle standen.

»Ja, wahrscheinlich stand sie am Anfang unserer Befragung noch zu sehr unter Medikamenteneinfluss und hat erst allmählich realisiert, was wirklich passiert ist. Immerhin haben wir jetzt einen Puzzlestein mehr, auch wenn es uns noch nicht so richtig voranbringt.«

Steiner nickte, während Röder an den Empfang ging und nach Prospekten fragte.

»Willst du dich hier einquartieren?«, fragte Steiner.

»Das ist gar keine schlechte Idee. Die Lebenshilfe nebenan macht ordentliche Weine, da schieb ich mich locker mit dem Rollator hin.«

Röders Telefon klingelte. Es war Hellinger.

»Morsche, Ben. Wir haben doch gestern an der Weilach von der Schwimmerin erzählt, erinnerst du dich? Eben ist mir noch etwas dazu eingefallen.«

Steiner wollte sich von Röder verabschieden, aber Röder bedeutete ihm, dass er noch warten sollte. »Ja, und? Was ist dir dazu eingefallen?«

»Du weißt doch, dass ich das ›Cheval Blanc‹ mit Wein beliefere und dass die bei mir am Geburtstag gecatert haben.«

»Ja, klar. Jetzt spann mich nicht auf die Folter, was willst du mir sagen?«

»Ich kenne eine Carola Lang. Sie arbeitet als Kellnerin im ›Cheval Blanc‹ und hat an meinem Geburtstag bedient.«

»Sag bloß, das war die, die mit dem Hasbach aneinandergeraten ist.«

»Genau die.«

»Weißt du, ob die noch da arbeitet?«

»Ich glaube schon. Mir ist der Name wieder eingefallen, als ich vorhin die Fuhre Wein für das ›Cheval Blanc‹ gepackt habe. Ich fahre nachher hin, um ihn auszuliefern. Du kannst ja mitkommen. Schließlich hast du mir schon lange nicht mehr beim Weinausfahren geholfen.«

»Das macht meine Leber leider nicht mehr mit.«

»Das ist aber schade, denn ich bin dort immer zum Mittagessen eingeladen, bei meinem Freund Michel Zinck, dem Chef. Helfer sind meistens inklusive.«

»Lass mal, heute ist Montag, ich muss selbst auch arbeiten, aber danke für den Hinweis.«

Steiner war ein wenig ungeduldig, als Röder endlich aufgelegt hatte.

»Hellinger meint, er kennt eine Carola Lang. Sie arbeitet im ›Cheval Blanc‹ und hat an Hellingers Fünfzigstem bedient. Das war die Frau, die sich mit Hasbach gestritten hat.«

»Ich habe den Streit nicht mitbekommen und kenne den Hasbach auch nicht. Aber natürlich gehen wir der Spur nach«, sagte Steiner in wenig überzeugendem Ton. »Die Namensgleichheit kann Zufall sein.«

»Es gibt aber noch eine zweite Spur ins Elsass, nämlich das Foto aus der ›Rheinpfalz‹. Carola und Jörg Biehler.«

»Ja, schon, deshalb werde ich auch ein Amtshilfeersuchen an die Gendarmerie in Weißenburg stellen.«

»Das dauert doch Tage«, meinte Röder.

»Ja, so was geht in der Regel nicht so schnell. Aber du musst zugeben, es ist nicht unsere heißeste Spur. Ich denke, Larscheid liegt richtig, wenn er in der Stasi-Vergangenheit von Biehler nach Hinweisen sucht und wir die Drogenspur verfolgen. Trotzdem gehen wir der Spur nach, du kannst also beruhigt sein.«

»Du musst auch Hasbach befragen.«

»Ja, auch das ist notiert. Ich schicke jemanden zu ihm nach Großkarlbach.«

»Das kannst du doch jetzt gleich tun.«

»Ben, nimm es mir nicht übel. Du machst deinen Job, und ich mache meinen. Okay?«

Röder nickte und verabschiedete seinen Freund. Er wusste, dass Steiner ein hervorragender Polizist war und dass er und sein Team eine der höchsten Aufklärungsraten in Deutschland hatten. Trotzdem ging es ihm eben manchmal nicht schnell genug.

Er grübelte, während er zu seinem Auto zurückging. Die Spuren, die in das Elsass führten, konnten kein Zufall sein. Spontan wählte er Hellingers Nummer. »Hallo, Achim, bist du schon unterwegs?«

»Nein, aber ich wollte gerade los. Ich habe mir gleich gedacht, dass du doch noch mitfährst. Nach fünfundvierzig Jahren Räuber-und-Gendarm-Spielen weiß ich, wie du tickst. Komm einfach her. Wir trinken noch einen Kaffee, du erzählst mir alles, und dann fahren wir los.«

***

Als Röder bei Hellinger in der Probierstube ankam, stand eine frisch aufgebrühte, duftende Tasse Kaffee auf dem Tresen. »Ist die für mich?«, fragte Röder.

»Für wen denn sonst?«, fragte Hellinger zurück. »Ich habe auf den Knopf meiner Kaffeemaschine gedrückt, als du durchs Tor gefahren bist. Es ist ein halber Löffel Zucker drin und ein kleiner Schwaps Milch. Trinkst du den Kaffee seit Neuestem etwa anders?«

»Nein, nein. Der sieht perfekt aus.« Röder stieß aus alter Gewohnheit mit Hellinger an, der einen großen Humpen in der Hand hielt.

»Im Gegensatz zu dir gehe ich mit der Zeit. Schließlich kann man auch mit einer Jura-Maschine große Tassen Kaffee zubereiten.«

Sie diskutierten noch eine Weile über moderne Kaffeemaschinen und handgebrühten Kaffee, bis Hellinger sagte: »Das nächste Mal bei dir freue ich mich auf einen von Hand gebrauten Kaffee. Aber jetzt müssen wir los, sonst kommen wir zu spät für das Mittagessen.«

Hellinger verschickte seinen Wein üblicherweise per Post oder Spedition an seine Kundschaft. Aber es gab bestimmte Kunden, da musste er seinen Wein persönlich ausfahren, oder, besser gesagt, er ließ es sich nicht nehmen. Das »Cheval Blanc« in Niedersteinbach gehörte ohne Zweifel zu diesem speziellen Kundenkreis.

»Schön, dass du mitfährst«, sagte Hellinger und startete den Motor. »Ich behaupte mal, dass du mindestens fünfzehn Jahre lang keinen Wein mehr mit mir ausgefahren hast.«

»Dein Vater hat noch gelebt, als wir die Norddeutschland-Tour gemacht haben. Manu war jedenfalls nicht begeistert, sie war zu der Zeit mit Laura schwanger.«

»Stimmt, aber deine Mutter hat euch damals noch geholfen. Die hat doch die Mädels überallhin gefahren und Party mit ihnen gemacht.«

Röder lachte und erzählte seinem Freund, wie verwirrt seine Mutter heute war. Dass sie, nur mit Unterwäsche und einer Gärtnerschürze bekleidet, mitten im Dezember Gemüsebeete anlegte.

»Irgendetwas muss der Mensch schließlich zu tun haben«, sagte Hellinger. »Es ist doch egal, wie verrückt die Leute sind. Wichtig ist nur, dass sie niemandem wehtun. Wenn sie in ihrer eigenen Welt leben und dabei glücklich sind, dann ist das vollkommen in Ordnung.«

»Heute Morgen war ich im Altenheim an den Salinen.«

»Du willst deine Mutter doch nicht dorthin abschieben?«

»Von Abschieben kann nicht die Rede sein.«

»Doch, ich sehe es so. Wenn ihr Hilfe braucht, dann frage ich Mariusz, der hat genügend Verwandtschaft in Polen, um eine Frau zu finden, die bereit ist, die Pflege zu übernehmen. Ihr habt doch genug Platz, dass die bei deiner Mutter wohnen kann.«

Das Gespräch wurde unterbrochen, weil Röders Telefon klingelte. Es war Frau Vogel, seine Sekretärin.

»Herr Köksal lässt fragen, ob Sie noch kommen oder ob er die Abteilungssitzung machen soll, denn Herr Dr. Larscheid ist ja auch nicht da.«

Röder war peinlich berührt, denn er hatte glatt seine beruflichen Pflichten vergessen. Es war nicht das erste Mal, dass ihm so etwas passierte. Wenn er sich in einen Fall verbissen hatte, dann lebte er in einer anderen Welt. Um sich keine Blöße zu geben, lobte er die Umsichtigkeit seiner Sekretärin und seines Mitarbeiters. Natürlich ließ er Köksal die Abteilungssitzung abhalten.

Hellinger gab seinem alten Lieferwagen die Sporen, und als Röder sein Telefonat beendete, waren sie bereits auf der Weinstraße in Höhe der Römischen Villa in Wachenheim angelangt. »Weißt du eigentlich, warum sich diese Carola und der Hasbach auf deinem Geburtstag gestritten haben?«, fragte Röder.

»Irgendeine Reklamation, weil wohl etwas mit den Austern nicht in Ordnung war, das hat mir jedenfalls Hasbach erzählt. Er hat sich hinterher bei mir entschuldigt.«

»Wegen einer Reklamation wirft die alles hin und verschwindet? Schwer zu glauben. Wenn man im Service arbeitet, muss man schon ein bisschen mehr aushalten können.«

Hellinger zuckte mit den Schultern. »Was weiß ich, vielleicht hat sie einen schlechten Tag gehabt, und der Hasbach hat einfach das Fass zum Überlaufen gebracht.«

»Kennst du die Carola von deinen Besuchen im ›Cheval Blanc‹?«

»Kennen ist übertrieben, aber sie hat mich schon bedient, und bei meinem Geburtstag war sie ja auch. Wenn ich dort bin, rede ich aber meistens mit Michel, sodass ich nicht viel von ihr weiß.«

Sie schwiegen, während sie über die A 65 in Richtung Süden bretterten. Auf der rechten Seite flog die Haardt an ihnen vorbei. Das Weinbiet, Neustadt, das Hambacher Schloss, die Kalmit, die höchste Erhebung an der Haardt. Darunter lag das Dorf Sankt Martin, in dem alljährlich im November das letzte Weinfest der Pfälzer Saison gefeiert wurde, kurz bevor die Weihnachtsmärkte begannen. Hellinger hatte dort einen Winzerfreund, den sie im vergangenen Sommer nach einer Wanderung über die Rietburg einmal spontan besucht hatten. Natürlich hatten sie eine Weinprobe absolvieren müssen, die sich so lange hinzog, dass sie das Zimmer im Gästehaus danach nicht mehr ablehnen konnten. Die Weine waren zweifellos hervorragend gewesen, denn Röder hatte am nächsten Tag keinen dicken Kopf gehabt, aber erst später hatte er erfahren, dass das Weingut Alfons Ziegler tatsächlich zu den einhundert besten Weingütern in Deutschland zählte.

Hinter Landau verließen sie die Autobahn und fuhren bei Eschbach genau auf die Madenburg zu. Röder genoss seine passive Rolle als Beifahrer und blickte aus dem Wagenfenster. Er kannte sich an der südlichen Weinstraße ziemlich gut aus. Bei Schweigen überquerten sie die Grenze zu Frankreich. In die alte Zollstation waren irgendwelche Billigläden eingezogen. Röder erinnerte sich noch gut an die Zeit, als hier kontrolliert wurde. Heute konnte man ungehindert durchfahren. Ein Glück, denn siedend heiß fiel ihm ein, dass er gar keinen Ausweis dabeihatte. Früher wäre ein Grenzübertritt ohne Personalausweis unmöglich gewesen. Auf einer Wanderung mit seinem Vater war er sogar einmal an der grünen Grenze im Wald kontrolliert worden.

»Komm, wir gehen einen Rotwein trinken«, sagte Hellinger, als er in den Kreisel am Ortseingang von Wissembourg einfuhr.

»Wie bitte? Es ist noch nicht einmal elf Uhr.«

»Genau, deswegen ja. Wir sind hier in Frankreich, da wird um diese Uhrzeit eine kleine Pause gemacht, bevor es dann zum Mittagessen geht. Außerdem muss ich noch Eclairs für Max besorgen.«

Hellinger ließ keinen Widerspruch zu, und so saßen sie wenig später in einer kleinen Bar in der Nähe des Maison du Sel. Er bestellte zwei Gläser Vin rouge de la Maison. Laut Hellinger entpuppte sich der Wein als Côtes du Rhône, was in Röders Ohren erst einmal banal klang. Aber Hellinger schätzte das als gutes Preis-Leistungs-Verhältnis ein. Sein Resümee war: Ein Euro pro Glas bei guter Qualität, was will man da meckern?

Sie nahmen sich die Zeit, um einmal durch den Ort zu laufen, passierten die alte Abteikirche und schlenderten am Lauterkanal in Richtung der Stadtbefestigung entlang. Holzbuden und die bunte, beinahe kitschige Weihnachtsbeleuchtung, die so typisch für Frankreich war, zeugten vom adventlichen Treiben in der Stadt. Allerdings war der Weihnachtsmarkt nur am Wochenende geöffnet, sodass Röder das Ambiente ein bisschen traurig fand. Auf dem Rückweg gingen sie über den Place de la République, wo zwei prächtig geschmückte Tannen und ein riesiger Adventskranz an einem Fahnenmast hingen. Ganz in der Nähe war die Patisserie »Au petit Kougelhopf«, deren Auslage Röder das Wasser im Mund zusammenlaufen ließ.

Hellinger ging in den Laden und kam mit einer Tortenschachtel voll mit französischen Leckereien wieder heraus. Er öffnete sie sogleich und entnahm der Schachtel zwei Vanilleeclairs, von denen er eins Röder in die Hand drückte.

»Richtige Eclairs können wirklich nur die Welschen machen, und die besten davon gibt es hier«, sagte Hellinger und leckte sich die Vanillecreme von den Fingern.

Nach einer Fahrt durch die dichten Wälder der Nordvogesen erreichten sie eine gute halbe Stunde später den kleinen Ort Niedersteinbach, dessen westliches Ende eigentlich nur aus dem Gebäudekomplex des »Cheval Blanc« bestand. Die Familie Zinck betrieb das Restaurant mit dem angeschlossenen Romantik-Hotel schon seit beinahe hundert Jahren. Von den Inspektoren des Guide Michelin wurde es bereits mehrmals als »Bib Gourmand« ausgezeichnet, das heißt für besonders sorgfältig zubereitetes Essen zu einem guten Preis-Leistungs-Verhältnis.

Sie fuhren auf den großen Parkplatz und hielten zwischen den beiden Gebäuden am Lieferanteneingang. Der

Maître hatte sie bereits gesehen und kam ihnen entgegen, um sie persönlich zu begrüßen. Hellinger, der nicht nur ein hervorragender Winzer war, sondern auch ein talentierter Koch, was er auf seinen exklusiven kulinarischen Weinproben immer wieder aufs Neue bewies, hatte vor einigen Jahren im »Cheval Blanc« an einem Kochkurs teilgenommen und sich mit Michel Zinck angefreundet.

»Achim, das Ausladen besorgen meine Leute. Lass uns erst mal in den Weinkeller gehen, ich habe ein paar neue Einkäufe getätigt.«

Hellinger sagte nicht Nein, und Röder musste folgen. Obwohl kein Kostverächter in Sachen Wein, so war er doch nicht in der Stimmung für eine Weinprobe. Der Grund für seine spontane Tour mit Hellinger galt einzig dem Ziel, auf unbürokratische Weise mit Carola Lang sprechen zu können. Er folgte den beiden trotzdem in den alten Gewölbekeller. Das Anwesen war in alten Zeiten eine Poststation gewesen, an der die Pferde und sogar die Reiter gewechselt wurden. Mit den Jahren hatte man den Komplex immer weiter umgebaut und vergrößert, doch das große Gasthaus war stets der Mittelpunkt geblieben.

»Ich habe da einen Grand Cru Riesling vom Weingut Boeckel in Mittelbergheim. Der hat verschiedene Preise gewonnen, unter anderem den der Weinbruderschaft, und ich behaupte, der kann mit deinem Gesöff mithalten.«

Der alte Keller war klimatisiert, und Röder staunte über die ungeheure Anzahl an verschiedenen Weinen. Während Zinck eine Flasche öffnete und eine ordentliche Portion auf drei Gläser verteilte, fragte Röder: »Was für einen Wert haben denn die Weine hier im Keller?«

»Schwer zu sagen, aber vielleicht könnte man sich ein Häuschen davon kaufen«, antwortete Zinck, ohne lange zu zögern.

Röder pfiff durch die Zähne, und Hellinger lächelte selig. »Immerhin brauchen wir eine Weile, um dich in den Ruin zu trinken.«

»Arbeitet Carola Lang heute bei Ihnen?«, fragte Röder.

»Ach, Michel«, seufzte Hellinger, »mein lieber alter Freund aus Kindertagen ist schon wieder beim Sherlock-Holmes-Spielen.«

»Ah, non«, sagte der Maître mit einem übertriebenen französischen Akzent. »Vielleicht ist Monsieur ein wenig verguckt in Ca-ro-la?« Er lachte und stieß mit Hellinger an. Danach stiegen die beiden begeistert in die Diskussion über den Wein ein. »Intensive, betörende Würze ... überreife exotische Früchte ... sahniges Karamell. Jung, aber schon sehr elegant.«

»Ben, nun sag doch auch mal was, oder schmeckt er dir nicht?«

»Doch, der ist gut«, sagte Röder und trank einen weiteren Schluck.

»Du musst das schon ein bisschen begründen.«

»Super Abgang, würde ich sagen.«

»Super Abgang?«, echote Hellinger spöttisch. »Was hast du denn bei mir in den letzten Jahren gelernt? Ich nehme das mittlerweile echt persönlich.«

Der Maître schlug vor, dass sie nun in die Auberge gehen sollten, denn es war Zeit für das Mittagessen. Zuvor hatte er noch zwei weitere Flaschen Wein ausgesucht, die er mit nach oben nahm. Der Gastraum war rustikal eingerichtet, versprühte aber eine heimelige Atmosphäre. Sie bekamen einen gemütlichen Tisch am Fenster zugewiesen, und der Maître rief die Bedienung, die er – Röder merkte auf – als Carola Lang vorstellte. »Den Herrn Hellinger kennst du ja schon, und das ist sein Freund, der Oberstaatsanwalt Benedikt Röder aus Frankenthal. Der Herr hat übrigens schon nach dir gefragt«, sagte er mit einem Augenzwinkern und verschwand.

Die Frau war Ende vierzig, schlank und hatte ein wettergegerbtes Gesicht. Sie wirkte ein wenig verhärmt, doch nicht unattraktiv, und Röder nahm an, dass sie früher eine sehr hübsche Frau gewesen war.

»Nach mir?«, fragte sie.

»Ich will ganz offen mit Ihnen sein. Ich ermittle im Todesfall Jörg Biehler. Wären Sie bereit, mir ein paar Fragen zu beantworten?«

»Ach, der Jörg«, sagte sie in resigniertem Tonfall. »Ich habe es schon gehört. Das musste ja so kommen.«

»Warum musste das so kommen?«

»Er konnte einfach nicht mit den Drogen aufhören. Da hat er sich mit den schlimmsten Typen eingelassen.«

»Sie wussten also von seinen Drogengeschäften?«, fragte Röder.

»Sind Sie eigentlich dienstlich hier?«, entgegnete sie.

Röder musste zugeben, dass er privat gekommen war, in der Hoffnung, mit dem Fall schneller voranzukommen, wenn sie ihm helfen würde und er keine großen bürokratischen Hürden mit der französischen Polizei zu überwinden hätte.

»Ich muss jetzt arbeiten«, sagte Carola Lang und drehte sich um.

»Dein Charme bei Frauen hat nachgelassen«, sagte Hellinger trocken.

»Dann solltest du die Fragen stellen, du alter Schwerenöter.«

»Okay, was willst du wissen?«

»Zuerst interessiert mich, wie ihre Beziehung zu Biehler war. Verheiratet waren sie ja wohl nicht.« Röder meinte, sein Freund mache nur Scherze, aber Hellinger stand ruckartig auf und ging zum Tresen, wo Carola Lang gerade Getränke in Gläser füllte.

»Sie sind doch Carola Lang, die berühmte Schwimmerin. 1989 waren Sie deutsche Meisterin im Zweihundert-Meter-Lagenschwimmen, und bei Olympia waren Sie auch, stimmt's? Mann, was habe ich für Sie geschwärmt. Könnte ich vielleicht ein Autogramm von Ihnen haben?« Hellinger hatte sein charmantestes Lächeln aufgesetzt.

»Sind Sie auch Schwimmer?«, fragte Carola interessiert, und es war offensichtlich, dass sie auf Hellingers Flirt einging.

»Nicht wirklich, aber ich laufe Langstrecken und wollte es immer mal mit einem Triathlon probieren …«

»Dieser Charmebolzen«, stöhnte Röder leise, aber er konnte der Unterhaltung nicht weiter folgen, denn eine größere Gruppe wollte zu ihrem Tisch begleitet werden. Hellinger blieb seelenruhig am Tresen stehen, während Carola ihren Job machte. Als sie wieder zurückkam, sah Röder nur, wie die beiden die Köpfe zusammensteckten und weitererzählten. In der Zwischenzeit begrüßte der Maître die Gruppe, deutete auf Hellinger und lud zur Begrüßung alle zu einem Glas Winzersekt aus dem Weingut Hellinger ein.

Hellinger ließ es sich nicht nehmen, den Sekt zusammen mit Carola zu servieren, und Röder konnte sehen, dass sie sich bei der Arbeit angeregt unterhielten. Am Tisch referierte Hellinger sogar noch über seinen Sekt und versprach, später zurückzukommen, wenn alle seinen Wein bestellen würden. Jetzt müsse er aber gehen, denn sein eigenes Essen stehe auf dem Tisch.

Tatsächlich stand die erste Vorspeise, eine Foie gras und ein warmer Ziegenkäse, bereits seit einer Weile vor Röder.

»Und, was hast du herausgefunden?«, fragte er Hellinger ungeduldig, als dieser sich setzte.

»Interessante Geschichte, aber jetzt muss ich erst mal meinen Mund befeuchten und einen Happen essen. Sonst fall ich noch vom ›Stangerl‹.«

»Du Armer, du siehst auch wirklich aus, als würdest du kurz vor dem Hungertod stehen. Also sag schon, was hat sie dir erzählt?«

Hellinger ließ bedächtig ein Stück Foie gras auf der Zunge zergehen und nahm einen Schluck Wein dazu. »Sie und Jörg Biehler waren niemals verheiratet, wohl aber ein Paar. Allerdings hatte er sich total verändert, als er aus dem Gefängnis kam, und gab ihr die Schuld, dass er verhaftet wurde.«

»Das hat sie dir alles in der kurzen Zeit erzählt?«, fragte Röder, der seine Vorspeise kaum angerührt hatte, ungläubig.

»Na ja, der Tod ihres Ex-Geliebten lässt sie offensichtlich nicht kalt.«

»Was hat sie noch gesagt?«

»Nichts, aber ich gehe gleich noch mal zu dem Tisch rüber und erkläre denen meinen Silvaner, den sie zur Vorspeise bestellt haben. Ich habe ihr gesagt, sie soll mal kurz mit dir sprechen.«

»Du bist zu gütig«, sagte Röder.

»Und du bist manchmal zu steif und fällst mit der Tür ins Haus. Ich dachte, als Staatsanwalt versteht man sich auf Verhörtechniken. Zuerst musst du Vertrauen schaffen. Aber egal, das verstehst du eh nicht. Jedenfalls will sie mit dir reden.«

»Du bist und bleibst ein Womanizer«, sagte Röder und war besänftigt. »Wir beide können das Guter-Bulle-schlechter-Bulle-Spiel halt perfekt.«

»So ist es«, sagte Hellinger und hob sein Weinglas.

Einige Minuten später war Hellinger wieder am Nachbartisch und gab einen Schnellkurs in Weinsensorik, bevor er anfing, über den Wein zu referieren, der sich bereits in den Gläsern befand. »Der Silvaner ist eine der ältesten Weinsorten, aber er kommt nicht aus Transsilvanien, sondern aus einem Nachbarland von Ihnen, nämlich der schönen Pfalz«, scherzte er und stieß dabei wie zufällig mit der hübschesten Frau am Tisch an. »Er passt sich perfekt seinem Terroir an und verbindet die erdigen Töne mit ausdrucksvoller Frucht …«

Röder versuchte, Hellingers Worte nachzuvollziehen, und wunderte sich zum wiederholten Mal über seine Frau und ihr neues Weinwissen. Carola Langs Erscheinen an seinem Tisch holte ihn aus seinen Grübeleien.

»Entschuldigen Sie bitte, dass ich vorhin so abweisend war«, sagte sie, »aber die Sache mit Jörg berührt mich trotz alledem.«

»Wie lange waren Sie denn mit ihm zusammen?«

»Ein paar Jahre, mit Unterbrechungen. Es war alles so kompliziert«, sagte sie und stützte ihren Kopf in die Hände.

»Warum haben Sie es nicht zusammen geschafft?«

»Er war nicht mehr derselbe, als er aus dem Knast entlassen wurde. Die DDR hat ihn zerstört.«

Röder wartete darauf, dass sie weiterredete, aber stattdessen vergrub sie ihren Kopf noch tiefer in den Händen. »Wieso die DDR?«

»Die Stasi, die DDR, was weiß ich«, sagte sie und knallte abrupt die Hände auf den Tisch. Die Gesellschaft, die von Hellinger meisterhaft unterhalten wurde, hatte von ihrem Gefühlsausbruch nichts mitbekommen. »Jörg hat mir die Schuld gegeben.«

»Wieso Ihnen? Sie sagten doch eben, die DDR und die Stasi hätten ihn zerstört. Sie sind doch eine gebürtige Westdeutsche.«

»Oh, Sie verstehen nichts, aber auch gar nichts«, sagte Carola und hieb wieder mit den Handflächen auf den Tisch. Am Nachbartisch wurde gelacht. Hellinger hatte die hübsche Elsässerin im Arm. »Er hat mir die Schuld gegeben, weil er glaubte, dass ich ihn verraten habe.«

»Wie können Sie ihn als westliche Sportlerin verraten haben? Das geht doch gar nicht.«

»Doch, das geht, die waren überall«, sagte Carola und schluckte. Röder fühlte, dass sie jetzt sprechen würde. Er kannte diese Körpersprache aus vielen Verhören. »Mich haben sie 1987 in die Mangel genommen. Wir fuhren nach einem deutsch-deutschen Sportwettkampf mit dem Zug von Dresden zurück nach Westdeutschland. Kurz hinter der Stadtgrenze kamen sie.«

»Wer kam?«

»Die Grenzer. Kontrollierten im Zug. Wir waren gut gelaunt, hatten auch ein bisschen getrunken, denn der Wettkampf war gut gelaufen, und wir feierten den Sieg. Dann standen auf einmal diese humorlosen Grenzpolizisten vor uns. Zuerst haben wir gelacht, als sie stocksteif jeden Ausweis kontrolliert haben. Sie haben jedes einzelne Dokument genommen, sich Zeit beim Lesen gelassen, in die Gesichter geschaut und es dann wortlos zurückgegeben. Wir haben fröhlich gefeixt, bis ich an der Reihe war. Der Typ las die Angaben auf meinem Ausweis, schaute mir ins Gesicht, und ich streckte den Arm aus, weil ich dachte, er gibt ihn mir zurück. Stattdessen ruft er seinen Kollegen, der die Prozedur wiederholt. Die beiden schauen erst sich an, dann mich und sagen: ›Kommen Sie mal mit, junge Frau‹, und ehe ich protestieren kann, führen mich die beiden Grenzer in ein Abteil. Erst später erfuhr ich, dass es in allen Transitzügen spezielle Waggons mit Verhörabteilen gab.«

»Was war mit Ihren Teamkollegen? Haben die nicht versucht, Ihnen zu helfen?«

»Doch, natürlich, unser Trainer hat heftig protestiert, die ganze Mannschaft stand hinter ihm, aber vor dem Abteil wurden sie abgewiesen und beschwichtigt. ›Alles nur Routine‹, haben die Grenzer gesagt. Im Abteil war ein Offizier, der mir ein Angebot gemacht hat.«

»Ein Angebot?«, fragte Röder erstaunt. »Was für ein Angebot?«

Carola atmete tief durch. »Er sagte, er wisse, dass Jörg und ich ein heimliches Paar seien, und es gebe nur einen Weg, ihm zu helfen und eine gemeinsame Zukunft zu haben.«

Röder wusste, dass er jetzt besser nichts sagen sollte, um sie nicht zu unterbrechen, aber ihm fehlten sowieso die Worte.

»Er sagte, Jörg stehe unter Bewachung und ganz oben auf ihrer Liste von unzuverlässigen Sportlern. Er sagte, sie wüssten, dass er seine Flucht in den Westen plant, und sollte ich wissen wollen, was das bedeutet, so müsste ich mir nur die lange Liste von Mauertoten ansehen.«

»Damit haben die Ihnen gedroht?«, fragte Röder ungläubig.

Carola nickte und sprach weiter: »Sie würden ihn auf der Flucht erschießen, sagte er, und die einzige Chance, sein Leben zu retten, sei die, dass ich ihnen erzähle, wann und wo er flüchten will. Dann würden sie ihn schnappen und verurteilen, aber das sei besser als tot sein. Nach einem Jahr wäre er wieder draußen, wenn er vom Westen nicht sogar schon früher ausgetauscht werden würde. Ein Deal eben.«

Röder konnte sich vor Wut auf so viel Unrecht kaum im Zaum halten. Hätte das Gespräch in seinem Büro stattgefunden, so wäre er explodiert, aber hier musste er sich zusammenreißen. Er war in einem fremden Land und noch nicht einmal in offizieller Mission unterwegs.

Carola fuhr fort: »Der Offizier sagte, dass ich zu Jörgs Sicherheit regelmäßig Berichte schicken soll.«

»Wie bitte? Sie sollten Ihren Freund bespitzeln?«

Carola kämpfte sichtlich mit ihren Gefühlen.

»Carola, kannst du bitte mal kommen?« Der nächste Gang stand an, und der Maître benötigte Hilfe.

»Ich muss jetzt gehen«, sagte sie mit Tränen in den Augen und stand auf.

Röder legte ihr die Hand auf den Arm. »Sagen Sie mir noch eines: Haben Sie es getan? Ihn verraten?«

Carola riss sich los. »Ja, habe ich«, rief sie. »Der Offizier hatte behauptet, Jörg müsse dann nur ein paar Wochen durch die Mühlen der Justiz, bevor man ihn in den Westen abschieben werde. Was hätte ich denn Ihrer Meinung nach sonst tun sollen?«

Der komplette Nachbartisch blickte zu ihnen herüber, denn Hellinger hatte seinen Vortrag über den Silvaner inzwischen beendet, aber wie immer rettete er die Situation: »Zum Fisch gibt es einen Weißburgunder von mir. Der hat Aromen von Zitrusfrüchten, sodass Sie keine Zitrone darüber ausquetschen müssen. Haha.«

Er kam zu Röder zurück und setzte sich auf den Platz, wo eben noch Carola gesessen hatte. »Jetzt guck nicht so entgeistert, ich weiß auch, dass es in so einem Restaurant keine Zitrone zum Fisch gibt.« Dann ließ er sich vom zweiten Vorspeisenteller, einem Rotbarbenfilet auf Rosmarin, ablenken. »Übrigens, der Maître lädt uns ein, hier zu schlafen, denn seine Gäste sind ganz begeistert, eine so spontane und noch dazu exklusive Weinprobe zu bekommen. Das sind übrigens der Bürgermeister von Wissembourg und seine Mitarbeiter bei ihrer Weihnachtsfeier.«

»Und wer ist die junge Dame, der du deinen Wein ganz besonders intensiv vorkostest?«

»Mademoiselle Pauline? Oh, là, là!«, sagte Hellinger. »Ein weiterer Grund, hierzubleiben.« Dann wechselte er das Thema. »Und wie ist dein Tête-à-Tête mit Carola gelaufen?«

»In sexueller Hinsicht vollkommen neutral«, wich Röder aus und versuchte, sich auf sein Fischfilet zu konzentrieren, was ihm nicht wirklich gelang. Zu sehr beschäftigte ihn die Geschichte, die ihm Carola erzählt hatte.

In der Auberge herrschte nun Hochbetrieb, und Carola hatte alle Hände voll zu tun und keine Zeit mehr, sich mit Röder zu unterhalten. Sie wich auch seinen Blicken aus, aber er hielt sie noch einmal fest, als sie den Zwischengang, ein Kräutersorbet, servierte.

»Ich kann jetzt nicht mehr mit Ihnen reden«, sagte sie und entzog ihm ihren Arm. »Wenn ich hier fertig bin, muss ich nach Hause fahren, um meine Ziegen zu versorgen. Ich gebe Ihnen meine Adresse, dann kommen Sie nachher zu mir, und wir sprechen weiter.« Sie hielt in ihrer Bewegung kurz inne und fügte dann betont ruhig hinzu: »Ich glaube, ich weiß, wer Jörg umgebracht hat.«

»Wie bitte?«

»Lassen Sie uns später darüber sprechen«, antwortete sie schnell. »Es ist so unglaublich, dass ich es selbst nicht glauben kann.«

»Nun sagen Sie schon«, drängte Röder, aber Carola eilte davon.

Der Hauptgang waren Hirschmedaillons mit Selleriefritten, für Röder der erste Gang, den er einigermaßen genießen konnte. Auf einmal hatte er das unbestimmte Gefühl, einen Durchbruch bei den Ermittlungen erreicht zu haben. Trotzdem war er nervös und ungeduldig und wünschte sich, dass Hellinger am Nebentisch seinen »Roten Teufel«, der zweifelsohne hervorragend zum Wild schmeckte, ein wenig schneller präsentierte. Seine Ungeduld wurde noch größer, als sich Carola vor der Nachspeise verabschiedete und ihm einen Zettel mit ihrer Adresse zuschob.

»Wow«, rief Hellinger, bei dem sich trotz Abhärtung mittlerweile die Weinprobe bemerkbar machte. »Sag du noch einmal was über mich und meine Flirtmethoden. Du hast schon eine Adresse zugesteckt bekommen, während ich immer noch an Paulines Telefonnummer arbeite. Bisher kenne ich davon nur die internationale Vorwahl von Frankreich.«

»Na ja, den Rest wirst du auch noch herausfinden«, sagte Röder mit erhobenem Wasserglas und stieß mit seinem Freund an. »Es ist vielleicht am besten, wenn ich nachher fahre.«

Hellinger klopfte Röder zustimmend auf die Schulter und machte sich auf den Weg zur Dessertweinprobe. »Der Gewürztraminer«, sprach er mit erhobener Stimme, »ist ein Denkmal pfälzischer Weinkultur und ein Verführer mit Rosenduft, der uns schon seit Jahrhunderten begleitet …«

$$\star\star\star$$

Röder lenkte den Lieferwagen in die Seitenstraße, die kurz nach Obersteinbach an einem schmalen Wasserlauf entlang in den Wald führte, während Hellinger auf dem Beifahrersitz selig vor sich hin schnarchte. Die Weinprobe und der Flirt mit Pauline hatten ihn offensichtlich geschafft. Nach ungefähr einem halben Kilometer weitete sich das enge Tal zu einer Lichtung, auf der ein kleiner Bauernhof stand. Der Hof war ein wenig in die Jahre gekommen, wirkte aber nicht heruntergewirtschaftet oder dreckig. Insgesamt strahlte das traditionell aus Sandsteinen gemauerte Haupthaus, das mit Biberschwanzziegeln gedeckt war, eine bäuerliche Gemütlichkeit aus, die man im Elsass häufig fand. Einige Holzanbauten ließen die landwirtschaftliche Nutzung erahnen, ebenso die eingezäunte Wiese, auf der sich friedlich Ziegen tummelten. Carola Lang hatte Röder erzählt, dass sie nebenbei Ziegen züchtete, deren Milch sie an eine nahe gelegene Käserei verkaufte.

Röder stieg aus dem Wagen und ließ Hellinger schlafen. Er betätigte mehrmals die Türglocke, auf die aber niemand reagierte. Da er vermutete, dass Carola vielleicht die Ziegen versorgte, lief er um das Haus herum. Er öffnete ein kleines Holztor und stand in einem Gemüsegarten, der von einem Zaun umgeben war, um die frechen und gefräßigen Paarhufer fernzuhalten. Er öffnete ein weiteres Tor, das nur aus einem mit Maschendraht bespannten Holzrahmen bestand. Einige der Tiere erschraken, als er es mit einem Ruck öffnete. Die forscheren Exemplare kamen auf ihn zu und ließen sich streicheln. Carola konnte er nirgends entdecken.

Röder war von den Tieren kurz abgelenkt. Ein kleiner Fischteich, in dessen Mitte ein Entenhaus stand und der gleichzeitig als Tränke für die Ziegen diente, bildete die hintere Grenze des Geheges. Daneben stand ein Gerätehaus, und Röder meinte, dort eine Bewegung gesehen zu haben.

»Hallo? Carola, sind Sie das? Entschuldigen Sie, dass ich hier einfach so eindringe, aber es hat niemand auf mein Klingeln geöffnet.«

Röder erhielt keine Antwort. Er ging ein paar Schritte auf das Gerätehaus zu. Im selben Moment entdeckte er Carola: Sie trieb bäuchlings und mit grotesk ausgebreiteten Armen langsam auf das Entenhaus in der Mitte des Teiches zu. Für einen kurzen Augenblick dachte er, sie würde baden, aber ihre Regungslosigkeit belehrte ihn eines Besseren. Röder fluchte und rannte los.

Als er gerade ins Wasser laufen wollte, um Carola herauszuziehen, registrierte er aus den Augenwinkeln einen sirrenden Schatten. Er hörte den metallischen Schlag und spürte einen höllischen Schmerz. Ihm war sofort klar, dass ihn ein Schaufelblatt am Hinterkopf getroffen hatte. Er bemerkte auch noch, dass er vornüber in den Teich kippte und langsam im eiskalten Wasser versank.

★★★

Ein brutal schlecht riechender Atem, der noch dazu nach Alkohol stank, drang in seine Nase, und ein starker Hustenreiz nahm ihm alle Luft zum Atmen. Erschrocken riss Röder die Augen auf und erkannte Hellinger, der ihn heftig auf den Mund küsste.

»Ben, oh verdammt, Ben«, rief Hellinger.

Röder hustete und brachte kein Wort hervor. Er würgte einen Schwall Wasser hoch, der ihm durch Mund und Nase lief, und meinte, daran ersticken zu müssen. Hellinger ließ nun zwar zum Glück von seinem Mund ab, aber dafür drückte er heftig auf seinem Brustbein herum.

»Willst du mich vergewaltigen, oder was?«, krächzte Röder mühsam und stieß einen weiteren Schwall Flüssigkeit aus.

»Ben, du lebst, du lebst!«, rief Hellinger und fuhr mit der Herzmassage fort.

»Ja, du kannst aufhören, denn du gibst mir gerade den Rest«, sagte Röder angestrengt und drehte sich zur Seite, nachdem Hellinger endlich von ihm abgelassen hatte. »Und wage es nicht, mich noch mal zu knutschen.«

»Das war eine perfekte Mund-zu-Mund-Beatmung. Wenn du dich über das Resultat beschwerst, zerre ich dich zurück ins Wasser, du Depp«, sagte Hellinger und lachte vor Erleichterung. Röder grinste mit letzter Kraft und versuchte, sich an einen Baumstamm zu lehnen, wobei ihm Hellinger half.

»Alter, du hast mir mal wieder das Leben gerettet«, sagte Röder und umarmte schlaff seinen Freund. »Was ist mit Carola?«

»Tot.«

»Du musst sie aus dem Wasser ziehen und nachsehen.«

»Habe ich doch gemacht, aber sie hat nicht nur im Wasser gelegen, auch ihr Hinterkopf ist Brei. Hätte ich nicht versucht, sie rauszuziehen, hätte ich dich gar nicht gefunden, denn du hast am Grund von diesem Tümpel gelegen.«

»Mann, das hätte total schiefgehen können. Ich bin dir unendlich dankbar.«

»Im Falle von Carola ist es schiefgegangen«, sagte Hellinger und suchte vergeblich nach seinem Smartphone. »Scheiße, ich kann mein Handy nicht finden.«

»Meins muss im Auto liegen. Es steckt in der Jacke«, sagte Röder, und Hellinger setzte sich in Bewegung. »Weswegen bist du eigentlich wach geworden? Du warst besoffen eingepennt«, rief Röder ihm nach.

»Ich war doch nicht besoffen, ich habe nur eine kreative Pause gemacht, weil mich die Weinprobe intellektuell so sehr gefordert hat. Hast du denn nie gehört, dass Geistesarbeit enorm anstrengt, weil das Gehirn das Organ im Körper ist, das am meisten Energie verbraucht?« Hellinger feixte. »Aber ganz ehrlich? Irgend so ein Affenhirn hat mit seinem Wagen meinen Transporter gerammt, dass er beinahe umgekippt wäre. Ich bin wach geworden und rausgerannt.«

»Hast du den Fahrer oder das Auto erkannt?«

»Ich habe den Wagen nur von hinten gesehen. Es war ein alter blauer Astra-Kombi mit einem Dürkheimer Kennzeichen.«

»Dürkheimer Kennzeichen? Bist du dir sicher?«

»Wenn ich es doch sage.«

★★★

Der Notarzt kümmerte sich um Röder, während Hellinger von zwei uniformierten Polizisten der Gendarmerie befragt wurde. Die Gendarmerie in Frankreich übernahm polizeiliche Aufgaben im ländlichen Raum, und viele Beamte stammten aus anderen Landesteilen, weshalb diese beiden kein Elsässerdeutsch sprachen. Röder staunte mal wieder über seinen Freund, den Tausendsassa. Während er gerade eben so eine französische Speisekarte lesen und ein Bier bestellen konnte, beherrschte Hellinger die Sprache auch drei Jahrzehnte nach dem Abitur immer noch ganz passabel. Sicherlich hatten seine Auslandspraktika als angehender Weinbauingenieur zu seinen Kenntnissen beigetragen, aber selbst diese Zeiten lagen mittlerweile eine Ewigkeit zurück.

»Ich staune echt, dass du immer noch so gut Französisch sprichst«, lobte Röder seinen Freund, als er in zwei Decken gewickelt von der Trage aufstand und der Notarzt seine Instrumente einpackte. Er fühlte sich sehr matt und hatte vom Husten und von Hellingers Spezialbehandlung Schmerzen im Brustbereich. Außerdem prangte eine ziemliche Beule an seinem Hinterkopf. Der Arzt hatte ihn eigentlich zur Beobachtung ins Krankenhaus bringen lassen wollen, schließlich bestand die Gefahr einer Gehirnerschütterung, aber Röder hatte sich vehement geweigert, dorthin zu gehen. Er hatte nach Meinung des Notarztes unwahrscheinliches Glück gehabt und sollte sein Schicksal nicht weiter herausfordern. Wasser in der Lunge und ein Schädelhirntrauma konnten auch noch später zu Komplikationen führen. Röder hatte versprechen müssen, sofort zu einem Arzt zu gehen, wenn sich seine Schmerzen und sein Zustand verschlechtern würden.

»Ja, ich erinnere mich. In der Schule warst du nicht schlechter als ich, aber im Gegensatz zu dir habe ich während unserer Jugendfreizeiten am Atlantik Französisch auch tatsächlich praktiziert.«

»Wie meinst du das jetzt, du alter Sack?«, fragte Röder, der an jene Sommerferien im Zeltlager bei La Rochelle Ende der siebziger Jahre dachte, als Hellinger kaum eine Nacht im gemeinsamen Zelt verbracht hatte.

»Im Grunde habe ich damals erst so richtig Französisch gelernt«, sagte Hellinger grinsend. »Das war die einzige Möglichkeit, mit den Französinnen in Kontakt zu kommen, die kein Englisch und erst recht kein Deutsch sprachen.«

»Und ich dachte, du spätpubertärer Flegel machst dumme, anzügliche Witze.«

»Ich? Niemals!«, sagte Hellinger mit gespielter Empörung.

Röder wollte die Frotzelei unter Freunden fortführen, denn er war unglaublich erleichtert und deshalb zum Scherzen aufgelegt, aber sie wurden unterbrochen, als eine dunkle zivile Peugeot-Limousine mit Blaulicht angerast kam und beim Bremsen in einer großen Staubwolke verschwand. Die Frau vom Beifahrersitz stieg als Erste aus und kam mit energischen Schritten auf sie zu.

»Haben wir die Dame heute nicht schon einmal gesehen?«, fragte Röder irritiert.

»Oh, là, là, das ist ja Pauline«, entgegnete Hellinger erstaunt.

»Genau«, sagte Pauline zu Hellinger. »Madame Capitaine Pauline Godart. Ich leite die Dienststelle der Gendarmerie nationale in Wissembourg und bin für diese Ermittlungen verantwortlich. Sie können sich Ihren versoffenen Charme ab sofort sparen.« Sie steckte sich eine Zigarette an und begann, heftig daran zu ziehen, wobei sie das nach dieser Abfuhr dümmliche Gesicht von Hellinger sichtlich genoss. »Zu Ihnen komme ich später noch«, fügte sie hinzu und deutete mit dem Glimmstängel auf Hellinger.

Hinter ihr schälte sich ein Hüne von Mann aus dem Auto und kam auf sie zugewalzt.

»Das ist Brigadier Chambard«, erklärte Pauline, »und Sie können sich denken, dass mit ihm nicht zu spaßen ist. Er wird Ihnen eine Weile Gesellschaft leisten.«

Der Riese baute sich vor ihnen auf. Röder nahm an, dass der Brigadier Ziegelsteine zum Frühstück verspeist hatte und ein weiteres Sortiment unter den Armen trug, weil seine Muskulatur die Oberarme wie beim Michelin-Männchen vom Körper abspreizte.

Pauline ließ sie links liegen und ging mit energischen Schritten zum Teich hinüber, wo die Leiche von Carola Lang am Ufer lag. Sie begann hektisch, den Tatort zu inspizieren, und sprach mit den Kriminaltechnikern, die ebenfalls eingetroffen waren.

Röder und Hellinger standen eine ganze Weile mit dem Michelin-Mann in der Kälte, und Röder bereute es kurzzeitig, nicht mit dem Notarzt ins Krankenhaus gefahren zu sein, denn er begann, am ganzen Körper zu schlottern. Chambard schien das nicht zu rühren, selbst als Hellinger ihn in seinem passablen Französisch bat, seinen Freund ins Haus bringen zu dürfen. Hellinger wollte gerade pampig werden, was ihm vielleicht nicht gut bekommen wäre, als Pauline zurückkam und sie in einen Mannschaftbus verfrachtete, der über zwei einander gegenüberliegende Sitzbänke und einen Tisch verfügte. Dank einer Standheizung war es innen bullig warm, und Röder konnte sich kurz entspannen. Er hatte mittlerweile seine trockene Winterjacke übergezogen, die Hellinger für ihn aus dem Auto geholt hatte, und die Decken lagen auf seinem Schoß. Hellinger, der beim Rettungsversuch genauso nass geworden war, bot ein ähnlich jämmerliches Bild.

»Ihre Ausweise«, sagte Pauline knapp, und Hellinger fischte den scheckkartengroßen Pass aus seinem feuchten Portemonnaie. »Ihren auch«, herrschte sie Röder an und schob sich dabei eine weitere Zigarette in den Mund.

Chambard, der Hüne, sagte etwas, und Röder verstand genug Französisch, um zu begreifen, dass er seine Chefin auf das Rauchverbot im Wagen und die Gefahren des Passivrauchens hinwies. Ganz aus Granit scheint der Riese also doch nicht zu sein, dachte Röder. Pauline ignorierte ihren Untergebenen, zündete sich die Zigarette aber nicht an.

»Was glotzen Sie so blöd? Ich will Ihren Ausweis sehen.«

»Ich habe keinen dabei.«

»Wie bitte? Sie reisen von Deutschland hierher und haben keinen Ausweis dabei?«

»Mein Name ist Dr. Benedikt Röder. Ich bin Oberstaatsanwalt und leite die Abteilung VI der Staatsanwaltschaft in Frankenthal.«

»Angenehm, ich bin die Kaiserin von China«, sagte Pauline spöttisch. Hellinger versuchte, sie zu besänftigen, indem er seinen Ausweis über den Tisch näher zu ihr hinschob. Pauline prüfte ihn genau. »Herr Hellinger: Was sind Sie von Beruf?«

»Ich dachte, das weißt du bereits, ich bin selbstständiger Winzer, und das ist mein Freund, der Oberstaatsanwalt Dr. Benedikt Röder. Ich bürge für ihn.«

»Herr Hellinger, ich erinnere mich nicht, Ihnen das Du angeboten zu haben.« Sie gab den Ausweis Chambard, der ihn in seiner Hosentasche verschwinden ließ. »Warum sind Sie nach Frankreich gekommen, Herr Hellinger?«

»Ich habe Wein an das ›Cheval Blanc‹ ausgeliefert. Michel Zinck ist mein Freund, er lädt mich immer zum Essen ein, wenn ich vorbeikomme. Heute habe ich bei einer ebenfalls anwesenden Gesellschaft spontan eine Weinprobe durchgeführt.«

»Und was macht dieser Mann hier?«, fragte Pauline und deutete auf Röder.

»Dieser Mann ist mein bester Freund und hilft mir manchmal beim Weinausfahren«, sagte Hellinger genervt.

»Ein Oberstaatsanwalt fährt Wein aus? Das können Sie Ihrer Oma erzählen. Also, was ist der wahre Zweck Ihres Aufenthalts in Frankreich?«

Röder platzte der Kragen. »Liebe Frau Godart, sind wir verhaftet, und soll das hier ein Verhör werden? Wir würden gern mit Ihnen kooperieren, damit sich die Angelegenheit und vor allem der Mord bald aufklären lassen, aber Sie geben uns nicht die kleinste Chance, zur Aufklärung beizutragen, sondern behandeln uns wie Schwerverbrecher, und selbst die haben normalerweise noch gewisse Rechte, jedenfalls bei uns in Deutschland.«

In diesem Moment öffnete sich die Schiebetür des Kleinbusses. Ein Beamter in einem Einweg-Overall der Kriminaltechnik nickte Pauline zu und hob einen Klarsichtbeutel hoch, prall gefüllt mit kleinen, ulkigen Stofftieren.

»Herr Oberstaatsanwalt, ich nehme Sie hiermit vorläufig fest und lasse Sie nach Wissembourg zur Feststellung Ihrer Personalien und zur Aufnahme Ihrer Aussage bringen.«

»Festgenommen, weshalb?«, fragte Röder erstaunt.

»Es wundert mich, dass Sie das als Oberstaatsanwalt überhaupt fragen. Ganz so unterschiedlich sind das französische und das deutsche Rechtssystem doch nicht. Ich nehme Sie fest wegen des Verdachts der Beteiligung an Drogenhandel und Mord.«

»Wie bitte?«

»Chambard, sorgen Sie dafür, dass der Herr Oberstaatsanwalt einen Einblick in das französische Rechtswesen erhält und dazu ein gemütliches Plätzchen in der Gendarmerie, wo er bis zum Verhör auf mich warten kann.«

Röder war fassungslos, aber er wusste auch, dass im Moment jeder Widerstand zwecklos war. Außerdem fühlte er sich noch ziemlich stark angeschlagen und musste dringend seine Gedanken in Ruhe ordnen. Als ihn zwei uniformierte Beamte vor dem Mannschaftsbus in Empfang nahmen, um ihn zu einem Streifenwagen zu führen, wandte sich Pauline wieder Hellinger zu. »Und Sie, Herr Hellinger, erzählen mir jetzt haarklein, was vorgefallen ist. Wehe, ich glaube Ihnen nicht, dann leisten Sie dem Herrn Oberstaatsanwalt ganz schnell Gesellschaft.«

Röder sah noch, wie sie sich mit einem hämischen Lächeln die Zigarette anzündete und sich entspannt zurücklehnte, während Chambard das pure Entsetzen im Gesicht stand, als sich die Tür zur Räucherkammer wieder schloss.

★★★

Röder zuckte zusammen, er war auf der Pritsche eingenickt. Er befand sich in einer Arrestzelle der Gendarmerie in Wissembourg. Ein deutschsprachiger Beamter hatte seine Angaben zur Person notiert und die Fingerabdrücke genommen. Danach hatte er Röder einen Stapel alter, aber trockener Kleider überreicht, die allerdings so muffig rochen, als wären sie seit Jahren von einem Insassen der Zelle an den nächsten weitergereicht worden. Er nahm an, dass seine nassen Kleider und die Winterjacke bei der Kriminaltechnik waren. Er hätte gern Manu angerufen, die sich sicher Kummer machte, aber das war ihm bisher verwehrt worden, und er beabsichtigte, sich bei nächster Gelegenheit darüber zu beschweren. Immerhin hatte man ihm ein in Plastik verpacktes Sandwich und eine Plastikflasche mit Wasser hingestellt. Beides hatte er allerdings noch nicht angerührt.

Röder ließ die Ereignisse Revue passieren und erkannte, dass er sich in einer mehr als erbarmungs- und erklärungswürdigen Situation befand. Von Hellinger hatte er noch nicht wieder gehört, und er verstand die Taktik der Kriminalbeamtin, sie voneinander zu trennen, um ihre Aussagen hinterher auf Widersprüche vergleichen zu können. So weit war alles normal, und seine Kriminalpolizisten hätten ähnlich gehandelt. Allerdings war Röder stinksauer über die Art und Weise, wie er behandelt wurde. Er musste in der Zelle schmoren und hatte bisher keine Gelegenheit zur Aussage bekommen.

Er grübelte noch eine Weile über seine Situation nach, bis er schließlich zu dem Sandwich und dem Wasser griff. Als er beides zu sich genommen hatte, überkam ihn einen Moment lang das große Verlangen nach einer Rieslingschorle, die er nur zu gern in seinem Lieblingssessel sitzend und aus dem Fenster seines Wohnzimmers schauend zu sich genommen hätte.

Er war gerade wieder weggedämmert, als sich die schwere Stahltür lärmend öffnete. Chambard füllte beinahe den gesamten Türrahmen aus und bedeutete ihm wortlos, ihm zu folgen. Er führte Röder in einen auch für Deutschland typischen Verhörraum, nur dass dieser eindeutig renovierungsbedürftig war. In seiner Zeit als Staatsanwalt hatte er selten etwas so Heruntergekommenes erlebt und musste unwillkürlich an die Stasi denken. In seiner Phantasie hatten die Verhörräume in der DDR nicht anders ausgesehen, und Röder konnte den Schweiß, die Angst und den Schmerz förmlich riechen. Das modernste Ausstattungsmerkmal in dem Raum war die Überwachungskamera, aber Röder ignorierte sie und legte den Kopf auf den Tisch. Er fühlte sich unendlich müde. Zum Glück waren die Schmerzen einigermaßen erträglich. Vermutlich war er eingeschlafen, denn als er das nächste Mal hochsah, bemerkte er, dass auf einmal ein Mann und eine Frau vor ihm saßen.

»Gerald, du?«, fragte er überrascht, als er seinen Freund Steiner erkannte. »Träume ich, oder wache ich?«

Steiner packte ihn wenig sanft am Arm; neben ihm saß Pauline und spielte mit einer kalten Zigarette, die aber offensichtlich schon einmal gebrannt hatte. »Du träumst nicht. Capitaine Godart hat mich verständigt.«

»Das ist gut«, sagte Röder verwirrt. »Ich muss Manu anrufen. Du musst denen sagen, dass ich das Recht auf einen Anruf habe.«

»Mach dir keine Sorgen, Manu weiß Bescheid. Ich habe mit ihr telefoniert und ihr gesagt, wo du bist.«

»Du bist ein echter Freund«, sagte Röder.

»Da es anscheinend einen Zusammenhang zwischen dem Morden an Jörg Biehler und Carola Lang gibt, werden Capitaine Godart und ich gemeinsam ermitteln. Das Amtshilfeersuchen läuft bereits, wir gründen eine grenzüberschreitende Sonderkommission.«

»Gut, sehr gut.«

»Ben, du musst jetzt deine Aussage machen, dann können wir gehen.«

Röder nickte, aber er fühlte sich todmüde, und Steiner entging das nicht. »Wir brauchen eine Kanne Kaffee. Schließlich ist es schon beinahe Mitternacht.«

»Eigentlich hätte ich lieber eine Rieslingschorle. Aber wie spät ist es, sagst du?«, fragte Röder ungläubig, der sein Zeitgefühl vollkommen verloren hatte.

Steiner schaute auf die Uhr und nannte die präzise Uhrzeit. Dann sagte er: »Ben, was ist passiert? Du musst uns jetzt deine Version der Geschichte erzählen.«

Röder nickte und begann zu erzählen. Von Jörg Biehler, dem DDR-Schwimm-Ass, der Flucht, den Drogen und von Carola Lang, die, kurz nachdem Röder sie ausfindig gemacht hatte, einen jähen Tod fand. Steiner stellte die Fragen, und Pauline machte sich Unmengen an Notizen. Nur selten unterbrach sie Röder, um noch das eine oder andere Detail genauer zu verstehen. Steiner wusste genau, wie er Röder zu behandeln hatte, dass alles aus ihm heraussprudelte wie ein Wasserfall. Röder erkannte erst viel später, wie professionell sein Freund ihn ausgequetscht hatte, obwohl er nur zu genau wusste, wie eine ausgefeilte Gesprächspsychologie bei Verhören funktionierte. Er selbst hatte sie oft genug angewandt. Dass sie sogar bei ihm so gut funktionierte, als er nun auf der Gegenseite saß, überraschte ihn aber doch.

Gegen halb drei hatten sie die zweite Kanne Kaffee geleert, und Pauline nickte nach dem Genuss einer weiteren Zigarette zufrieden. »Herr Dr. Röder, ich denke, wir sind hier fertig. Sie haben Glück, dass ich Ihnen die ganze Geschichte glaube. Außerdem passen Ihre Fingerabdrücke nicht zu denen auf der Tüte mit den Stofftieren, die wir in dem Bauernhof sichergestellt haben. Ich nehme daher nicht mehr an, dass Sie in den Mord oder die Drogengeschäfte verwickelt sind. Au revoir und gute Besserung.«

»Was ist mit meinem Freund Achim Hellinger?«

»Nachdem wir seinen Wagen mit dem Drogenhund durchsucht und Lackspuren sichergestellt hatten, wurde er gegen die Kaution einer Kiste Wein für die Gendarmerie bereits vor einigen Stunden auf freien Fuß gesetzt«, sagte sie lächelnd, und Röder wusste nicht, ob sie ihn verulkte oder nicht.

Er schüttelte Pauline die Hand, und sogar Chambard streckte zum Abschied schüchtern seine riesige Pratze aus.

Als Röder und Steiner das Gebäude verließen, regnete es. Steiner ging wortlos voraus. Röder konnte ihm nur mit Mühe folgen, so erschöpft fühlte er sich. Sie erreichten Steiners Privatauto, und kaum dass die Türen geschlossen waren, polterte Steiner los: »Du bist doch solch ein Idiot! Du hättest tot sein können. Du kannst das Detektivspielen einfach nicht lassen, was? Eigentlich hätte ich dich in der Zelle schmoren lassen und die Capitaine davon überzeugen sollen, dass du in Untersuchungshaft gehörst, bis du Moos angesetzt hast.« Er machte Röder noch Vorwürfe, als sie schon beim Tor der Deutschen Weinstraße waren, und Röder hörte kleinlaut zu.

Steiner hatte in allen Punkten recht, er konnte froh sein, dass es ihm den Umständen entsprechend blendend ging.

»Weißt du überhaupt, warum sie dich nicht länger dabehalten wollte? Sie hat Angst, dass du einen Rückfall bekommst und in ihrer Zelle verreckst. Dieses Risiko wollte sie nicht eingehen, und ich sage dir, ich schubse dich in den Straßengraben, solltest du hier in meinem Auto krepieren.«

Steiner schimpfte noch eine ganze Weile weiter, dann warf er Röder sein Telefon in den Schoß und herrschte ihn an, dass es wohl an der Zeit sei, Manu anzurufen.

Manu war erleichtert, seine Stimme zu hören und zu wissen, dass es ihm einigermaßen gut ging, aber kurz darauf machte sie ihm ebenfalls Vorhaltungen: »Was fällt dir ein, dich derart in Gefahr zu begeben? Bist du von allen guten Geistern verlassen?« Es war nicht das erste Mal, dass sich Manu um ihn sorgen musste.

Röder ließ auch diese Litanei über sich ergehen, denn natürlich hatte seine Frau ebenfalls vollkommen recht.

»Ist dir klar, dass dich ein Disziplinarverfahren erwartet?«, fragte Steiner, als Röder das Telefonat beendet hatte. Die Frage traf ihn wie ein Schlag. »Ich muss einen Bericht schreiben, und deine Eskapade kann ich wohl nur schlecht unterschlagen. Diesmal hast du es echt zu weit getrieben. Ermittelst eigenmächtig, noch dazu im Ausland, gerätst unter Tatverdacht und bekommst dann voll eine auf die hohle Nuss«, regte Steiner sich auf.

Dass seine mehr oder weniger privaten Recherchen ein disziplinarrechtliches Nachspiel haben könnten, hatte Röder bisher gar nicht bedacht. Überhaupt drehten sich seine Gedanken, und er hatte das Gefühl, dass seine Konzentrationsfähigkeit am Ende war. Er schwieg, während Steiner auf ihn einredete, und schaute apathisch aus dem Fenster. Draußen nieselte es, aber er konnte schon die Lichter der Villa Ludwigshöhe und des Hambacher Schlosses erkennen. Schließlich dämmerte er weg und wurde erst wieder wach, als Manu ihn besorgt betastete und ihn mit Hilfe ihrer beiden jüngeren Töchter ins Bett verfrachtete.

VIER

Eine dünne Schneedecke hatte sich über die Höhen der Pfalz gelegt und kaschierte das schmutzige Grau, das diese Jahreszeit dominierte. Die Wetterstationen auf der Kalmit und dem Weinbiet meldeten moderate Minustemperaturen und eine geschlossene Schneedecke von drei bis fünf Zentimetern. Anders sah es in den Niederungen der Rheinebene aus, wo der Schnee nur in geschützten Lagen liegen blieb und sich in Richtung Ludwigshafen und Mannheim höchstens noch als Matsch bemerkbar machte. Bad Dürkheim lag genau auf dieser Grenze, triste Regen- und Schneeschauer lösten sich im Minutentakt gegenseitig ab.

Röder wurde am späten Vormittag jäh aus seinem schweren Erschöpfungsschlaf gerissen, als er sich heftig erbrechen musste. Manu fackelte nicht lange und fuhr ihn in die Praxis ihres Hausarztes und Freundes Dr. Kleber, nachdem sie eigentlich schon den Notarztwagen hatte rufen wollen. Röder hatte den Kompromiss ausgehandelt, denn er wollte partout nicht ins Krankenhaus.

»Du machst schon verrückte Sachen, Ben«, sagte Kleber, als er Röders Geschichte gehört und ihn untersucht hatte. Dank ihrer Freundschaft hatte Röder nicht warten müssen und war sofort in ein Behandlungszimmer gebracht worden.

Röder kannte den Arzt schon seit seiner Jugend, denn die Klebers waren eine alte Arztdynastie in Bad Dürkheim. Ihre Freundschaft war im vergangenen Jahr auf eine harte Probe gestellt worden, als Klebers Sohn Marko in einem dramatischen Fall eine Rolle gespielt hatte und wegen versuchten Totschlags zu einer Freiheitsstrafe auf Bewährung verurteilt worden war. Auch seine Approbation als Arzt hatte er verloren. Röder stand den Klebers bei und beriet die Familie in Fragen des Strafrechts. Heute arbeitete Marko so gut es ging in der Praxis seines Vaters mit, aber er war immer noch in psychiatrischer Behandlung, und die Wiedererteilung der Approbation würde sich noch eine ganze Weile hinziehen.

»Nach allem, was ich höre und hier vor mir sehe, hast du unwahrscheinliches Glück gehabt. Du hast ein Schädel-Hirn-Trauma ersten Grades erlitten, das man früher als Gehirnerschütterung bezeichnet hätte. Der französische Notarzt hätte dich ins Krankenhaus mitnehmen müssen, aber er scheute wohl die Bürokratie mit einem ausländischen Patienten«, fasste Kleber Röders miserablen Zustand zusammen.

»Ich wollte nicht«, sagte Röder kleinlaut.

Kleber bedachte ihn mit einem strengen Blick, dann fuhr er fort: »Deine Lunge scheint frei zu sein. Viel Wasser hast du wohl nicht geschluckt, das ist beruhigend. Ich schreibe dich für den Rest der Woche krank, und du bleibst im Bett oder auf der Couch. Du brauchst ein paar Tage absolute Ruhe, und ich empfehle dir, weder deine Akten zu lesen noch die Tageszeitung oder einen Roman. Eine Gehirnerschütterung braucht drei bis sieben Tage, um zu heilen, und manchmal sogar länger. Am Samstag komme ich vorbei und schaue nach dir. Wenn es dir besser geht, trinken wir eine Schorle zusammen. So lange trinkst du nur Früchtetee. Und wenn du dann von mir die Schorlefreigabe hast, lädst du auch Achim ein, denn ohne ihn würdest du jetzt in Straßburg in der Gerichtsmedizin liegen.«

Manu zuckte zusammen, als Kleber das sagte, und auch Röder fühlte sich mehr als nur unbehaglich.

Wieder zu Hause angekommen, schleppte er sich ans Telefon. Er unterrichtete seinen Chef, den leitenden Oberstaatsanwalt, über den Vorfall und beantragte die Einleitung eines Disziplinarverfahrens gegen sich selbst. Sein Chef war erwartungsgemäß nicht begeistert, aber Röder war als gradliniger Jurist bekannt und wollte diesem Ruf gerecht werden.

Er verbrachte die nächsten zwei Tage freiwillig im Bett. Nicht nur, dass Manu und die beiden Töchter alles von ihm fernhielten, auch das trübe, nasskalte und wechselhafte Wetter motivierte ihn in keiner Weise dazu, das Bett zu verlassen. Er fragte sich, ob so Depressionen aussahen.

Am Freitagvormittag wachte Röder auf und spürte, dass irgendetwas anders war. Die Schneegrenze hatte Bad Dürkheim erreicht, und gleichzeitig hatte sich das Wetter beruhigt. Die Sonne fiel ins Schlafzimmer und wärmte ihn angenehm. Manu hatte ihn während der vergangenen Tage rund um die Uhr gepflegt, ihn mit leicht verdaulichen Suppen und Tee ernährt. Er fühlte sich gut, schwang spontan seine Beine aus dem Bett und freute sich, dass die Schmerzen am Kopf und im Brustbereich deutlich abgeklungen, sogar fast verschwunden waren. Trotzdem überkam ihn Schwindel, als er aufrecht stand, und er musste sich an der Wand festhalten. Zum Glück war dieser Zustand nur von kurzer Dauer, Sekunden später hielt er sich sicher auf den Beinen.

Manu saß im Yogazimmer, ihr Notebook auf dem Ikea-Wandklapptisch vor sich. Sie trug eine Lesebrille, die Röder noch nicht an ihr kannte. »Seit wann trägst du Brille?«, fragte er erstaunt.

»Ich bin ja viele Jahre jünger als du, aber ich möchte nicht deine Stirnfalten kriegen, nur weil ich zu eitel für eine Lesebrille bin«, antwortete Manu und blickte von ihrer Arbeit auf.

Manu war genau zwei Jahre jünger als Röder, und dies war einer jener Momente, in denen er sich einmal mehr in seine Frau verliebte. »Ich bin so froh, dass ich dich habe.«

»Dann setze unser Glück nicht immer so aufs Spiel«, sagte sie mit Tränen in den Augen. Sie liebkosten sich und hielten sich lange ganz fest.

»Was schreibst du gerade?«, fragte Röder, der stolz auf seine Frau war, die schon einige Journalistenpreise in ihrer Karriere gewonnen hatte.

»Ich recherchiere immer noch wegen der Weihnachtsmänner. Wie es aussieht, kommt das Gras über Frankreich aus Spanien hierher. In Frankreich ist das Phänomen der dealenden Weihnachtsmänner schon ein paar Jahre präsent, und jetzt scheint es auch zu uns rüberzuschwappen.«

»Konntest du schon konkrete Namen oder Hintermänner ermitteln?«

»Nein, aber Perpignan in Südfrankreich ist eine Drehscheibe, und mauretanisch-spanische Banden scheinen das Geschäft zu kontrollieren. Es scheint, dass Straßburg ein wichtiger Umschlagplatz für Deutschland ist, zumindest sagen das meine elsässischen Journalistenkollegen, mit denen ich telefoniert habe.« Manu war Teil eines beeindruckenden Netzwerks europäischer Journalisten, das sich regelmäßig austauschte und dessen Pflege sie nicht vernachlässigte.

»Und das Kokain?«

»Kokain scheint nur ein Nebengeschäft zu sein. Das Zeug stammt aus Südamerika, aber die Profite werden über das Gras gemacht, das aus irgendwelchen Foliengewächshäusern in Andalusien stammt.«

Sie diskutierten noch eine Weile über die grotesken Drogengeschäfte, bevor sie sich wieder in den Armen lagen und erkannten, wie unwichtig solche Dinge für ihr persönliches Glück waren.

»Was gibt's denn heute zum Essen?«, fragte Röder.

»Ich kann dir die Hühnersuppe warm machen und einen Ingwertee kochen.«

»Oh nein, das habe ich doch schon die ganze Woche gehabt. Heute brauche ich etwas echt ›Pälzisches‹. Ich glaube, ich könnte einen schönen Saumagen und eine Rieslingschorle vertragen.«

»Aber das geht doch nicht, du warst die ganze Woche krank, und Harald will dir frühestens morgen die Schorlefreigabe erteilen.«

»Genau, ich war krank, aber nicht am Magen. Komm schon, ich bin wieder fit und habe einen Bärenhunger. Und ausgerechnet der Harald hat mir die Schorle verboten, wo er doch noch Schorle trinkt, wenn er schon den Kopf unter dem Arm trägt. Er ist es schließlich, der mir immer erzählt, dass er bei einem echten Pfälzer einen Zuschlag auf die Leberwerte gibt, bevor er eine Behandlung in Erwägung zieht.«

Nach einigem Hin und Her hatte Manu endlich ein Einsehen, und sie entschieden sich, nach Forst in den Gutsausschank Spindler zu fahren, denn der servierte den nach Ansicht vieler Pfälzer weltbesten Saumagen von der Metzgerei Hampel in Wachenheim. Der Pfälzer Ex-Kanzler hatte den Saumagen berühmt gemacht und seinen Staatsgästen serviert. Maggie Thatcher soll ein wenig distinguiert geschaut haben, aber Gorbi sei von der mitunter kürbisgroßen Wurstware äußerst angetan gewesen, erzählte man sich.

Sie bekamen einen Fensterplatz in der gemütlichen Weinstube zugewiesen und gaben ihre Bestellung auf. Während sie auf ihr Essen warteten und Röder sich nach einem großen Schluck aus dem Dubbeglas wieder unter den Lebenden wähnte, berichtete Manu, dass Larscheid und Frau Vogel mehrmals angerufen hätten, sie die beiden aber mit dem Hinweis auf sein Ruhebedürfnis abgewimmelt habe. Larscheid habe Röder um die Verlängerung seiner Dienstreise und einen Abstecher nach Berlin bitten wollen, wo sich die Zentrale der Gauck-Behörde befand.

»Nach dem dritten Anruf habe ich ihm gesagt, wenn es im Rahmen des Reisekostenbudgets ist und der Wahrheitsfindung dient, bist du damit einverstanden«, sagte Manu leichthin.

Röder verschluckte sich an seiner Schorle. »Du hast was? Du hast ihm die Genehmigung erteilt? Machst du jetzt etwa auch noch meinen Job?«

Manu lächelte. »Ich halte gern mal ein herzzerreißendes Plädoyer vor Gericht, wenn ich damit meinen Mann vor dem Erschießungskommando retten kann.«

Röder musste herzhaft lachen und drückte Manus Hand. »Du bist unglaublich.«

»Das ist ja nichts Neues«, antwortete sie wenig bescheiden.

Sie flirteten noch eine Weile, und Röder lobte Manu wegen ihrer Vielseitigkeit. Als er das Thema gerade auf Wein und ihre Kenntnisse als Sommelière lenken wollte, kam das Essen, und er versäumte es ein weiteres Mal, sie zu fragen, woher sie auf einmal so viel über Wein wusste. Die freundliche Bedienung stellte einen großen Teller vor Röder ab, auf dem zwei große Scheiben Saumagen im Naturmagen – und nicht in einer schnöden Plastikpelle – auf einem Berg Sauerkraut thronten.

Manu, obwohl auch eine gebürtige Pfälzerin, machte sich nicht so viel aus dieser Spezialität und bekam stattdessen eine Eiswoog-Forelle aus der Pfanne mit gerösteten Mandeln und Dampfkartoffeln serviert. Auf alle Fälle war Röder erleichtert, dass sie statt des beinahe schon obligatorischen Ingwertees ebenfalls eine Rieslingschorle vor sich stehen hatte.

»Was macht das Yoga?«, wollte Röder wissen.

»Gut.«

»Das klingt aber nicht sehr überzeugend.«

»Na ja, Linda ist ein wenig kompliziert. Sie ist mit unserem Raum nicht zufrieden, weil der angeblich irgendeine miese Aura ausstrahlt, womit sie deine zeitweise Anwesenheit dort meint. Dabei ist es vor allen Dingen sie, die an allem herummäkelt, sodass sogar ihre Freundinnen mittlerweile dem Kurs fernbleiben.«

»Das ist aber schade.« Röder heuchelte Bedauern, doch er hoffte insgeheim, dass das Yogafieber seiner Frauen jetzt vielleicht abflauen würde.

»Deshalb überlege ich mir, ob ich mich zur Yogalehrerin ausbilden lassen soll.«

Röder verschluckte sich zum zweiten Mal an diesem Tag an seiner Schorle. »Ist das dein Ernst?«

»Ja, warum denn nicht? Meine Kurse werden das Motto tragen: ›Auf dem Wege der Selbstfindung durch die Tür zum Du, also vom eigenen Ich zum Du des anderen.‹«

»Wie bitte?«, fragte Röder konsterniert.

Diesmal war es Manu, die sich prustend an ihrer Schorle verschluckte. »Sag bloß, du hast das vergessen. Das war ein Zitat aus Loriots ›Ödipussi‹, aber ich glaube, das wird nur den wenigsten meiner zukünftigen Kundinnen auffallen.«

Sie lachten und freuten sich, dass die Welt für sie wieder in Ordnung war. Noch lange unterhielten sie sich über das bevorstehende Abitur von Feli und die Vorbereitungen für Weihnachten.

★★★

Den Rest des Freitagnachmittages verbrachte Röder mit Telefonaten. Er verspürte wieder seinen alten Tatendrang und wollte Anschluss an den aktuellen Fall finden, der ihn beinahe das Leben gekostet hätte. Sein erstes Gespräch galt Steiner, der aber kurz angebunden war. Er schien wegen Röders Verwicklung und seines Einsatzes vom vergangenen Montag noch immer eingeschnappt zu sein, allerdings konnte er dem Oberstaatsanwalt, dessen Abteilung die Ermittlungen leitete, schlecht den aktuellen Stand vorenthalten.

»Ich freue mich, dass es dir besser geht. Echte neue Erkenntnisse haben wir nicht, aber wir haben die grenzüberschreitende Sonderkommission eingerichtet und fünfzehn erfahrene Kollegen zusammengezogen. Geleitet wird sie von Capitaine Godart und mir.«

»Was für einen Namen trägt die Sonderkommission?«

»Soko Belzenickel«, sagte Steiner ernst.

»Wie bitte?« Röder musste lachen.

»Was gibt's denn da zu lachen? Die Elsässer wollten sie Soko ›Hans Trapp‹ nennen, aber wir Pfälzer haben uns durchgesetzt.« Dann fing auch er an zu lachen, und es dauerte eine Weile, bevor er weitersprechen konnte. »Wir warten immer noch auf die offiziellen Berichte aus Frankreich, das kann wegen der chaotischen Kommunikation mit den ausländischen Kollegen etwas dauern. Klar ist, dass Carola Lang erschlagen wurde. Todesursache war die massive Gewalteinwirkung auf den Hinterkopf. Sie muss mehrere Schläge abbekommen haben. Die Tatwaffe könnte wieder ein Totschläger gewesen sein, somit haben wir es höchstwahrscheinlich mit demselben Täter wie bei Biehler zu tun.«

»Gibt es Erkenntnisse zu den Stofftieren?«

»Die schneidige französische Capitaine geht davon aus, dass Carola Lang in die Drogengeschäfte von Biehler verwickelt war und dass ihr kleiner Bauernhof als Umschlagplatz und Werkstatt für das Verpacken der Drogen diente.«

»Und was meinst du?«, fragte Röder.

»Ohne weitere Beweise oder Indizien aus dem Haus glaube ich das nicht. Soweit ich weiß, wurde dort nur diese eine Tüte mit den Stofftieren gefunden. Ich meine, warum nur eine einzige Tüte? Wenn das ein Umschlagplatz war, würde ich mehr erwarten. Außerdem müsste die Polizei in dem Fall Nadeln, Faden und unfertige Waren gefunden haben. Deswegen warte ich auf den Bericht, die wollten das Anwesen noch mit Drogenhunden absuchen.«

»Was ist mit dem blauen Astra, den Achim gesehen hat?«

»Das war tatsächlich eine heiße Spur, wir haben den Wagen gleich in die Fahndung gegeben und alle alten blauen Astra-Kombis mit Dürkheimer Kennzeichen überprüft. Dabei sind wir auf den alten Winzer gestoßen, für den Biehler das Haus gehütet hat und wo er auch wenigstens zeitweise wohnte. Das Auto war auf ihn angemeldet, aber das bringt uns nicht weiter, denn der Wagen wurde am Dienstagmorgen vollkommen ausgebrannt in Pleisweiler bei Bad Bergzabern auf einem Waldparkplatz entdeckt. Die KTU hat leider keine brauchbaren Spuren mehr finden können. Die große Frage ist also: Wer hat ihn gefahren?«

»Hast du den Winzer dazu befragt?«

»Natürlich. Sybille war noch mal im Altenheim. Er sagt, er habe Biehler erlaubt, das Auto zu fahren, zumal der immer Besorgungen für ihn machte. Es sollte in seiner Garage stehen, tat es aber nicht.«

»Habt ihr den Hasbach überprüft?«, fragte Röder und wechselte das Thema. »Schließlich hat er sich bei Achims Geburtstag mit Carola Lang gestritten.«

»Wir konnten ihn nicht persönlich erreichen, er ist nach Spanien in den Urlaub gefahren. Ein Amtshilfeersuchen bei der spanischen Polizei läuft. Leider kennen wir seinen Aufenthaltsort nicht, und er geht nicht ans Telefon. Wir wissen aber ja von Achim, dass es wohl um das Essen ging, das Hasbach nicht geschmeckt hat.«

»Ja, schon. Bleib aber bitte dran.«

»Natürlich«, antwortete Steiner. »Ich freue mich wirklich, dass es dir besser geht.«

»Und ich dachte schon, dass du mich immer noch verwünschst.«

»Ganz sicher tu ich das, aber ich möchte das gemeinsame Schorletrinken auf dem nächsten schönen Weinfest nicht vermissen.«

»Ich bin gerührt«, sagte Röder flapsig, doch es entsprach der Wahrheit.

Sein zweites Telefonat galt Larscheid, der allerdings nicht an sein Handy ging und dem Röder eine Nachricht auf der Mailbox hinterlassen musste. Er bat um Rückruf und einen kurzen Bericht über die Reise zur Stasi-Unterlagenbehörde.

Röder fühlte sich erschöpft und wollte sich gerade ein wenig auf die Couch legen, als es an der Haustür klingelte und Hellinger einen Augenblick später vor ihm stand. Manu, die munter Kerzen anzündete und gerade die vielen Lichterketten in Betrieb setzte, hatte ihn hereingelassen.

»Wow, habt ihr es hier schön. Bei euch ist ja schon richtig Weihnachten, das ist total romantisch.«

Röder bedachte seinen Freund mit einem kritischen Blick. Er musste an die kommende Stromabrechnung und die erhöhte Brandgefahr denken, denn der Stromzähler rotierte, und der Adventskranz war nach zwei Wochen Einsatz schon ziemlich trocken.

Hellinger ließ sich nicht beirren. »Ich dachte, ich komme mal persönlich vorbei, nachdem mich deine Leibärztin die letzten Tage am Telefon vertröstet hat. Ich habe dir auch etwas Feines mitgebracht: Hammelshoden.«

»Hammelshoden?«, fragte Röder entsetzt, und Hellinger holte eine Flasche Wein aus der mitgeführten Plastiktüte.

»Nicht schlimmer als Saumagen, denn das ist eine Flasche Trollinger vom Weingut Aldinger in Untertürkheim. Einer meiner VDP-Kollegen, mit dem ich auch regelmäßig Wein austausche. Übrigens kommt der Name Trollinger vermutlich von ›Tirolinger‹, auch bekannt als ›Vernatsch‹, der in Südtirol gern ausgebaut wird und dort in keinem Weingut fehlen darf. Bei uns Pfälzern ist er etwas in Verruf gekommen, nicht zuletzt deswegen, weil der Fürstbischof von Speyer im 18. Jahrhundert den Hammelshoden als schlechte Rebe ausrotten wollte. Er verdarb angeblich den Wein, der ja damals im gemischten Satz im Weinberg angebaut wurde. In Deidesheim haben sie das auch so gemacht, während die Winzer im kurpfälzischen Neustadt die Rebe munter weiterverwendeten, wahrscheinlich auch deshalb, weil sie dort salonfähig Malvasier hieß.«

Röder und Manu mussten über die Geschichte lachen, denn Hellinger war ein großartiger Erzähler.

»Kenner trinkt de Württemberger«, sagte Röder in Anspielung auf den Werbespruch der Winzer im benachbarten Bundesland und betrachtete das Etikett. »Gipskeuper Trollinger«, las er laut. »Schmeckt der etwa nach Gips? Dann kannst du mir damit wegbleiben.«

»Na ja, ich würde ihn eher als mineralisch beschreiben.«

Manu kam mit drei Rotweingläsern und einem Korkenzieher herein und reichte ihn Hellinger. »Hier, mach mal auf. Mein Mann ist dazu noch zu schwach, auch wenn er sich heute schon mit Stomachus Porci gestärkt hat.«

Hellinger öffnete die Flasche und schüttete einen Probierschluck in eines der Gläser, das er Manu reichte. »Hier, du darfst zuerst probieren. Du bist ja nicht so ein Weinbanause wie dein Mann, der nur Rieslingschorle säuft.«

Manu schwenkte das Glas und schnupperte, dann las sie das Etikett auf der Flasche. »Und ich dachte, in Untertürkheim werden nur Luxusautos gebaut.«

»Weit gefehlt, meine Liebe.« Hellinger schaute zu, wie Manu einen Schluck nahm. »Und, wie schmeckt er dir?«

»Frisch, körperreich und sehr mineralisch. Bei den Aromen

dominieren rote Beeren, und er hat einen leichten Anklang von Bittermandel.«

Hellinger nickte anerkennend. »So, Ben, jetzt bist du dran. Mal sehen, ob du etwas von deiner Frau gelernt hast.«

Röder nahm einen kräftigen Schluck. »Ziemlich sauer, und ob da rote Beeren drin sind, kann ich nicht beurteilen. Jedenfalls schmeckt er wirklich nach Gips, aber wenigstens stimmt die Drehzahl.«

Hellinger verdrehte die Augen, und Manu lachte.

»Manu hat genau das Gleiche gesagt, allerdings absolut fachmännisch und vor allen Dingen viel charmanter.«

»Ich kann es immer nur wiederholen: Du bist selbst auch so ein Charmebolzen. Aber jetzt mal etwas anderes. Deine Freundin Heike ist doch mit dem Hasbach zusammen.«

»Ja, und?«

»Kannst du mir mal ihre Telefonnummer geben?«

»Willst du sie ihm ausspannen? Was sagt denn Manu dazu?«

»Ich würde ihn mit einem Küchenmesser erdolchen und hinterher Steiner bezirzen, damit die Tat nie aufgeklärt wird«, sagte Manu.

»Ich wusste gar nicht, dass du so durchtrieben bist.«

»Du weißt anscheinend vieles nicht.«

»Warum brauchst du denn ihre Telefonnummer?«, fragte Hellinger und suchte auf seinem Smartphone den entsprechenden Eintrag.

»Die Polizei will Hasbach sprechen, aber er ist nach Spanien verreist und nicht zu erreichen. Wenn du mir Heikes Nummer gibst, dann kann ich es mal bei ihr versuchen.«

»Gute Idee, Heike hat nämlich eine Finca auf Malle, vielleicht ist er dort. Da hat sie schon oft Weihnachten verbracht.« Hellinger reichte Röder das Telefon, damit dieser die Nummer auf den Rand der Zeitung schreiben konnte.

»Wie gut kennst du denn den Hasbach?«

»Kaum und nicht besser als du. Aber mein Steuerberater hält ihn für eine Pfeife.«

»Wieso denn das? Ich dachte, der ist Wirtschaftsprofessor in Worms und ein erfolgreicher Unternehmensretter?«

»Mein Steuerberater sagt, dass Hasbach seinen Doktor bei Neckermann gekauft hat. Er hat mit ihm zusammen eine Fortbildung zum Bilanzbuchhalter gemacht, bei der Hasbach sich besonders dappig angestellt haben muss.«

»Wieso macht der eine Fortbildung zum Bilanzbuchhalter, wenn er ein promovierter Diplomkaufmann ist?«

Hellinger zuckte mit den Schultern. »Ich bin Winzer und kein Steuerfuzzi. Außerdem muss das schon eine Weile her sein, denn mein Steuerberater ist in unserem Alter.«

Röder nahm einen Schluck vom Hammelshodenwein, der zwar ungewohnt, aber immer besser schmeckte, als das Telefon klingelte. Es war Larscheid, und Röder stand auf, um das Gespräch in seinem neuen Arbeits-Yoga-Zimmer fortzusetzen. Larscheid erkundigte sich nach seinem Befinden, woraufhin Röder ihm die Ereignisse des vergangenen Montags schilderte.

»Mein lieber Mann, da hast du aber unwahrscheinliches Glück gehabt.«

»Und was hast du herausgefunden?«, fragte Röder, um schnell das Thema zu wechseln.

»Ich habe die Akten über Biehler ziemlich vollständig vorgefunden, ebenso die über Carola Lang.«

»Die Lang war aber doch eine Westdeutsche. Wieso hatte die Stasi eine Akte über sie?«

»Tja, so war das System. Sie war schließlich die Freundin eines ostdeutschen Spitzensportlers. Die haben versucht, sie anzuwerben.«

»Ja und, waren sie erfolgreich?«

»Wie man es nimmt. Im Frühjahr 1987, als die Sportkarriere von Biehler eigentlich schon zu Ende war, wollten sich die beiden Liebenden in Ostberlin treffen, was auch problemlos geklappt hat. Auf der Rückfahrt mit dem Transitzug haben sie Carola Lang in der Mangel gehabt und stundenlang verhört.«

»Ja, das hat sie mir erzählt.« Röder fasste das Gespräch mit Carola Lang für Larscheid zusammen.

»Ja, so lief das. Viele Fluchtversuche endeten tatsächlich tödlich. Gerade in der Ostsee sind die Grenzschützer schon mal mit dem Schiff über die Schwimmer drübergefahren. Da blieb am Ende nur noch Fischfutter übrig.«

»Kannst du Carolas Motiv, dass sie Biehler aus Liebe verraten hat, bestätigen?«

»Auch wenn es plausibel klingt, kann ich das noch nicht sagen, denn für die Stasi-Mitarbeiter wurden nur Decknamen verwendet. Deswegen war ich ja auch noch kurz in Berlin, um die Unterlagen abzugleichen und das Bild zu vervollständigen. Das alles ist schon diffizile Arbeit. Jedenfalls schicke ich dir nachher meinen vorläufigen Bericht per E-Mail. Wenn ich zurück bin, mache ich eine genaue Auswertung.«

»Wann wirst du zurückkommen?«

»Ich fahre heute noch zu meiner Verwandtschaft und besuche Freunde. Am Montag bin ich wieder im Büro«, erklärte Larscheid und wechselte das Thema. »Gibt's eigentlich neue Erkenntnisse über den Drogenring?«

Röder teilte ihm mit, was er von Steiner erfahren hatte. Dann verabschiedete er sich und ging ins Wohnzimmer zurück, wo sich Manu und Hellinger beim Hammelshoden offensichtlich köstlich amüsierten.

»Ach, Manu, was ich dich schon die ganze Zeit fragen wollte: Wo ist denn eigentlich das Stofftierchen samt Inhalt, das wir vergangenen Samstag in Freinsheim sichergestellt haben?«

Schallendes Gelächter war die Antwort.

»Was ist so witzig? Wir müssen es Steiner übergeben, er braucht es für seine Ermittlungen.«

»Meinst du, er sieht sofort klarer und löst den Fall, wenn er sich einen Joint reinzieht?«, fragte Hellinger.

»Jetzt seid doch nicht so albern. Manu, wo ist das Zeug?«

»Ja, wo ist das Zeug?«, meinte Manu gedehnt und blickte sich im Wohnzimmer um. Hellinger lachte weiter.

»Sagt mal, seid ihr stoned?«

»Nein, also bis jetzt noch nicht«, antwortete Hellinger.

»Und nun mach nicht so ein Geschiss. Manu hat mir das Gras gegeben.«

»Manu hat was?«

»Mir das Gras gegeben.«

»Sag mal, habt ihr sie noch alle?«

»Ach Ben, nun reg dich bitte nicht auf«, sagte Manu, die Hellinger beistehen wollte. »Als wir uns kennenlernten, haben wir doch auch mal den einen oder anderen Joint zusammen geraucht.«

»Damals waren wir Studenten, und ich kann mich an vielleicht zwei oder drei Male erinnern. Mittlerweile bin ich Vertreter der Anklage.«

»Obervertreter sogar«, sagte Hellinger grinsend.

»Du bist ja sowieso schon für die Drogen im Land verantwortlich, du alter Panscher. Willst du dein Geschäft jetzt wirklich ausweiten? Ihr habt eine Straftat begangen. Manu dealt, und du willst das Zeug sogar noch züchten.«

»Manu dealt doch nicht, sie hat mir das Zeug geschenkt.«

»Das war gerade mal ein Gramm, das gilt sogar in Bayern als geringe Menge, ganz zu schweigen von Berlin«, mischte sich Manu ein, die immerhin gerade für ihren Artikel darüber recherchierte. »Jeder Vertreter der Anklage stellt ein mögliches Verfahren sofort ein.«

»Obervertreter«, warf Hellinger lachend ein, und Manu fuhr fort:

»Ben, du weißt, dass ich eine liberale Einstellung habe, auch wenn ich Drogen insgesamt ablehne. Würde es den Drogensumpf und die Beschaffungskriminalität denn nicht reduzieren, wenn wir nicht alle, die eine kleine Dummheit begehen, sofort bestrafen und als Verbrecher abstempeln?«

»Es geht ums Prinzip und die Frage: Wo ist die Grenze?«

»Ja, es ist eine Frage der Grenze, aber Grenzen sind fließend.«

»Kiffen ist ungesund«, argumentierte Röder weiter.

»Na, dann trink doch noch einen Schluck Hammelshoden zur Entspannung«, sagte Hellinger und nahm damit die Gereiztheit aus der Auseinandersetzung der Eheleute.

★★★

Am Samstagmorgen schlief Röder länger als üblich, aber das normale Leben war wiederhergestellt. Wie immer brachte er Manu nach dem Aufwachen einen handgebrühten Kaffee ans Bett und legte sich dazu. Bei der Gelegenheit sprach er das Thema vom Vorabend noch einmal an, das ihm die ganze Nacht keine Ruhe gelassen hatte. Sie lagen sich in den Armen und tauschten ihre Argumente aus – und mussten zugeben, dass es immer zwei Sichtweisen auf die Dinge gab.

Nach der Aussprache, als sie noch friedlich nebeneinander im Bett lagen und Röder an einem weiteren Kaffee schlürfte, klingelte das Telefon. Es war Marie-Claire, die lange mit Manu und dann noch kurz mit Röder sprach.

»Was wollte sie eigentlich?«, fragte Röder, als er aufgelegt hatte.

»Keine Ahnung, sie war wieder lieb und nett, aber ich habe immer noch das Gefühl, dass mit ihr irgendetwas nicht stimmt. Jedenfalls freut sie sich auf Weihnachten mit uns, aber trotzdem will sie erst am Vierundzwanzigsten kommen.«

»Sie wird es uns schon sagen, wenn ihr etwas fehlt«, sagte Röder halbherzig, und Manu war nicht wirklich erleichtert. »Soll ich dir noch einen Kaffee machen?«

»Wenn ihr Männer eine Frau zum Kaffee einladet, habt ihr immer Hintergedanken.«

»Wie kommst du denn nur darauf?«, fragte Röder, aber Manu antwortete nicht, sondern zog ihn mit sanfter Gewalt in die Kissen zurück.

★★★

»Auf welchen Weihnachtsmarkt gehen wir heute?«, fragte Manu am Nachmittag, als die grobe Hausarbeit geleistet war. Röder konnte nicht antworten, denn das Telefon klingelte wieder. »Bonjour, Monsieur Oberstaatsanwalt, c'est Capitaine Pauline Godart.«

»Madame Godart, was verschafft mir die Ehre? Wollen Sie mich endgültig verhaften und ohne Prozess im Château d'If einkerkern?«

»Sehr witzig. Um ehrlich zu sein, ich kann Monsieur le Commissaire nicht erreichen. Wir ermitteln ja länderübergreifend wegen dem Mord an Madame Lang, und ich habe eine Information von größter Wichtigkeit. Da Ihre Behörde federführend ist, wende ich mich an Sie.«

»Haben Sie etwa ein schlechtes Gewissen?«

»Wie kommen Sie darauf?« Röder konnte hören, wie sie empört den Rauch einer Zigarette ausstieß. »Ich habe absolut korrekt gehandelt.«

In diesem Moment ertönte die Türglocke, und Röder registrierte, dass Manu Dr. Kleber in die Wohnung ließ.

»Dann schießen Sie mal los«, sagte er.

»Das geht nicht. Ich muss Sie persönlich treffen. Ich rufe auch von einem anonymen Handy an.«

»Wie du siehst, arbeitet er wieder, und die erste Schorle hat er gestern schon gehabt«, sagte Manu zu Kleber, der tadelnd den Kopf schüttelte. Röder signalisierte, dass er noch ein paar Minuten für das Telefonat brauche, und drehte ihnen den Rücken zu.

»Das ist ja sehr dubios. Sind Sie wirklich sicher, dass Sie mich nicht unter einem Vorwand nach Frankreich locken wollen?«

»So ein Quatsch. Ich bin um halb fünf auf dem Weihnachtsmarkt in Wissembourg, vor der Kirche. Sie wissen schon, die große, Sankt Peter und Paul. Direkt davor ist ein Glühweinstand. Ich gebe Ihnen einen aus. Bringen Sie doch Ihre Frau und le Commissaire mit, sofern Sie ihn auftreiben können, denn unser Weihnachtsmarkt ist sehr schön«, sagte

Pauline und unterbrach die Verbindung ohne ein Wort des Abschieds.

»Harald, prima, dich zu sehen«, sagte Röder. »Ich habe gar nicht mehr an dich gedacht. Aber wie du sehen kannst, geht es mir wieder blendend.«

»Ich muss dich untersuchen«, sagte Kleber und öffnete seinen Einsatzkoffer. »Sonst kann ich dich nicht gesundschreiben.«

»Danke, Harald, aber mir geht es wirklich gut. Gestern konnte ich schon wieder ohne Weiteres eine ordentliche Portion Saumagen und eine Schorle verputzen.«

»Und Hammelshoden«, ergänzte Manu. Sie klärte ihren konsterniert blickenden Hausarzt über Hellingers Besuch vom Vorabend auf.

»Für solche Fälle gibt es eigentlich nur eine Medizin«, sagte Kleber und holte aus seinem Koffer eine Flasche Riesling von der Winzergenossenschaft Vier Jahreszeiten, eine Flasche Bergquelle und ein Dubbeglas.

»Ich darf nichts trinken, denn ich will mit Manu noch auf den Weihnachtsmarkt fahren.«

»Ist schon in Ordnung. Ich fahre, du warst ja die Woche über krank«, sagte Manu.

Kleber lächelte und mischte im Dubbeglas eine gute Rieslingschorle, die er zuerst Röder reichte.

★★★

»Wissembourg? Da war ich noch nie auf dem Weihnachtsmarkt. Ist der denn schön?«, fragte Manu und konzentrierte sich auf den Verkehr, als Röder ihr das Ziel ihres Ausflugs nannte.

»Es gibt dort auf alle Fälle Glühwein und diese rosa Bratwurst, die sonst nur in Straßburg zu haben ist«, antwortete Röder, nachdem er Steiner eine Nachricht auf der Mailbox hinterlassen hatte. »Außerdem geht da heute der Hans Trapp um, der kleine Kinder frisst.«

»Das klingt ja umwerfend.«

»Schatz, wir verbinden doch nur das Angenehme mit dem Nützlichen.«

Sie parkten das Fahrzeug auf dem großen Parkplatz im Osten des Städtchens und gingen durch die Gassen zur Hauptstraße, die weihnachtlich hell erstrahlte. Überhaupt liebten die Franzosen üppige Illuminationen, und so leuchtete das Rathaus in den Farben der Trikolore. Pünktlich um halb fünf standen sie an dem Glühweinstand vor der beeindruckenden gotischen Fassade der alten Abteikirche. Im Gegensatz zu Montag herrschte heute am Samstagabend ein reger Besucherverkehr. Zuschauer aller Altersstufen sammelten sich auf den Gehwegen, um einen der begehrten Plätze für den Umzug zu ergattern, der um fünf beginnen sollte. Das Zentrum des Marché de Noël befand sich auf der Avenue de la Sous-Préfecture gegenüber der Kirche und war für den Verkehr gesperrt. Röder und Manu bestellten sich einen Glühwein. »Der schmeckt aber ganz anders als bei uns«, sagte Manu, nachdem sie den ersten Schluck gekostet hatte.

»Bist du jetzt schon eine Sommelière für Glühwein?«, fragte Röder. »Die verwenden bestimmt keinen Dornfelder oder Portugieser. Das ist wahrscheinlich ein Baron de Rothschild.«

»Na ja, ich tippe eher auf einen einfachen Côtes du Rhône«, sagte Manu, und beide mussten lachen. »Wow, ist das deine französische Kommissarin?«

Pauline kam mit energischen Schritten auf sie zu.

»Die heißen hier Madame la Capitaine.«

»Bonjour, Monsieur le Oberstaatsanwalt. Ist das Ihre Gattin? Da habe ich ja etwas Gutes getan, als ich Sie aus der Haft entlassen und Ihnen Ihre Frau nicht länger vorenthalten habe.«

Manu begrüßte die Polizistin in flüssigem Französisch. Die beiden unterhielten sich angeregt, während Röder nur Bahnhof verstand.

»Also dann, ich drehe mal eine Runde über den Weihnachtsmarkt«, entschied Manu.

»Was haben Sie ihr gesagt?«, wollte Röder wissen.

»Die Wahrheit, dass ich Sie unter vier Augen sprechen muss.«

»Warum die Heimlichtuerei?«

»Das ist keine Heimlichtuerei.« Pauline zündete sich eine Zigarette an. »Ich habe Informationen für Sie, die aus einer heiklen Quelle stammen und die ich trotz unserer behördlichen Zusammenarbeit eigentlich nicht weitergeben darf.«

»Wieso denn das?«

»Bei den Nachforschungen über Carola Langs Tod sind wir natürlich auch der Stasi-Geschichte nachgegangen, in die hauptsächlich ihr damaliger Freund, Ihr Mordopfer also, verwickelt war. Deshalb haben wir bei der DGSE nachgefragt, ob die Informationen zu Jörg Biehler oder Carola Lang haben.«

»Bei Ihrem Auslandsgeheimdienst?«

Auf der Bühne gegenüber versammelte sich gerade der hiesige Gesangsverein zu einer Einlage.

»Genau. Alte Geschichten, deren Geheimhaltung gelockert wurde, gibt die DGSE in der Regel an uns weiter. Das gilt aber nicht für Ausländer, egal, ob sie mit uns ermitteln oder nicht. Deshalb kann ich Ihnen die Information nur mündlich mitteilen und muss Sie um äußerste Diskretion bitten. Sie dürfen Ihre Quelle, also mich, niemals verraten. Das kann mich meinen Job kosten.«

»Ich verstehe, Sie können sich auf mich verlassen.«

»Das will ich schwer hoffen, denn sonst würde ich Sie bei Ihrem nächsten Besuch im ›Cheval Blanc‹ einbuchten und Ihnen anschließend bei einem Fluchtversuch in den Rücken schießen müssen.«

»Das traue ich Ihnen zu«, sagte Röder und grinste dabei, aber Pauline zog nervös an ihrer Zigarette.

»Im Sommer 1988 ist ein französischer Staatsbürger mit deutschen Wurzeln in Ostberlin von der Stasi aufgegriffen und zum Verhör gebracht worden.«

»Warum wurde ein französischer Staatsbürger von der Stasi verhört?«

»Dazu komme ich gleich. Jedenfalls hat er im Interhotel einen anderen ausländischen Gast kennengelernt, nämlich Carola Lang.«

»Die Interhotels wurden abgehört, und die Hälfte der Belegschaft war von der Stasi, aber wo ist die Verbindung zu unseren Fällen?«

Auf der Bühne ertönte »Douce nuit, sainte nuit«, und Pauline musste lauter sprechen.

»Während unser Mann verhört wurde, kam es zu einem Zwischenfall. Ein junger Gefangener war im Verhör gestorben. Es kam zu einem Tumult auf dem Flur der Behörde, und unser Mann ist mit dem Offizier, der ihn verhörte, auf den Gang gestürzt, um zu sehen, was dort los war. Sie konnten gerade noch sehen, wie die Leiche fortgeschafft wurde. Der Verhöroffizier sagte zu unserem Mann: ›Das ist wieder typisch für den Schmidt. Der muss einfach alles übertreiben.‹ Nach seiner Freilassung hat unser Mann die Lang im Transitzug nach Frankfurt wiedergetroffen. Laut den Protokollen des DGSE haben sich die beiden ihre Geschichte erzählt, und so wissen wir, dass Carola Lang in ein übles Spiel mit der Stasi verwickelt war, das von einem Offizier namens Schmidt eingefädelt worden war. Es ist daher stark anzunehmen, dass es sich um denselben Mann handelt.«

»Dans le cieux l'astre luit«, schallte es von der Bühne.

»Wieso interessiert sich Ihr Auslandsgeheimdienst überhaupt für so eine Angelegenheit?«

»Tja, jetzt wird es wirklich pikant, denn der junge Mann war Atomkraftgegner und ein bekannter Aktivist. Vielleicht erinnern Sie sich an die verpatzte Geheimoperation in Neuseeland, als französische Agenten das Greenpeace-Schiff ›Rainbow Warrior‹ versenkt haben. Die DGSE hat sich gefragt, was ein französischer Atomkraftgegner in der DDR macht. Also hat man ihn bei seiner Einreise einkassiert und ebenfalls verhört. Zu Zeiten des Kalten Krieges hat eben jeder jedem misstraut.«

»Das ist ja ein dickes Ding«, sagte Röder, während Pauline sich eine weitere Zigarette anzündete. »Da der Aktivist unter Beobachtung stand, nehme ich an, dass die Sache für Ihren Geheimdienst noch lange nicht erledigt war, weshalb er die Namen der Stasi-Leute ermittelt hat. Richtig?«

»Il est né, le Sauveur«, sang der Chor.

»Ich merke schon, Sie haben den Schlag auf den Hinterkopf erstaunlich gut überstanden, denn Sie haben recht. Der Stasi-Mann war ein Oberleutnant Kurt Schmidt. In der Akte war eine Phantomzeichnung.« Sie holte ein zusammengefaltetes Blatt aus ihrer eleganten Handtasche. »Dies ist eine Kopie, und denken Sie bitte daran, die haben Sie nicht von mir.«

»Sie können sich auf mich verlassen«, sagte Röder und faltete das Blatt auf. Er glaubte, seinen Augen nicht zu trauen. »Den kenne ich«, rief er so überrascht, dass sich die Leute nach ihm umdrehten. »Der sieht aus wie Winfried Hasbach, ein Wirtschaftsprofessor in Worms.«

»Seien Sie bitte nicht so laut. Sie kennen ihn also?«

»Ta naissance, Jésus-Christ!«, jubelte der Chor.

»Na ja, das Phantombild hat auf jeden Fall eine große Ähnlichkeit mit Winfried Hasbach. Aber dieser Mann heißt nach Ihren Angaben Kurt Schmidt.«

»Vielleicht hat er die Identität gewechselt. Wenn er bei der Stasi war, hatte er sicherlich die Möglichkeit, an gefälschte Ausweise ranzukommen, um ein neues Leben zu beginnen.«

»Haben Sie sonst noch etwas für mich?«

»Das war alles. Hier endet die Geschichte, und Sie müssen die Sache selbst weiter vorantreiben.«

»Sie haben uns jedenfalls außerordentlich geholfen, und dafür bedanke ich mich ganz herzlich.«

»Nicht der Rede wert. Wir müssen schließlich den Fall aufklären.«

Auf die Bühne trat nun der Bürgermeister, den Röder am

Montag im »Cheval Blanc« gesehen hatte, und begrüßte die Besucher des Weihnachtsmarktes. Röder und Pauline taten so, als würden sie der Rede folgen, tatsächlich hingen beide ihren Gedanken nach.

Manu riss Röder aus seiner Trance. »Na, habt ihr eure konspirative Unterhaltung beendet?«

Er lächelte und nahm seine Frau in den Arm. Auf der Bühne formierte sich wieder der Chor und stimmte »Mon beau sapin« an.

Manu hatte einen Gugelhupf, Bienenhonig und eine Scheibe Pâté de Foie gras im Gepäck.

»Die Pastete hast du aber nur für mich gekauft, oder?«

»Das werden wir noch sehen«, sagte Manu, die von Pauline sogleich in ein Gespräch auf Französisch verwickelt wurde.

Erneut unterhielten sich die beiden Frauen so angeregt, dass Röder abgeschrieben war. »J'ai besoin d'un autre vin chaud«, sagte er leise und wollte sich zum Glühweinstand durchschlagen.

»Bringen Sie uns doch bitte auch einen mit«, sagte Pauline. »Der geht, wie versprochen, auf meine Rechnung.« Sie reichte ihm einen Geldschein, und er zog los, um das Gewünschte zu besorgen.

In der Schlange am Glühweinstand lauschte Röder noch ein paar französischen Weihnachtsliedern, bevor der Gesangsverein zu elsässischen Texten überging. Trotzdem hatte er keine Ruhe, denn er überlegte, wie die vertraulichen Informationen in den Fall passten. Hatte Carola Lang am Ende auf Hellingers Geburtstag in Hasbach ihren und Biehlers Peiniger erkannt? Er musste das unbedingt mit Steiner und Larscheid diskutieren.

Er wurde immer nervöser, und Röder empfand es als eine Erlösung, als er schließlich nachgab, sein Telefon zückte und Steiners Nummer wählte. Dessen Begrüßung war harsch: »Mann, kann man denn am Wochenende nicht mal einen halben Tag abschalten? Was willst du denn schon wieder?«

»Ich hatte gerade ein interessantes Gespräch mit Madame

la Capitaine. Du glaubst ja nicht, was die Franzosen herausgefunden haben.«

»Ich habe heute Morgen eine Nachricht von ihr erhalten und wollte sie nachher anrufen, aber jetzt bin ich erst einmal mit meiner Familie auf dem Weihnachtsmarkt in Neustadt.«

»Neustadt? Das ist gut«, sagte Röder, dem ein Gedanke durch den Kopf ging.

»Natürlich ist das gut. Was hat denn die Godart erzählt?«

»Das erzähle ich dir später, auf dem Weihnachtsmarkt.«

Der Rückweg gestaltete sich nicht mehr so einfach, denn die Zuschauermenge hatte mit dem Beginn des Umzugs um Hans Trapp und das Christkindel noch einmal deutlich zugenommen. Hans Trapp galt hier im nördlichen Elsass als vorweihnachtlicher Kinderschreck, der die ungezogenen Sprösslinge in Furcht versetzen sollte. Er war das Pendant zu Knecht Ruprecht und dem pfälzischen Belzenickel. Anders als diese beiden war Hans Trapp allerdings eine historische Figur. Mit der Reichsacht belegt, residierte der Raubritter auf der nahen, schon in der Pfalz gelegenen Burg Berwartstein und lag in einer Fehde mit dem Kloster Weißenburg. Da ihn die Ungnade seiner Fürsten nicht besonders scherte, drangsalierte er mit Vorliebe die Bewohner der Umgebung. Der Höhepunkt seines Unwesens war, dass er die Wieslauter stauen ließ und Weißenburg so das Wasser abgrub. Als sich der Abt wegen des Wassermangels beschwerte, rissen Trapps Schergen den Damm ein und verursachten eine gewaltige Überschwemmung in der Stadt.

Trapps Untaten waren in vielen Sagen des nördlichen Elsass und des Wasgaus verewigt, sodass er auch noch nach fünfhundert Jahren als »schwarzer Ritter« ruhelos durch die Gegend geistern konnte.

Pauline hatte Röder und Manu gerade die Geschichte von Hans Trapp erzählt, als tiefe, beinahe martialische Trommelschläge die Gassen beben ließen. Eine Gruppe Mönche erschien; ihr Klagen und Trommeln kündigte den Bösewicht und seine schwarz gewandeten Räuber an, die kurz darauf ebenfalls angerannt kamen. Sie drohten den Zuschauern und kniffen in die Wangen der Kinder. Zum Glück folgte im kurzen Abstand das in unschuldiges Weiß gekleidete Christkindel in einer prunkvollen Kutsche und hielt die Räuber in Schach. Der Brauch wollte es, dass es den Bösewicht im Januar bei einem ähnlichen Umzug auf den Berwartstein zurückjagte.

»Vielleicht sollten Sie diese üblen Gestalten mal überprüfen«, schlug Röder im Scherz der französischen Kriminalbeamtin vor. »Die scheinen ja ziemlich viel auf dem Kerbholz zu haben.«

»Sie können sicher sein, dass ich das schon getan habe, denn vor fünfundzwanzig Jahren war ich das Christkindel«, antwortete Pauline lächelnd und verabschiedete sich.

★★★

»Du willst jetzt wirklich noch nach Neustadt auf den Weihnachtsmarkt?«, fragte Manu ungläubig.

»Na klar, es ist doch schließlich Weihnachtsmarkt-Hochsaison. Weißenburg war ja ganz nett, aber nach zwei Glühweinen und einer rosa Wurst kennt man den ganzen Markt. Neustadt mit dem Kunigundenmarkt ist doch nach wie vor einer der schönsten in der Pfalz. Und einer, den wir nicht verpassen dürfen.«

»Ich staune nur, weil du dich normalerweise nicht so wahnsinnig für Weihnachtsmärkte begeisterst, und zwei an einem Abend sind schon sehr ungewöhnlich.«

»Das tue ich doch nur für dich«, heuchelte Röder.

»Du bist ein Schatz«, sagte Manu, die von dem geplanten Treffen mit Steiner noch nichts mitbekommen hatte.

Röder ließ sie erst einmal in dem Glauben, aber er musste sich tatsächlich selbst motivieren, denn am allerliebsten hätte er sich einen ruhigen Abend vor dem Kamin gemacht. Eine frische Rieslingschorle in der einen und ein gutes Buch in der anderen Hand. Andererseits war der Weihnachtsmarkt in Neustadt wirklich etwas Besonderes, was nicht allein an der schönen Altstadtkulisse, sondern auch an den Glühweinportionen lag, die hier in Halblitergläsern und auch schon mal in einem Dubbeglas serviert wurden. Die Wochenenden waren besonders schön, denn dann fand neben dem regulären Weihnachtsmarkt der Kunigundenmarkt statt. Drei historische Altstadthöfe öffneten dann eigens ihre Tore. Es gab dort eine Vielzahl von Ständen, die Spezialitäten und Kunsthandwerk aus aller Welt anboten. Vielleicht hätte Manu die Pâté de Foie gras auch dort kaufen können.

Die Namensgeberin des Marktes hatte der Sage nach die Stadt vor der Zerstörung im Pfälzischen Erbfolgekrieg gerettet, weil sie den anrückenden französischen General mit ihrer Schönheit betören und milde stimmen konnte.

Die Stadt war proppenvoll. Der Neustädter Weihnachtsmarkt war ein beliebter Publikumsmagnet für die Region. Manu musste ein paarmal um den Block fahren, bis sie schließlich in der Tiefgarage des skandalträchtigen Klemmhofs einen Parkplatz fand.

»Na, hoffentlich kommen wir hier wieder raus, ohne dass uns das Haus über dem Kopf einstürzt oder das Auto weggeschwemmt wird«, lästerte Röder. Der Klemmhof hatte vor einigen Jahren wegen der Unterspülung seiner Fundamente durch den Speyerbach und der anschließenden aufwendigen Sanierung bei gleichzeitiger Evakuierung der Bewohner deutschlandweit für Aufsehen gesorgt. Die in den siebziger Jahren angeblich richtungsweisende Altstadtsanierung und die spät erkannten eklatanten Baumängel hatten seine Behörde und die Gerichte lange beschäftigt.

»Du, ich habe Steiner versprochen, ihm Bescheid zu sagen, wenn wir hier sind. Wir wollten einen Glühwein zusammen trinken«, sagte Röder und kramte nach seinem Smartphone.

»Ach, so läuft der Hase. Das hätte ich mir eigentlich denken können, dass du nicht zum puren Vergnügen hier bist.«

»Aber nicht doch. Wie schon gesagt, ich verbinde nur das Angenehme mit dem Nützlichen, und mit Steiners Frau verstehst du dich doch blendend.«

»Ja, weil wir mit unseren Männern das gleiche Problem haben. Wir entwickeln gemeinsame Strategien, um euch alles heimzuzahlen.«

Röder sagte lieber nichts darauf und war froh, dass sich Steiner und seine Frau ganz in der Nähe im Michel'schen Hof befanden, einem der Altstadthöfe, die den Kunigundenmarkt ausrichteten. Das historische Anwesen war von den Woisträßlern Anfang der neunziger Jahre aufwendig renoviert worden und diente als deren Vereinsheim. Die Woisträßler hatten es sich zur Aufgabe gemacht, für Neustadt und den Wein zu werben, und waren auch in den neuen Bundesländern aktiv. In dem geschichtsträchtigen Kleinod fanden regelmäßig Veranstaltungen statt. So hatte Röder hier einmal einen Auftritt des Pfälzer Kabarettisten-Duos Spitz und Stumpf erlebt, die den Pfälzern ohne Hemmungen aufs Maul schauten.

»Du kommst genau richtig«, sagte Steiner, der gerade am Whisky-Stand eines Händlers aus Maikammer eine Single-Malt-Probe absolvierte. Steiner als gestandener Pfälzer trank zwar auch gern Rieslingschorle, aber er hatte eine vergleichbare Schwäche für hochwertige Whiskys. Röder, der selten harte Sachen trank, wusste Steiners Expertise besonders nach Leichenöffnungen zu schätzen. Wenn sie zusammen aus der Gerichtsmedizin kamen, lud ihn der Kommissar regelmäßig zu einem guten Whisky ein, um den schalen Geschmack zu vertreiben, der sonst ewig haften blieb. »Hier, den Glengoyne musst du mal probieren.«

»Aber nur einen kleinen Schluck. Du weißt doch, dass ich Whisky nicht so gut vertrage.«

»Na ja, nach fünf Schorlen haut mich ein Gläschen davon auch um.«

Röder ließ sich einen Probierschluck von der Verkäuferin geben.

»Na, nach was schmeckt er?«, fragte Steiner.

»Tja, der schmeckt nach Whisky.«

»Ach Ben. Das ist wie bei einer Weinverkostung«, mischte sich Manu ein. »Lass mich mal ran.« Sie schwenkte das Glas und roch an der braunen Flüssigkeit, die sich fast ölig darin verteilte. »Sehr intensives und aromatisches Bouquet mit einer leichten Nougatnote. Der Alkohol ist dezent und unterstreicht lediglich das Feuerwerk der Düfte.« Manu nahm einen winzigen Schluck und schnalzte mit der Zunge. »Hmm. Nougat- und Orangenaromen dominieren, und der lange und milde Abgang hinterlässt einen Eindruck von Butterkaramell. Ein sehr typischer schottischer Whisky von höchster Qualität, ich würde sagen, dass er mindestens fünfundzwanzig Jahre alt ist.«

Steiner und die Verkäuferin waren beeindruckt, sie lobten Manus Urteil über alle Maßen. Röder staunte über die profunden Fachkenntnisse seiner Frau, die sich nicht nur auf Wein zu beschränken schienen. Die Verkäuferin bot ein weiteres Probierglas an, doch Manu verneinte mit dem Hinweis auf die spätere Autofahrt. In diesem Moment kam Steiners Frau hinzu und begrüßte die Röders herzlich. Sie zog Manu an den Nachbarstand, der gestrickte und gehäkelte Babyaccessoires anbot. »Goldig«, »süß« und »knuddelig« waren Wörter, die Röder verstand.

»Sybille ist schwanger«, sagte Steiner unvermittelt. »Sie hat es mir heute gesagt.«

»Wie, von Köksal?«

»Das nehme ich doch schwer an. Ich bin jedenfalls unschuldig, aber im Gegensatz zu dir bekomme ich ein Problem, wenn sie in Mutterschutz geht. Dann fällt meine fähigste Mitarbeiterin aus.«

»Wann ist der Termin?«

»Im Mai«, sagte Steiner.

»Jetzt verstehe ich auch, warum sie in letzter Zeit manchmal angespannt und blass war.«

»So ist es, und unsere Frauen können es wohl auch nicht abwarten, Oma zu werden«, sagte Steiner mit Blick auf den Babystand nebenan.

»Ach was, dafür sind wir noch viel zu jung.«

»Jetzt erzähl mal, was hat Madame la Capitaine dir denn so

Wichtiges geflüstert, dass du es mir nicht am Telefon sagen wolltest?«

Röder fasste das vertrauliche Gespräch, das er mit Pauline geführt hatte, zusammen, und Steiner staunte nicht schlecht, als der Bericht endete.

»Ich rufe jetzt Hasbachs Freundin an und frage sie, wo er steckt«, sagte Röder.

»Wir sollten uns dabei lieber keinen Schnellschuss erlauben. Wenn wir sie um diese Uhrzeit erreichen, steht Hasbach vielleicht gerade neben ihr, und wir müssen mit ihm reden. Das wird nichts ohne Vorbereitung und klaren Kopf. Außerdem bin ich nicht im Dienst und habe getrunken, und überhaupt ist es hier zu laut.«

»Wir gehen zum Telefonieren in die Kriminalinspektion, die ist doch keine fünf Minuten von hier entfernt. Auf dem Weg dorthin tanken wir frische Luft und verbrennen den Alkohol.«

»Du bist verrückt, aber ich bin einverstanden, wenn du die Fragen stellst.«

»Dann müssen wir das nur noch unseren Damen so schonend wie möglich beibringen.«

»Amüsiert euch nur«, war Manus lapidare Antwort. »Um neun macht der Markt zu, dann findet ihr uns vor dem Rathaus auf dem Marktplatz. Ihr wisst schon, da, wo es den großen Glühwein in der Halblitertasse gibt.«

Röder machte sich mit Steiner auf den Weg, und sie gingen die Laustergasse entlang, unter der der Speyerbach kanalisiert die Stadt durchquerte. Hier ließen sie den Innenstadtbereich und den Trubel des Weihnachtsmarktes hinter sich. Ganz in der Nähe befand sich das Roxy-Kino, das zu ihren Jugendzeiten das einzige größere Kino in der Umgebung von Bad Dürkheim gewesen war. Dorthin ging man, wenn man von einem Großstadtbummel in Mannheim mit der Freundin verschont geblieben war und eine entspannte Weinstubenatmosphäre für einen romantischen Abend suchte.

Steiner, der aus Haßloch stammte, bestätigte Röders Einschätzung und lachte. Sie bogen in die Karl-Helfferich-Straße ein, wo sich die Neustädter Kriminalinspektion befand. Die Straße war nach einem umstrittenen Wirtschaftsboss und rechten Politiker der Weimarer Republik benannt, der in der Stadt geboren und bei einem spektakulären Zugunglück im Tessin ums Leben gekommen war.

An der Pforte mussten sie sich ausweisen und ihr Anliegen vortragen. Trotz des Weihnachtsmarktes herrschte hier keine Hektik, ganz im Gegensatz zum Deutschen Weinlesefest im Oktober. Das nach dem Dürkheimer Wurstmarkt zweitgrößte Weinfest der Welt erzeugte bedeutend mehr Betrieb. Eine junge Polizeiobermeisterin führte sie in ein Besprechungszimmer, in dem auf der Mitte eines Tisches ein Konferenztelefon neben einem Adventskranz stand.

Röder kramte die Nummer aus seinem Geldbeutel, die er gestern auf den Zeitungsrand gekritzelt hatte.

»Speicherst du so etwas nicht auf deinem Smartphone?«, fragte Steiner, als Röder angestrengt mit der Lesebrille auf der Nase die lange Ziffernfolge in das ufoartige Telefon eintippte.

»Nein, mein Handy habe ich schon einmal verloren, meinen Geldbeutel noch nie.«

Es dauerte nicht lange, und eine Frauenstimme meldete sich. Röder, der Hasbachs Freundin durch Hellinger flüchtig kannte, stellte sich vor und erklärte sein Anliegen.

»Und warum rufen Sie ihn nicht direkt an?«, wurde er gefragt.

»Es hieß, er sei vielleicht bei Ihnen auf Mallorca, und an sein Handy geht er nicht.«

»Das stimmt, er hat sein Handy verloren, aber er sollte über die Uni zu erreichen sein. Dort ist sein Büro, und zu Hause hat er eigentlich immer den Anrufbeantworter eingeschaltet.«

»Wie bitte, das heißt, er ist gar nicht auf Mallorca?«, fragte Röder erstaunt.

»Nein, er kommt erst im Laufe der nächsten Woche, wenn die Vorlesungen rum sind.«

Röder drückte auf die Stummtaste. »Da habt ihr aber

schlampig ermittelt«, sagte er aufgebracht zu Steiner, der knallrot anlief. »Hallo, sind Sie noch da?«

»Ja, natürlich. Er hat sich als Ersatz ein Prepaidhandy gekauft, weil er hofft, dass sein altes wieder auftaucht. Wenn Sie was zum Schreiben haben, gebe ich Ihnen die Nummer durch.« Röder bejahte und notierte die Nummer.

»Wo ist Herr Hasbach jetzt?«

»Ich nehme an, zu Hause, aber es ist Samstagabend. Vielleicht ist er eine Schorle trinken gegangen. Wenn er mich anruft, dann sage ich ihm, dass er sich bei Ihnen melden soll.«

»Das wäre prima«, sagte Röder. »Ich habe noch eine Frage. Bei Hellingers Geburtstagsfeier im Oktober gab es einen Streit zwischen Ihrem Freund und einer Bedienung. Haben Sie davon etwas mitbekommen?«

»Ach, das war wirklich eine unschöne Sache, und Winfried war danach ziemlich geknickt.«

»Wissen Sie, um was es bei dem Streit ging?«

»Um das Essen. Winfried hat sich darüber beschwert, und die Frau ist ausgeflippt.«

»Was war denn das Problem mit dem Essen?«, fragte Röder.

»Ehrlich gesagt, ich weiß es nicht. Die Frau hat alles stehen und liegen lassen, ist noch mal an unseren Tisch gekommen und hat eine Verwünschung ausgesprochen.«

»Was für eine Verwünschung?«

»Dass er bezahlen müsse und dass er verrecken werde. Irgendetwas in der Art, aber genau weiß ich es nicht mehr. Es war jedenfalls äußerst unangenehm, die Frau schien nicht ganz richtig im Kopf zu sein.«

»Noch eine letzte Frage: Hat Herr Hasbach Geschwister?«

»Nein, er ist ein Einzelkind und bei seinem Vater aufgewachsen, nachdem seine Mutter früh gestorben war.«

Röder blickte Steiner an. Dann bedankte er sich für das Gespräch und legte auf. »Was habt ihr denn da für einen Pfusch gemacht?«, fuhr er ihn an.

»Nun mal langsam. Hasbach war nicht die heißeste Spur, aber wir haben sie trotzdem überprüft. Das Ergebnis war, dass er nach Spanien gereist war und somit für den Tatzeitpunkt des Mordes an Carola Lang und den Angriff auf dich ein Alibi hatte.«

»Nur dass das Semester noch läuft und er nach wie vor arbeiten muss. Das hätte euch doch auffallen müssen. Außerdem hat er kein Alibi für den Mord an Biehler.«

»Das stand auch nicht zur Debatte, Hasbach kam erst später ins Spiel.«

»Achim hat ihn doch in Bobenheim auf dem Weihnachtsmarkt gesehen.«

»Was?« Jetzt war es an Steiner, die Stimme zu erheben. »Und warum hast du uns das nicht gesagt? Dann wäre Hasbachs Überprüfung natürlich sofort priorisiert worden. Stattdessen sagst du mir das erst jetzt und gibst mir auch noch die Schuld, dass wir uns mit einer durchaus plausiblen Auskunft zufriedengegeben haben?«

Nach einer hitzigen Debatte musste Röder eingestehen, dass Steiner recht hatte. Zwar hätten er und sein Team sich nicht mit dem lapidaren Hinweis, Hasbach sei in Urlaub, abspeisen lassen dürfen, aber andere Spuren waren in den Augen der Ermittler wichtiger gewesen, und das hatte Röder zu verantworten. Schließlich zog Steiner das Ufo-Telefon zu sich heran und wählte Sybilles Handynummer. Auch sie hatte sich eine Auszeit genommen, obwohl die Ermittlungen im Mordfall Biehler auf Hochtouren liefen. Aber Röder wusste, dass beide Beamten den morgigen Sonntag auf ihrer Dienststelle mit Arbeit verbringen und sicher nicht nach acht Stunden den Hammer fallen lassen würden.

Steiner stellte das Gespräch auf Lautsprecher und fasste die neuen Erkenntnisse für Sybille zusammen. Er machte ihr keine Vorwürfe wegen Hasbach, aber sie war sehr betroffen, dass sie offensichtlich etwas übersehen hatte.

»Von wem stammt denn die Information, dass Hasbach in Spanien Urlaub macht?«, fragte Röder.

»Ich habe ihm hinterhertelefoniert. Erst auf dem Handy, dann zu Hause, wo ich eine Nachricht auf dem Anrufbeantworter hinterlassen habe, und dann an der Uni. Dort hat jemand abgenommen, und nachdem ich mich vorgestellt hatte, sagte man mir, dass Hasbach im Urlaub sei.«

»War es ein Mann oder eine Frau?«

»Ein Mann.«

»Kann es Hasbach selbst gewesen sein?«

Sybille schwieg einen Moment. »Klar, ich kenne seine Stimme ja nicht. Er könnte es also gewesen sein.«

»In dem Fall hätte er etwas zu verbergen gehabt und wollte von sich ablenken.«

»Was ja auch geklappt hat«, stellte Sybille zerknirscht fest.

Steiner bejahte, und Röder nickte. »Wie geht es dir eigentlich?«, fragte er. »Gerald hat mir die Neuigkeit erzählt. Meinen Glückwunsch.«

»Danke, mir geht's gut, abends ist mir wenigstens nicht mehr schlecht. Ich bin gerade mit Bati in Speyer auf dem Weihnachtsmarkt. Wir schmieden Zukunftspläne, und aus Solidarität mit mir trinkt er auch nur Kinderpunsch.«

»Das ist hart für zwei echte Pfälzer«, meinte Röder und verabschiedete sich. Zu Steiner sagte er: »Das ist ein klarer Anfangsverdacht. Lass Hasbach zur Fahndung ausschreiben.«

»Ja, und ich werde sofort eine Streife zu ihm nach Hause schicken.« Steiner regelte noch alles auf der Dienststelle in der Karl-Helfferich-Straße, bevor sie zum Marktplatz zurückliefen. Sie staunten nicht schlecht, als sie ihre Frauen im Gespräch mit zwei gut aussehenden Männern beim Glühweinstand antrafen. Sie tranken alle noch einen Glühwein und traten danach den Heimweg an.

»Ihr habt uns ja nicht lang vermisst«, sagte Röder zu Manu, als sie sich im Auto befanden.

»Bist du etwa eifersüchtig?«, fragte sie schmunzelnd. »Wenn ihr uns so lange allein lasst, leisten uns die Kollegen von Marga eben Gesellschaft.«

★★★

Am Sonntagmorgen stand Röder nicht zu spät auf. Er wollte sich mit Hellinger zum Weihnachtsbaumschlagen treffen. Seit Jahren schon schlugen sie ihren Baum selbst, meistens im Wald in der Nähe des Ungeheuersees, wo das Bad Dürkheimer Forstamt den Verkauf organisierte. Es war immer ein schöner Event, denn an den Adventssonntagen wurde die Pfälzerwald-Vereinshütte, die eigentlich Winterpause hatte, von den Weisenheimer Jungwinzern bewirtschaftet. Es gab Glühwein im Dubbeglas, dazu Linsensuppe, und meistens sangen gut gelaunte Besucher Weihnachtslieder.

Sie waren zu viert, weil Laura und Max mit von der Partie waren. Sie fuhren mit Hellingers Weinbergschlepper und dem Planwagen, mit dem er gewöhnlich seine Saisonarbeiter in die Wingerte brachte. Heute diente er zum Transport der Helfer und der gefällten Tannen.

Nachdem sie sich mit einem ersten Glühwein gestärkt hatten, suchten sie sich ihre Bäume aus. Hellinger legte mit der Kettensäge gerade den letzten Baum um, als Röders Smartphone klingelte. Steiner war am anderen Ende der Leitung.

»Der Hasbach ist ausgeflogen. Die Streife hat ihn gestern Abend nicht angetroffen. Nachdem sie es heute Morgen wieder vergeblich versucht hatten, haben sie uns gerufen. Jetzt suchen wir in seiner Wohnung nach Hinweisen, wo er sein könnte. Bisher erfolglos.«

»Was ist mit seinem Auto?«

»Ein weißer Q5, ist bereits in der Fahndung. Wir haben seine Handys darin gefunden. Die sind beide hier, das angeblich verloren gegangene und das neue, ein Prepaidhandy, wie seine Freundin gesagt hat. Wir haben eine Funkzellenanalyse gemacht. Beide Geräte sind in den letzten Tagen nur zwischen seinem Wohnort und der Uni registriert worden. Keines war in den letzten Wochen in Frankreich.«

»Möglich, dass Hasbach die beiden Handys absichtlich im Wagen liegen gelassen hat, weil er nicht geortet werden wollte, während er zum Beispiel zu Fuß oder in einem anderen Fahrzeug unterwegs war«, sagte Röder.

»Genau. Er könnte den blauen Astra gefahren haben. Die Funkzellenanalyse entlastet ihn jedenfalls nicht.«

»Dann stellt sich aber die Frage, wie er an das Fahrzeug gekommen ist.«

»Er könnte gewusst haben, wo der Astra stand. Es ist jedenfalls interessant, dass er das angeblich verloren gegangene Handy in Bobenheim dabeihatte, an dem Tag, als der Belzenickel erschlagen und Hasbach von Hellinger gesehen wurde. Leider können wir nur sagen, dass er im Ort war. Genauer lässt es sich nicht feststellen. Ob er unmittelbar am Tatort war, ist also ungewiss.«

»Sonst noch etwas?«

»Ja, er hat eine Waffenbesitzkarte für einen Smith-&-Wesson-Revolver, den wir allerdings nirgends finden können. Wenn er sich wirklich auf der Flucht befindet, ist davon auszugehen, dass er bewaffnet ist.«

»Das klingt nicht gut.«

»Nein, tut es nicht. Aber jetzt lass uns mal weiterarbeiten. Ich melde mich, wenn es etwas Neues gibt.«

Röder bedankte sich und wünschte viel Erfolg.

»Hasbach?«, fragte Hellinger, der die Kettensäge beiseitegelegt und den letzten Teil des Gesprächs mitbekommen hatte. »Ihr sucht Hasbach? Der hat doch einen Wohnwagen am Almensee.«

»Woher weißt du denn das?«

»Ich war dort im Sommer mit Max schwimmen. Da habe ich ihn gesehen, wie er vor seinem Wohnwagen saß und grillte.«

»Bist du dir sicher?«

»Klar. Ich habe doch mit ihm gesprochen«, sagte Hellinger. »Jetzt steh nicht rum und hilf mir, die Tanne in den Anhänger zu verfrachten.«

»Ach, hier treibt ihr euch rum. Ich hatte euch eher am Glühweinstand erwartet.«

Röder drehte sich um.

Manu und Feli standen vor ihm. Er hatte ganz vergessen,

dass sie noch ein paar Besorgungen machen und dann nachkommen wollten.

»Du kommst genau richtig. Wo steht denn das Auto?«, fragte er.

»Na, das ist ja eine tolle Begrüßung.«

»Oh, entschuldige, aber ich muss ganz dringend etwas erledigen. Sei so gut und gib mir die Schlüssel. Ich bin auch bald wieder zurück. In der Zwischenzeit könnt ihr ja am Lagerfeuer einen Glühwein trinken und eine Suppe essen.«

Manu verdrehte die Augen, aber sie gab ihm die Schlüssel und erklärte, wo das Auto stand. »Dir ist schon klar, wie ich dein Verhalten finde?«

Röder sagte lieber nichts darauf.

»Bist du noch ganz bei Trost?«, fragte Hellinger, als Röder schon auf dem Weg war. »Soll ich jetzt die Bäume allein verladen?«

»Das schaffst du doch locker mit Max und den Mädels«, rief Röder und musste sich einige empörte Sprüche anhören. Auf dem Weg zum Fahrzeug versuchte er, Steiner zu erreichen, aber er befand sich in einem Funkloch.

Er musste über das Krummbachtal zurückfahren. Da die Waldwege ziemlich schmal waren, hatte die Forstverwaltung eine Einbahnstraße zum Weihnachtsbaumverkauf am Ungeheuersee eingerichtet. Die Zufahrt erfolgte über das Langental in Weisenheim, die Ausfahrt über das Krummbachtal. Mehrere Male kam der Wagen auf Eisplatten ins Rutschen und driftete gefährlich nahe an die Böschung heran, weshalb Röder fast fünfzehn Minuten brauchte, um Bobenheim zu erreichen. Zwischen Weisenheim und Leistadt bekam er endlich Steiner an den Apparat, dem er die neue Sachlage erklärte.

»Du wartest auf die Streife und machst auf keinen Fall einen Alleingang. Hast du mich verstanden?«, schärfte ihm Steiner ein, doch Röder hatte bereits aufgelegt.

Der Campingplatz Almensee befand sich zwischen Ungstein und Bad Dürkheim, direkt in der Nähe einiger schöner

Weingüter. Als Röder vorfuhr, fand er die Schranke geschlossen und das Büro leer vor. Im Fenster hing ein Schild mit einer Telefonnummer, die Röder sogleich wählte. Da niemand abhob, war er unschlüssig, was er tun sollte. Schließlich ging er um die Schranke herum, aber er hatte keine Ahnung, wie er den Wohnwagen von Hasbach ohne Hilfe finden sollte.

Der Campingplatz lag neben der Start- und Landebahn des Sportflugvereins, auf der vor einigen Jahren Röders Auto bei der Verfolgung von Hellingers Flugzeug gerammt und total demoliert worden war. Die Stellplätze befanden sich rechts und links einer ziemlich breiten Straße, die im Osten in einem Wendehammer endete. Röder schätzte, dass der Campingplatz eine Länge von gut einem Kilometer hatte, und trotz Adventszeit und kühler Witterung standen mehrere hundert Wohnwägen auf dem Platz. Zum Teil überwinterten die Wohnwägen hier nur, bevor ihre Besitzer im Frühjahr zu neuen Abenteuern aufbrachen. Teilweise gab es aber auch Dauercamper, die sich von Wind und Wetter nicht abschrecken ließen. Genau so einen suchte Röder jetzt, wobei er sich eingestehen musste, dass er Dauercamper bisher nur vom Privatfernsehen kannte.

Er überlegte sich gerade eine Suchstrategie, als ein Polizeiwagen mit Martinshorn und Blaulicht vor der Schranke zum Stehen kam. Zwei Polizisten stiegen aus. Der ältere Beamte zog sich die Hosen zurecht, und Röder erkannte in ihm Karl Wenninger von der Polizeiinspektion Bad Dürkheim, mit dem er schon einige angenehme Stunden auf Schulfesten und auf dem Wurstmarkt verbracht hatte, denn Marie-Claire und Wennigers Tochter waren zusammen in den Kindergarten und in die Schule gegangen.

»Hallo, Ben, was geht donn hier ab? Isch honn nur geheert, dass sich do e Killer in 'em Wohnwache versteckt.«

Röder und der sympathische Polizeihauptmeister duzten sich, seit sie in grauer Vorzeit auf irgendeinem Sankt-Martins-Fest im Kindergarten den Glühweinausschank zusammen organisiert hatten.

»Wir suchen Winfried Hasbach, einen Hochschulprofessor aus Worms. Er steht im Verdacht, in den Mord an dem Belzenickel in Bobenheim verwickelt zu sein. Genau wissen wir es nicht. Wir müssen vorsichtig sein, denn er ist vermutlich bewaffnet.«

»Alla gut, donn rufe mer lieber des SEK unn frooche die Gschäftsfihrerin vum Cämbingblatz, die Ruth. Isch ruf se glei mol o.« Karl tätigte zuerst den Funkspruch, mit dem er das SEK anforderte, und dann das Telefonat mit Ruth, die versprach, sofort zu kommen, denn die Unterlagen über die Camper wurden im Büro des Campingplatzes aufbewahrt.

Ein zweiter Polizeiwagen kam angerast.

»Wir können doch schon mal den Platz absuchen«, sagte Röder.

»Du bischd viel zu ugeduldisch. Mer bräuschte ä Hunnerdschaft, um denne Cämbingblatz abzusuche. Mer warde jetzt uff die Ruth unn des SEK.«

Ruth kam in einem altersschwachen Polo angefahren, begrüßte Karl herzlich und öffnete die Tür zum Büro. »Um die Johreszeit kumme kää Cämber. Die, wo jetzt uffm Blatz sinn, sinn alles alde Bekonnde. Wenne suche ner? De Winfried? Des hätt isch eisch a om Telefon saache kenne. Der is uff Nummer eff vierezwonsich.«

»Dann los, worauf warten wir?«, fragte Röder.

»Ei, uffs SEK«, antwortete Karl. »Was glaabschd donn du, warum isch in siwwe Johr in Pension gehe konn? B'stimmt net, weil isch mit de Pischdol uff die Gängschder losgeh.«

»Und wenn er dann weg ist? Er hat garantiert das Martinshorn gehört.«

»Alla, du hoschd rechd. Mer kenne de Wohnwache umstelle unn dort uffs SEK waarde. Awwer sach emol, warum schbrechschd donn du heit so gschwolle hochdeitsch? Normalerweis konnschd du doch aa rischdisch Pälzisch babble.«

Röders Anspannung fiel von ihm ab, und er musste lachen.

»Wie long mensch' donn du, dass die vunn Enkebach bis doher brauche?«

136

»Nachdem mer so viel gebbabelt henn, sinn die in en're halwe Stunn do.«

Ein Zivilfahrzeug mit Blaulicht hielt an der Schranke. Steiner und Sybille stiegen aus. Als dienstältester Beamter der Schutzpolizei schilderte Karl die derzeitige Lage, und gemeinsam beschlossen sie, die Einfahrt für das SEK frei zu machen und Hasbachs Wohnwagen zu umstellen.

»Wer garantiert uns denn, dass Hasbach auch wirklich im Wohnwagen ist?«, gab Steiner zu bedenken.

»Garandiere konn isch nix, awwer de Winfried is schunn seid Freidach do, wenn er net hemgfahre is«, antwortete Ruth.

»Geht's nicht ein bisschen präziser?«, fragte Steiner.

»Jetzt longt mer's, jetzt gehn mer gugge«, antwortete Ruth und lief los.

Steiner widersprach nicht. Er ließ einen der Schutzpolizisten als Einweiser für das SEK an der Schranke zurück. Dann ging er zu seinem Wagen, kramte im Kofferraum und drückte schließlich Röder eine Schutzweste in die Hand.

»Habt ihr bei der Überprüfung von Hasbach keine Hinweise auf den Wohnwagen gefunden?«, fragte Röder, als er die Weste anlegte.

»Nein, weder auf der Zulassungsstelle noch bei der Wohnungsdurchsuchung. Wir wissen im Moment nicht, wem der Wohnwagen wirklich gehört.«

Hasbachs Wohnwagen befand sich am anderen Ende des Campingplatzes. Ruth verlangsamte das Tempo und wies auf einen Wohnwagen in etwa fünfzig Meter Entfernung. Sie hatten sich im Schutz anderer Wohnwägen angeschlichen, aber vor ihnen lag nun ein freier Platz ohne Deckung. Die meisten Stellplätze im Umfeld des fraglichen Wohnwagens waren nicht belegt, nur auf dem direkten Nachbarplatz stand ein weiterer Camper.

»Wir haben zu wenig Deckung«, sagte Steiner. »Das ist ein weiterer Grund, auf das SEK zu warten.«

»Wir könnten doch wenigstens mal gucken, ob Hasbach überhaupt in dem Wagen ist«, sagte Röder.

»Ruth mennt, dass de Hasbach gern des Wocheend im Wohnwaache verbringt«, mischte sich Karl ein. »Isch geh jetzt mol umm denne Waache rum und gugg, ob er drin is. Mer sischere donn aa glei de Hinnerausgong, wenn's donn so ebbes om Wohnwaache gebbt.« Karl bedeutete seinem Partner, ihm zu folgen.

Steiner dankte Ruth für ihr Entgegenkommen und schickte sie in ihr Büro zurück. Sie maulte, aber Steiner entschied, dass sie sich unbedingt aus der Gefahrenzone raushalten sollte. Er konnte sie nur besänftigen, indem er sie bat, ihn anzurufen, sobald das SEK eintraf. Dann schickte er den vierten Schutzpolizisten hinter den Nachbarwohnwagen und blieb mit Röder und Sybille in der Deckung der vorderen Reihe.

»Was ist denn hier los?« Eine ältere Frau mit Lockenwicklern im Haar hatte die Tür des Wohnwagens geöffnet, hinter dem sie Deckung suchten. Ein leicht panischer Ausdruck lag auf ihrem Gesicht. Steiner legte den Finger an den Mund und versuchte, sie in ihrer Furcht zu bremsen. »Überfall, Polizei!«, rief die Frau hysterisch.

Steiner zückte seinen Ausweis, erklärte flüsternd, warum sie hier waren, und konnte die Frau schließlich zum Schweigen bewegen und dazu, in ihren Wohnwagen zurückzugehen.

»Wenn er das Martinshorn nicht gehört hat, ist er spätestens durch das hysterische Geschrei auf uns aufmerksam geworden«, schimpfte Röder leise, doch in Hasbachs Wohnwagen rührte sich nichts. Auch Karl, dessen Partner und der vierte Kollege am Nachbarstellplatz konnten keine Bewegung ausmachen.

»Die Standheizung des Wohnwagens brummt«, gab der eine Polizist über Funk durch.

»Dann ist er vermutlich im Wagen«, sagte Steiner.

»Ich gehe jetzt hin und klopfe an die Tür«, sagte Röder und wollte die Deckung verlassen.

»Du bleibst hier«, herrschte ihn Steiner an und hielt ihn am Arm fest. »Ich habe hier als ranghöchster Polizist das

Sagen. Wenn das unser Mann ist, dann ist er gefährlich. Er hat bereits zwei Menschen auf dem Gewissen, und du wärst auch beinahe draufgegangen. Wir warten auf das SEK.«

Röder musste sich fügen. Das Warten wurde für ihn unerträglich. Sie schwiegen die meiste Zeit, nur Steiner unterbrach gelegentlich die Stille, um per Funk die drei Schutzpolizisten abzufragen. Die Frau mit den Lockenwicklern stand am Fenster ihres Wohnwagens und ließ sich auch durch Steiners wildes Gefuchtel nicht verscheuchen.

Sie hörten Motorenlärm näher kommen, und im nächsten Augenblick meldete der an der Schranke zurückgelassene Polizist, dass das SEK im Anmarsch sei. Dann klingelte Steiners Handy, und Ruth berichtete von ihrem Beobachtungsposten in ihrem Büro das Gleiche.

»Das weiß ich schon«, knurrte Steiner.

»Aber ich sollte doch Bescheid sagen«, rief Ruth empört in ihr Telefon, dass Röder es hören konnte.

Eine schwarze Mercedes-Limousine mit Blaulicht kam angerast, es folgten zwei schwarze VW-Transporter, aus der sogleich eine Horde bewaffneter SEK-Polizisten in voller Montur ausstieg. Der Leiter der Einheit kam mit energischen Schritten auf Röder zu.

»Vollrath, ich bin der Leiter des Kommandos«, sagte er schneidig. »Bitte schildern Sie mir die Lage.«

»Hauptkommissar Steiner leitet den Einsatz«, sagte Röder und deutete auf seinen gekränkten Freund, der neben ihm stand.

Da öffnete sich die Wohnwagentür, und ein sichtlich angetrunkener Hasbach rief lallend: »Was ist denn hier kaputt? Hat man denn nicht einmal sonntags seine Ruhe?«

Die Männer vom SEK, die noch nicht einmal wussten, wer oder wo ihre Zielperson war, waren vollkommen verwirrt, aber brachten blitzartig ihre Waffen in Anschlag. Rote Punkte tanzten auf Hasbachs besudeltem Feinrippunterhemd, doch jeder konnte sehen, dass er außer einer Rotweinflasche unbewaffnet war. Hasbach schwankte gefährlich, als er auf die obere Stufe der ausgeklappten Treppe stieg, verlor das Gleichgewicht und fiel vornüber in den Matsch, der sich auf der ausgetretenen Stelle vor dem Wohnwagen gebildet hatte.

»Zugriff, Zugriff«, rief Steiner, und ein halbes Dutzend schwer bewaffnete SEK-Beamte stürzten sich auf Hasbach.

Als sich der Tumult gelegt hatte und zwei Beamte den in Handschellen gefesselten Hasbach aufrichteten, sagte Vollrath angesäuert zu Steiner: »Normalerweise sind wir nicht für das Einsammeln von Betrunkenen verantwortlich. War das wirklich notwendig, dass Sie uns gerufen haben?«

Karl Wenninger, der erfahrene Polizeihauptmeister, tauschte einen peinlich berührten Blick mit Steiner. Schließlich war er es gewesen, der das SEK verständigt hatte.

»Der Mann steht im Verdacht, mehrere brutale Morde begangen zu haben, und besitzt eine Waffe«, sprang ihm der Hauptkommissar bei. »Niemand konnte wissen, dass er sturzbetrunken ist. Auf alle Fälle danke ich Ihnen für Ihr schnelles Kommen und Ihre professionelle Vorgehensweise.«

»Da schließe ich mich an«, sagte Röder und schüttelte die Hand des konsterniert dreinblickenden Einsatzleiters. »Ich bin der verantwortliche Oberstaatsanwalt.«

Kopfschüttelnd, aber besänftigt zog Vollrath mit seinen Männern ab. Karl stritt sich unterdessen mit der Besatzung des zweiten Streifenwagens, wer den besoffenen Hasbach in die Ausnüchterungszelle befördern sollte. Das war ein Job, den keine Streifenwagenbesatzung gern machte. Da Karl und sein Kollege zuerst am Einsatzort gewesen waren, blieb die Aufgabe an ihnen hängen. Er fluchte und verfrachtete Hasbach mit Hilfe seines Kollegen auf die Rückbank, wo er ihm eine Kotztüte in die Hand drückte, wohlwissend, dass sie im Ernstfall nicht viel nutzen würde.

»Das war ja ein toller Einsatz«, sagte Steiner, als die beiden Streifenwagen wegfuhren.

»Kannst du laut sagen. So etwas habe ich in den letzten zwanzig Jahren nicht erlebt«, sagte Röder. »Lasst uns einen Blick in den Wohnwagen werfen.«

»Ist es in Ordnung für euch, wenn ihr beide das allein macht?«, fragte Sybille. »Mir geht es nämlich heute nicht so gut, und die Aufregung war ein bisschen viel für mich.«

Steiner reichte ihr den Autoschlüssel. »Fahr nach Hause und ruh dich aus. Ben fährt mich zurück.«

Sybille machte sich auf den Heimweg, und sie begannen, das Innere des Wohnwagens zu untersuchen.

»Vor der Schwangerschaft war sie echt robuster und keinesfalls zimperlich. Hoffentlich geht alles gut mit ihr und ihrem Kind«, sagte Steiner besorgt.

»Sie bekommt eine Tochter«, antwortete Röder fachmännisch. »Das gibt sich in der Mitte der Schwangerschaft wieder, bevor es gegen Ende wieder schwerer wird.«

»Woher willst du das so genau wissen?«, sagte Steiner und öffnete einen Oberschrank.

»Ich habe drei Töchter und ebenso viele Schwangerschaften bei Manu erlebt. Alle sind gleich verlaufen. Auch die Tatsache, dass du als Vater eines Sohnes solche Beschwerden bei einer Schwangeren offenbar nicht kennst, spricht zu hundert Prozent für ein Mädchen.«

»Nun lehn dich mal nicht zu weit aus dem Fenster.«

»Du wirst es schon sehen«, sagte Röder. »Hey, was ist denn das?« Er hatte einen kleinen Archivkarton geöffnet und zog nun einen Orden daraus hervor. Das offensichtlich sozialistische Lametta bestand aus einem fünfzackigen Stern, der von Eichenblättern umrankt war und in der Mitte ein Porträt zeigte. »Das ist doch der …«

»Karl Marx«, ergänzte Steiner und pfiff durch die Zähne. »So einen haben damals nur echte Parteibonzen bekommen.«

Röder durchsuchte den kleinen Karton, der aber sonst nichts anderes als Fotos enthielt. »Normalerweise gibt es doch noch eine Verleihungsurkunde dazu«, sagte er enttäuscht. »Den Karton nehmen wir jedenfalls mit.«

Nach gut einer Viertelstunde hatten sie den gesamten Wohnwagen durchsucht und unter der Matratze den Revolver gefunden, der allerdings keine Patronen enthielt.

»Ich schicke morgen noch mal die KTU hierher«, sagte Steiner. »Vielleicht gibt es ja irgendwelche Verstecke, die wir nicht gefunden haben.«

»Ja, tu das. Und jetzt fahre ich dich nach Hause.«

»Wieso nach Hause? Ich dachte, wir gehen noch einen Glühwein am Ungeheuersee trinken? Außerdem könnte ich einen Teller Linsensuppe vertragen.« Steiner streichelte sich den Bauch. »Ich rufe Marga an, damit sie mich abholt.«

»Du hast jederzeit ein Bett bei uns.«

»Ich weiß, eine Luftmatratze in eurem Yogaraum.«

FÜNF

Die Sonne täuschte darüber hinweg, dass der kürzeste Tag des Jahres erst noch bevorstand, und das Thermometer kletterte auf zweistellige Temperaturen. In geschützten Ecken der Pfalz vertrieben die gelben Blüten des Winterjasmins das dominierende Grau und schürten die Sehnsucht auf das kommende Frühjahr.

Röder leitete etwas übermüdet die Montagsbesprechung seiner Abteilung. Den Sonntagnachmittag hatte er mit Steiner und Hellinger am Ungeheuersee verbracht und war zu spät ins Bett gekommen. Es war ein ausgelassener Tag gewesen, nachdem sie Hasbach verhaftet hatten. Gemeinsam hatten sie einen weiteren Tannenbaum für Steiner gefällt und sich am Lagerfeuer bei Glühwein im Dubbeglas gewärmt.

Die Sitzung am Montag war ein wichtiges Datum im Kalender von Röders Abteilung, denn hier erstatteten seine Staatsanwälte Bericht über ihre laufenden Fälle und fassten ihre juristische Einschätzung zusammen, die dann in der Gruppe diskutiert wurde. Röder selbst schilderte die sonntäglichen Ereignisse im Fall Biehler: »Natürlich können wir noch nicht mit Sicherheit sagen, ob Hasbach der Täter ist. Bis jetzt wissen wir nur, dass er zum Zeitpunkt des Mordes an Biehler in Bobenheim war und dass er das Mordopfer im Elsass kannte. Außerdem haben wir eine Phantomzeichnung, die Hasbach in jungen Jahren zeigen könnte. Davon abgesehen gibt es eine Verbindung zwischen den beiden Opfern, die in die Zeit vor dem Mauerfall zurückreicht. Am besten gibt Jürgen uns mal eine Zusammenfassung und erzählt, was er darüber bei der Stasi-Unterlagenbehörde herausgefunden hat.«

Larscheid räusperte sich. »Wie ihr möglicherweise wisst, habe ich über das System der Stasi und die permanente Rechtsbeugung der Behörde, auch nach DDR-Maßstäben, promoviert. Am meisten überrascht mich immer wieder das

Ausmaß der Bespitzelung. Wie umfassend wir in der DDR tatsächlich beobachtet und abgehört worden sind, hat sich damals niemand träumen lassen. Am Ende kam auf einhundertachtzig DDR-Bürger ein hauptamtlicher Stasi-Mitarbeiter, und da sind die ganzen inoffiziellen Mitarbeiter noch gar nicht mit eingerechnet. So einen Spitzelstaat haben noch nicht einmal die Sowjets unter Stalin oder die Nazis gehabt. Krass sind auch die Geschichten der ›Botschafter des Friedens‹, also der Auslandsspione. Den Guillaume kennt jeder, aber es waren noch mehrere tausend andere vornehmlich in der Bundesrepublik tätig.«

»Die haben damals ja auch RAF-Terroristen Unterschlupf gewährt«, sagte Köksal.

»Ja. Den Christian Klar zum Beispiel haben sie an der Panzerfaust ausgebildet, und Mielke erwog, die Terroristen gezielt für Anschläge in der Bundesrepublik einzusetzen. Insgesamt sind wohl so um die zehn Terroristen in die DDR gegangen, wo sie eine neue Identität erhielten.«

»Wie viele Akten lagern denn beim Bundesbeauftragten?«, fragte Köksal.

»Oje, das lässt sich nicht in der Anzahl der Akten ausdrücken. Die Stasi-Unterlagenbehörde verwaltet die unglaubliche Länge von einhundertelf Aktenkilometern. Das wäre auf der A6 die komplette Strecke von hier bis Saarbrücken.«

Ein ungläubiges Raunen ging durch den Raum.

»Hinzu kommen noch rund zwei Millionen Fotografien und mehrere zehntausend Videos und Tonträger.«

»Das sind interessante Hintergrundinformationen«, unterbrach Röder seinen Mitarbeiter, »aber wegen der fortgeschrittenen Zeit bitte ich dich, jetzt zu den Ergebnissen deiner Recherchen zu kommen.«

»Entschuldigt bitte, dass ich etwas abgeschweift bin, aber das ist nun mal mein Spezialgebiet. Tatsächlich hat mich die Entwicklung des Falles eingeholt, sodass ich keine bahnbrechenden Neuigkeiten mitgebracht habe. Ich habe aber mehrere hundert Kopien gemacht, die ich jetzt nach und nach auswerte. Ich möchte wetten, dass ich darin einen Hinweis auf Hasbach finde, wenn ich die ganzen Aliasnamen erst einmal richtig zugeordnet habe.«

»Der Name des Stasi-Offiziers ist aber Schmidt, nicht Hasbach«, warf Köksal kritisch ein.

»Mag sein. Doch wir haben das Phantombild. Ich finde die Verbindung schon noch.«

»Das Phantombild können wir aber nicht als Beweismittel heranziehen, da es aus einer dubiosen Quelle stammt. Es kann irgendjemanden zeigen.«

»Egal. Meines Erachtens haben wir damit eine gute Grundlage, um den Fall voranzutreiben und den Mörder von Jörg Biehler und Carola Lang vor Gericht zu bringen«, sagte Larscheid unerschütterlich. »Jetzt kommt es vor allen Dingen auf die Ergebnisse von Hasbachs Vernehmung an. Er war heute Morgen noch nicht vernehmungsfähig, aber am Nachmittag lasse ich ihn dem Haftrichter vorführen. Ich beantrage Untersuchungshaft wegen Verdunklungsgefahr, was nach der Indizienlage kein Problem darstellen sollte.« Larscheid resümierte den Fall noch einmal in groben Zügen.

»Was ist denn mit der Drogengeschichte?«, fragte Köksal.

»Diese Ermittlungen müssen wir getrennt behandeln, denn es gibt keinen Hinweis darauf, dass Hasbach in die Sache verwickelt ist.«

»Bist du dir wirklich sicher, dass das ausreicht?«, hakte Köksal nach. »Hasbach war in Bobenheim, als der Mord geschah – wie tausend andere Besucher des Weihnachtsmarktes auch. Er hatte einen Streit mit Carola Lang, okay. Aber das war allem Anschein nach eine zufällige Begegnung, und die Ähnlichkeit mit dem Phantombild kann ebenfalls Zufall sein. Da hast du noch ein ganzes Stück Arbeit vor dir, um die Anklage wasserdicht zu machen.«

Larscheid wurde rot und wollte wohl etwas Patziges erwidern, aber Röder ging dazwischen. »Natürlich liegt noch ein wesentliches Stück Arbeit vor uns, das wissen wir. Aber die Hinweise verdichten sich.«

Nach Larscheids Zusammenfassung war Röder skeptisch geworden. Die ganze Beweislage war äußerst dünn, da musste er Köksal zustimmen, aber jetzt war nicht der richtige Zeitpunkt und nicht der richtige Ort, um das im Detail zu diskutieren. Er vertagte die weitere Diskussion mit dem Hinweis auf die nach dem Mittagessen anstehende Besprechung mit der Kriminalpolizei und übergab das Wort an Köksal, der einen Fall von versuchtem Totschlag in einem sozialen Brennpunkt von Ludwigshafen untersuchte.

Nach der Abteilungssitzung trafen sich Röder, Larscheid und Köksal mit den beiden Ermittlungsbeamten Steiner und Sybille zum obligatorischen Currywurstessen in der Kantine.

Bei Tisch sprachen sie während der üblichen Sauereien mit der Soße eigentlich nur wenig über den Fall. Hauptthema waren Sybille und ihre Schwangerschaft.

»Bäh, ich kann keine Currywurst mehr sehen, dabei habe ich sie immer so gern gegessen«, klagte sie.

»Batuhan kann dir ja einen türkischen Bohneneintopf machen«, sagte Steiner. »Der ist auch lecker.«

»Du meinst Kuru Fasulye Pilav? Ganz ehrlich, ich kenne die hanseatische Küche besser als die türkische«, sagte der angehende Vater, der in Hamburg aufgewachsen war. »Ich kann kein Pilav kochen, weiß aber, wie Labskaus zubereitet wird.«

»Pfälzer Saumagen ist auch ein bekömmliches Gericht«, ergänzte Röder.

»Oh, seid ihr ekelig zu mir«, sagte Sybille, schmiss ihr Besteck hin und stand wütend auf. Köksal folgte ihr sofort.

»Ich glaube, wir haben es übertrieben«, meinte Röder.

»Ja, wir sind schon ein gemeines Volk.« Steiner konnte sich ein freches Lächeln nicht verkneifen.

Larscheid war mit dem Essen fertig und stand ebenfalls auf. »Ich sehe euch dann um eins im Sitzungsraum. Ich gehe mir noch ein bisschen die Beine vertreten.«

»Dein Larscheid ist ein tüchtiger Mann, aber ich wundere mich schon, dass er eine ganze Woche bei der Stasi-Unterlagenbehörde verbracht hat«, sagte Steiner, als er mit Röder allein am Tisch saß.

»Er hatte einfach das große Pech, dass die Ermittlungsergebnisse seine Recherchen eingeholt haben. Von der fachlichen Seite ist er schon der richtige Mann dafür, und die Behörde hätte die Anfrage erst nächstes Jahr bearbeitet.«

»Gut, aber letztendlich hat unser Ermittlungsansatz auch so zum Ziel geführt.«

»Hinterher ist man immer schlauer. Wenn ich letzte Woche einsatzfähig gewesen wäre, hätte ich ihm in Anbetracht der Entwicklung des Falls vermutlich auch nicht die Erlaubnis zur Verlängerung der Dienstreise gegeben.«

»Na ja, dafür ist es jetzt zu spät. Mal sehen, ob seine Stasi-Geschichten noch etwas zur Aufklärung beitragen können.«

★★★

Um eins versammelten sich Steiner, Sybille, Röder und Larscheid im Sitzungsraum. Sybille klappte ihr privates MacBook auf und verband es mit dem Beamer.

»Du darfst eigentlich keine dienstlichen Dokumente auf deinem Privatrechner haben«, ermahnte Röder sie.

»Ich weiß, aber dienstlich haben wir nur Schrott zur Verfügung, und vernünftige Software kriegen wir schon gar nicht. Da könnte ich ja ebenso gut eine Kreidetafel oder ein Flipchart verwenden«, antwortete sie. »Oder noch besser eine Steintafel.«

Ein Beziehungsdiagramm erschien auf der weißen Wand. Die Fotos der beiden Mordopfer waren in der Mitte angeordnet, darüber das Konterfei von Hasbach. Auf der linken Seite prangten die Stofftiere, die ihren Namen absolut verdienten, und auf der rechten Seite war beispielhaft das vermutete Tatwerkzeug, ein Totschläger, zu sehen. Rund um die Abbildungen gruppierten sich die Mindmap-Kommentare wie Sprechblasen.

»Wir wissen, dass Hasbach Carola Lang kannte und die

beiden Streit gehabt haben«, begann Sybille. »Wir wissen aber nicht, ob Hasbach Biehler kannte, und ich muss ehrlich gestehen, dass wir beim Motiv immer noch im Dunklen tappen.«

»Hasbach hat möglicherweise eine Stasi-Vergangenheit und lebt heute unter falschem Namen«, sagte Larscheid.

»Wie kommst du denn darauf?«, fragte Röder.

»Ich habe so eine Ahnung, wegen der Stasi-Akten.«

»Eine Ahnung reicht nicht«, wehrte Röder ab, und alle Anwesenden nickten.

»Gebt mir bitte noch ein bisschen Zeit und lasst uns jetzt erst einmal hören, was Frau Wohlfahrt noch so alles herausgefunden hat.«

Wieder nickte die Gruppe, und Sybille erklärte die restlichen Fakten auf ihrer Folie.

»Mir ist zu Ohren gekommen, dass er in den neunziger Jahren eine Ausbildung zum Bilanzbuchhalter gemacht haben soll«, sagte Röder, der sich an sein diesbezügliches Gespräch mit Hellinger erinnerte. »Das ist schon ein bisschen komisch, da Hasbach bereits ein promovierter Diplomkaufmann war. Was wissen wir denn über seine Biografie?«

»Die ist tatsächlich interessant«, sagte Sybille und klickte ein paar Folien weiter. »Er ist 1961 in Magdeburg geboren und mit seinem Vater Mitte der siebziger Jahre in den Westen geflüchtet.«

»Geflüchtet? Wissen wir, wie?«, fragte Röder.

»Ja, ich habe dazu etwas im Internet gefunden, auf einer Seite der Bundeszentrale für politische Bildung. Die beiden sind an der Transitautobahn Berlin–Hannover von einem Fluchthelfer aufgenommen worden und in einer umgebauten, riesigen Kabeltrommel über die Grenze gebracht worden. Das war ziemlich spektakulär. Der Vater war gelernter Chemiearbeiter, deshalb sind die beiden nach Ludwigshafen gekommen. Er hat bei der Anilin Arbeit gefunden.«

»Lebt der Vater noch, und was ist mit der Mutter?«

»Daran arbeiten wir noch, wir können das hoffentlich in

der Vernehmung klären. Im Telefonbuch habe ich jedenfalls keinen passenden Eintrag gefunden.« Sybille fuhr mit Hasbachs Biografie fort. »Nach dem Abitur und dem Dienst bei der Bundeswehr hat er Anfang der achtziger Jahre in Mannheim ein betriebswirtschaftliches Studium aufgenommen, das er 1989 mit der Promotion abgeschlossen hat. In seiner Studienzeit war er außerdem ein bekannter und erfolgreicher Rad-Amateur.«

»Gut, danke. Hat die Durchsuchung seiner Wohnung und des Wohnwagens noch etwas Neues gebracht?«

»Nein, das einzig Interessante sind der Karton und der Revolver, den ihr im Wohnwagen gefunden habt. Für den Revolver hat er eine Genehmigung, aber Munition haben wir nirgends finden können. Die KTU hat zwar alles noch mal auseinandergenommen, aber es ist nichts mehr dabei herausgekommen. Wäre zu schön gewesen, wenn wir zum Beispiel den Totschläger gefunden hätten, aber das war leider eine Fehlanzeige.«

»Was haben wir denn sonst noch?«, fragte Röder.

»Das war's.«

»Hmm, das ist wirklich ziemlich dünn. Ich glaube nicht, dass wir den Haftrichter damit überzeugen können.«

»Der Hasbach hat die beiden umgebracht, und es hängt alles mit der Stasi zusammen«, sagte Larscheid erregt.

»Wie kannst du dir da so sicher sein? Die Sachlage ist äußerst löchrig, und überhaupt, warum regst du dich so auf?«, fragte Röder.

»Ich weiß es halt, und ich spüre es. Hasbach ist nicht der, der er vorgibt zu sein.«

»Dann musst du es beweisen. Ich schlage vor, dass wir den Mann so schnell wie möglich vernehmen. Wenn sich nämlich keine weiteren Verdachtsmomente ergeben, können wir uns den Termin mit dem Haftrichter sparen.«

»Er war es, das weiß ich genau.«

»Jürgen, du verlierst deine Objektivität.« Röder wandte sich an Steiner. »Wann können wir Hasbach verhören?«

»Er ist noch in Dürkheim in der Ausnüchterungszelle. Ich rufe an und lasse ihn nach Ludwigshafen ins Präsidium bringen. Sagen wir, um halb vier?«

Sie verabschiedeten sich, aber Steiner drehte sich noch einmal um und fragte Röder: »Hast du noch eine Minute für mich?«

»Klar.«

»Dann lass uns kurz in dein Büro gehen.«

Als sie die Tür hinter sich geschlossen hatten, fragte Steiner: »Mal ehrlich, was ist neuerdings mit unserem Freund los? Der ist doch sonst nicht so emotional?«

»Ich könnte mir vorstellen, dass ihn das so stark berührt, weil er selbst aus der DDR stammt und dort groß geworden ist.«

»Natürlich, das kann sein, aber bei den Ermittlungen ist so ein Verhalten kontraproduktiv. Ich möchte ihn bei der Vernehmung nicht dabeihaben.«

Röder stimmte zu und versprach, für Larscheid einzuspringen.

***

Steiners Kollegen hatten Hasbach in einen modernen Vernehmungsraum im dritten Stock des Ludwigshafener Polizeipräsidiums in der Wittelsbachstraße gebracht. Er hatte seinen Anwalt dabei. Der hieß Dr. Kirch und war einer der gewieftesten Strafverteidiger, die Röder kannte.

»Da hat er sich gleich den Besten geangelt«, sagte Steiner mürrisch. »Den braucht man doch nur, wenn man ein wirklich schlechtes Gewissen hat.«

Sybille und Larscheid würden die Vernehmung im nebenan liegenden Kontrollraum per Videoübertragung verfolgen. Röder hatte mit Larscheid über den erforderlichen Rollentausch gesprochen, und dieser hatte Steiners Kritikpunkten zähneknirschend zugestimmt. Er hatte versprochen, ab sofort wieder mehr Abstand und Objektivität zu gewinnen, und sein Verhalten tatsächlich auf seine Wut auf alles, was mit der Stasi zu tun hatte, zurückgeführt.

Steiner und Röder besprachen noch kurz ihre Vorgehensweise, dann betraten sie den Vernehmungsraum.

»Na, das muss ja wirklich ein äußerst wichtiger Fall sein, wenn sogar der Herr Oberstaatsanwalt zugegen ist«, warf ihnen Kirch zur Begrüßung entgegen.

»Danke gleichfalls. Sie braucht man auch nur, wenn einem das Wasser bis zum Hals steht.«

Steiner ignorierte den Anwalt und belehrte Hasbach über seine Rechte und die Vorwürfe, die gegen ihn erhoben wurden. Man werde die Vernehmung außerdem aufzeichnen. Hasbach wirkte ruhig und entspannt. Er hatte offensichtlich geduscht und trug saubere Kleidung.

»Mord? Vernehmung?«, rief Kirch verächtlich und wurde deutlich: »Dazu müsste Herr Dr. Hasbach ein Tatverdächtiger oder Beschuldigter sein, aber alles, was ich bis jetzt gehört habe, entbehrt jeder vernünftigen Grundlage. Diese ganze Angelegenheit ist doch absolut lächerlich, und überhaupt beschwere ich mich über die ungerechtfertigten Anschuldigungen und die äußerst schlechte Behandlung, die mein Mandant erfahren hat. Er wird behandelt wie ein Schwerverbrecher, und seine Festnahme am gestrigen Sonntag stellt einen unverhältnismäßigen Eingriff in seine Persönlichkeitsrechte dar. Das Einzige, was man Herrn Dr. Hasbach vorwerfen könnte, ist, dass er angetrunken war, was aber nebenbei bemerkt nicht strafbar ist. Er hat niemanden gestört, geschweige denn belästigt. Er hat nur ein bisschen Ruhe in seinem Wohnwagen gesucht. Mein Mandant ist, wie Sie wissen, ein Leistungsträger unserer Gesellschaft und steht deshalb häufig im Mittelpunkt, daher finde ich es nicht verwunderlich, dass er sich in die Anonymität des Campingplatzes zurückziehen wollte. Wir erwägen diesbezüglich rechtliche Schritte und behalten uns vor, eine Dienstaufsichtsbeschwerde gegen Sie einzureichen. Wir werden auch die Frage stellen, wieso der verantwortliche Oberstaatsanwalt anwesend war und den

Einsatz offensichtlich gebilligt hat.« Kirch machte eine Pause und blickte befriedigt in die Runde.

Weder Röder noch Steiner hatte die Ansprache beindruckt, auch wenn sie sich der Unverhältnismäßigkeit des Einsatzes mittlerweile bewusst waren und der Anwalt im Wesentlichen recht hatte.

Als niemand Anstalten machte, ihm zu antworten, fuhr Kirch etwas gemäßigter fort: »Ich schlage deshalb vor, dass wir unsere Zusammenkunft lieber ein freundliches Gespräch nennen, denn Herr Dr. Hasbach ist zur vollen Kooperation bereit, damit die Angelegenheit schnell aufgeklärt wird. Im Anschluss an unsere Unterhaltung werden Herr Dr. Hasbach und ich gemütlich nach Hause fahren. Und jetzt stellen Sie bitte Ihre Fragen.«

»Herr Hasbach —«, begann Steiner und wurde prompt unterbrochen.

»Dr. Hasbach, bitte.«

»Herr Dr. Hasbach«, sagte Steiner ungerührt, trotz der offensichtlichen Arroganz seines Gegenübers. »Wir wissen, dass Sie 1961 in Magdeburg geboren und 1977 mit Ihrem Vater in den Westen geflüchtet sind. Was ist denn aus Ihrer Mutter geworden?«

»Meine Mutter ist mit meinem Bruder in der DDR geblieben. Sie war, wie soll ich sagen, linientreu und wollte nicht flüchten. Deshalb hat sie sich auch mit meinem Vater überworfen.«

»Sie haben einen Bruder?«

»Ja, ich hatte einen Zwillingsbruder, der aber mehr nach meiner Mutter kam und im Gegensatz zu mir seine Zukunft im Arbeiter-und-Bauern-Staat sah.«

»Sie sagen ›hatte‹. Lebt er denn nicht mehr?«

»Nein, er hat sich kurz nach der Wende erschossen. Wie gesagt, er identifizierte sich sehr mit der DDR und konnte sich ein Leben beim Klassenfeind nicht vorstellen.«

»Wie hieß denn Ihr Bruder?«

»Kurt. Kurt Schmidt.«

»Schmidt? Warum denn nicht Hasbach?« Steiner ließ sich nichts anmerken, als der Name Schmidt fiel. Auch Röder bemühte sich um ein Pokerface.

»Meine Mutter nahm nach unserer Flucht wieder ihren Mädchennamen an. Sie hat sich für ihren Mann geschämt und wollte sich von ihm distanzieren. Bei Republikflucht ging das mit der Scheidung immer sehr schnell.«

»Leben Ihre Eltern noch?«

»Mein Vater ist 1986 bei einem Autounfall ums Leben gekommen, und meine Mutter lebt in einem Pflegeheim in Magdeburg. Sie ist dement.«

»Sie haben also noch Kontakt zu ihr?«

»Nicht wirklich, aber ich habe sie nach der Wende hin und wieder besucht. Sie ist schließlich meine Mutter, auch wenn sie mir nie verziehen hat, dass ich mit meinem Vater geflüchtet bin.«

»Was hat Ihr Bruder beruflich gemacht?«

»Das ist eine lange Geschichte.«

»Erzählen Sie sie uns.«

»Er war bei der Stasi, und wenn ich es richtig weiß, war er ein übler Zeitgenosse.«

»Das müssen Sie uns genauer erklären.«

»Genau weiß ich es auch nicht, aber er hat wohl etliche Leute in den Knast gebracht, und die DDR-Knäste waren ziemlich berüchtigt. Als die DDR zusammengebrochen ist, war auch seine Karriere zu Ende. Er nahm sich das Leben. Wahrscheinlich befürchtete er auch, dass er angeklagt werden würde.«

Röder nickte und mischte sich in die Befragung ein. »Wir haben in Ihrem Wohnwagen einen kleinen Karton gefunden. Wissen Sie etwas über den Inhalt?«

»Sie meinen den Karl-Marx-Orden und die Bilder? Die sind von meinem Bruder. Ich habe es nicht über mich gebracht, die Sachen wegzuschmeißen. Sie sind das Einzige, was ich aus seinem Nachlass besitze. Vielleicht wird der Orden mal viel Geld wert sein. Ich fürchte aber, ich habe den Kram nur aus falscher Sentimentalität behalten. Er hat ihn für besondere Wachsamkeit zur Sicherung des Staates verliehen bekommen.«

»Woher wissen Sie das, wir haben keine Verleihungsurkunde gefunden?«

»Er hat es mir gesagt.«

»Dann hatten Sie nach Ihrer Flucht noch Kontakt?«

»Nein, aber eines Tages im Sommer 1990 stand er bei mir vor der Tür. Er war ziemlich fertig. Kurt war gerade von seiner Frau geschieden worden und konnte den Untergang seines Staates nicht verkraften, von dem er dachte, dass er ihn mitaufgebaut habe. Ich habe ihn danach noch zweimal getroffen, bis ich im November die Nachricht bekam, dass er sich in Berlin in seiner Wohnung erschossen hat.«

Steiner übernahm wieder die Vernehmung. »Der Wohnwagen ist nicht auf Sie zugelassen. Wem gehört er?«

»Der Wohnwagen?« Hasbach lachte. »Der gehörte einem emeritierten Kollegen, der längst gestorben ist. Ich weiß auch nicht, warum er nicht von einem Erben beansprucht wurde. Mein Kollege hat ihn mir früher des Öfteren überlassen, als ich noch Studentinnen diskret treffen musste. Ich glaube, ihm diente er für den gleichen Zweck. Jedenfalls habe ich mich immer dorthin zurückgezogen, wenn mir alles zu viel wurde, und tue es immer noch. Ich zahle jetzt die Platzmiete.«

»Alles zu viel? Was meinen Sie damit?«

»Ich bin nicht mehr der Jüngste. Ich hätte selbst auch nicht gedacht, dass ich mal so viele Auszeiten brauchen würde, doch so ist es.«

»Was ist mit Ihrer Lebenspartnerin? Hat die keine Probleme mit Ihren Auszeiten?«

»Heike? Die hat ihr eigenes Leben. Ich kann mir vorstellen, dass ich meinen letzten Lebensabschnitt mit ihr verbringen möchte. Ich war jahrelang allein, aber inzwischen denke ich oft darüber nach, wieder eine feste Beziehung einzugehen. Noch ein Grund mehr, warum ich Zeit für mich brauche, denn ich muss mich bald entscheiden.«

»Ihnen gehört ein Revolver der Marke Smith & Wesson. Wozu braucht ein Hochschulprofessor einen Revolver?«

»Für den habe ich eine ordnungsgemäße Waffenbesitzkarte. Ich habe mir den Revolver vor beinahe zwanzig Jahren angeschafft, als bei uns im Wohngebiet so oft eingebrochen wurde. In der Nachbarschaft haben die Gangster sogar ein Ehepaar gefesselt und geschlagen. Deshalb die Waffe. Es wird Ihnen aber nicht entgangen sein, dass ich keine Munition mehr dafür habe.«

»Warum haben Sie keine Munition mehr?«

»Ich will ja niemanden umbringen, und seit ein paar Jahren ist das mit den Einbrechern nicht mehr so schlimm. Früher bin ich mit einem Freund gelegentlich auf den Schießplatz gegangen, um den Umgang mit der Waffe zu üben. Irgendwann war die Munition alle, und ich habe keine neue gekauft.«

Steiner wechselte das Thema. »Sie haben Ihr Handy verloren?«, fragte er.

»Mein Handy? Nein, ich habe mein Handy. Gibt es ein Problem damit?«

»Gestern hatten Sie keins dabei, und wir haben auch nichts im Wohnwagen gefunden. Dafür lagen in Ihrem Auto zwei Stück rum.«

»Ach so, das meinen Sie. Ja, ich habe letzte Woche mein Handy verlegt, und da ich es nicht finden konnte, habe ich mir ein billiges Prepaidhandy gekauft. Dann ist mein altes wieder aufgetaucht. Es lag in meinem Auto, zwischen dem Sitz und der Mittelkonsole. Der Akku war leer, deshalb habe ich es nicht hören können, als ich meine Nummer angerufen habe. Ich hasse Handys und lasse es meistens zu Hause, aber für die Arbeit muss ich eins haben. Zum Almensee habe ich es aber nicht mitgenommen, da wollte ich einfach nur meine Ruhe haben.«

»Was sagt Ihnen der Name Carola Lang?«

»Nichts, wer soll das sein?«

»Sie haben mit ihr Streit gehabt. Auf Achim Hellingers Geburtstagsfeier im Oktober, auf seinem Weingut.«

»Ach, die Geschichte meinen Sie. Das war nicht schön, aber ich hatte es schon vergessen. Und ehrlich gesagt, ich wusste gar nicht, wie sie heißt.«

»Worum ging es bei dem Streit?«

»Also, ich habe nicht gestritten. Ich bin zu ihr, weil die Austern schlecht geschmeckt haben. Ich habe ihr das gesagt, und sie ist sofort ausgeflippt. Ich kann mir auch nicht erklären, warum.«

»Carola Lang ist tot.«

»Das ist aber schlimm«, sagte Hasbach. »Jetzt verstehe ich auch Ihre Anschuldigung. Sie meinen, ich hätte die Frau umgebracht, mit der ich mich vor zwei Monaten gestritten habe. Ich kann Ihnen sagen, das ist absolut lächerlich. Ich bringe doch niemanden wegen eines Streits über schlechte Austern um. Also wirklich.«

»Sie wollen daraus doch nicht allen Ernstes ein Motiv ableiten?«, mischte sich der Anwalt entsetzt ein. »Ich glaube, wir sind im falschen Film.«

»Bitte lassen Sie mich weiterreden«, sagte Steiner. »Was sagt Ihnen der Name Jörg Biehler?«

»Nichts, warum sollte er?«

»Sie kennen also niemanden mit diesem Namen?«

»Vermutlich stand er mal hinter der Theke in einem Schnellrestaurant, und ich habe mich über den miesen Burger beschwert«, antwortete Hasbach sichtlich genervt und zog eine Grimasse.

»Meine Herren«, setzte Kirch an. »Ich frage mich, was diese unsinnigen Fragen sollen. Mein Mandant zeigt volle Kooperationsbereitschaft, und Sie konfrontieren ihn mit hanebüchenen Vorwürfen.«

»Wir haben gar keine Vorwürfe erhoben. Wie Sie selbst sagten, sitzen wir hier zu einem freundlichen Gespräch, um einen Anfangsverdacht gegen Ihren Mandanten zu entkräften. Die Fragen müssen Sie schon uns überlassen, aber wir begrüßen es, dass Herr Hasbach mit uns kooperiert, deshalb sollten wir das zu Ende bringen.«

»Na gut, fahren Sie fort, damit wir endlich von hier verschwinden können.«

»Sie kennen also niemanden mit diesem Namen.«

»Nein, verdammt noch mal.«

»Dann frage ich Sie jetzt: Wo waren Sie am Samstag, dem neunundzwanzigsten November, zwischen neunzehn Uhr dreißig und einundzwanzig Uhr?«

»Das ist doch schon über zwei Wochen her. Woher soll ich das noch wissen?«

»Überlegen Sie noch einmal, es war das erste Adventswochenende.«

»Abends war ich in Bobenheim auf dem Belzenickelmarkt. Der ist immer sehr schön. Ich bin drübergelaufen und habe einen Glühwein getrunken.«

»Mit wem waren Sie dort?«

»Ich war allein dort, stellen Sie sich mal vor. Ich glaube nicht, dass es strafbar ist, allein auf den Weihnachtsmarkt zu gehen.«

»Ich denke, wir brechen die ganze Sache jetzt ab«, mischte sich der Anwalt wieder ein. »Das führt doch alles zu nichts.«

»Einen Augenblick noch«, sagte Steiner bestimmt. »Herr Dr. Hasbach, das kann wichtig sein: Wurden Sie auf dem Weihnachtsmarkt von jemandem gesehen?«

Hasbach überlegte kurz. »Als ich gegangen bin, bin ich in unseren gemeinsamen Bekannten Achim Hellinger reingelaufen. Ich habe mich kurz mit ihm unterhalten. Ich denke, den sollten Sie fragen.«

»Fällt Ihnen sonst noch jemand ein?«

Hasbach schüttelte den Kopf.

»Dann habe ich noch eine letzte Frage: Wo waren Sie heute vor einer Woche am Montagnachmittag um halb vier?«

»An der Hochschule, wie an jedem Montag während der Vorlesungszeit.«

»Und wer kann das bezeugen?«

»Ungefähr zweihundert Studenten, denn ich habe Seminare gegeben.«

»Ja, am Vormittag. Was haben Sie am Nachmittag gemacht?«

»Ich war in meinem Büro, habe die nächsten Vorlesungen vorbereitet und ein paar Bürosachen erledigt.«

»Ich frage noch einmal: Wer kann bezeugen, dass Sie am Nachmittag in Ihrem Büro waren?«

»Also, jetzt reicht's«, sagte der Anwalt und stand auf. »Da mein Mandant alle Ihre Fragen beantwortet hat und ich nicht verstehe, was Sie ihm vorwerfen, werden wir jetzt gehen.«

»Aber bitte halten Sie sich zu unserer Verfügung«, sagte Steiner.

»Dann müssen Sie uns schon vorladen.«

Steiner lehnte sich seufzend zurück, als Hasbach und sein Anwalt gegangen waren. »Das war ein Schuss in den Ofen«, sagte er.

»Kannst du laut sagen«, antwortete Röder, und Sybille und Larscheid betraten den Raum.

»Er war es, er ist Kurt Schmidt«, sagte Larscheid aufgeregt. »Er hat die beiden auf dem Gewissen.«

»Jürgen, was erzählst du da?«, antwortete Röder befremdet.

»Kurt Schmidt ist tot. Vor uns saß Winfried Hasbach, sein Zwillingsbruder.«

»Er ist es. Das ist Schmidt, er ist in die Rolle seines Zwillingsbruders geschlüpft.«

»Wie kommst du denn auf so was, und wie soll er das gemacht haben? Kann es sein, dass deine Phantasie mit dir durchgeht? Du musst dich schon an die Fakten halten.«

»Ich weiß es einfach«, sagte Larscheid bestimmt.

»Lass uns später in der Staatsanwaltschaft noch mal darüber sprechen«, sagte Röder, der seinen Mitarbeiter zur Räson bringen musste. Das wollte er aber nicht im Beisein der beiden Kriminalpolizisten tun.

»Ich könnte jetzt einen Kaffee vertragen. Kommst du mit?«, fragte Steiner Röder.

»Ja, warum nicht.«

Sie verabredeten, dass Steiner vorfahren würde und Röder

mit seinem Wagen folgen sollte. Dass die Fahrt weit aus Ludwigshafen raus in Richtung Bad Dürkheim führte, erstaunte Röder dann aber doch.

Steiner verließ die Autobahn an der Abfahrt Friedelsheim und stoppte sein Fahrzeug kurz hinter dem Bahnübergang auf der linken Seite. Hier befand sich die Weinstube Haardtblick, deren Wirt eine lokale Größe und ein Original war. Udo Scholz, ein Wahlpfälzer aus Westfalen, war als Stadionsprecher weit über die Grenzen der Pfalz hinaus bekannt. Seit über zwanzig Jahren war er nun Hallensprecher bei den Mannheimer Adlern, und zuvor war er jahrelang die Stimme vom Betzenberg gewesen. Für seine Schlagfertigkeit, seinen Humor und seine markigen Sprüche war er mehrfach ausgezeichnet worden und galt als Institution in der Branche. Von ihm stammte der berühmte Pfälzer Schlachtgesang: »Zieht den Bayern die Lederhosen aus«, den er anlässlich eines Heimspiels der »Roten Teufel« gegen die heute übermächtige Mannschaft erfunden hatte und der die Münchner noch immer das Fürchten lehrte.

Röder kannte die rustikale Weinstube, die im Sommer einen schönen Biergarten betrieb. Auf einer Fahrradtour hatte er hier schon einmal mit seiner Familie haltgemacht, denn die Weinstube war offizielle Station auf dem Kraut-und-Rüben-Radweg, der parallel zur Deutschen Weinstraße von Bockenheim nach Schweigen führte, aber deutlich flacher und somit familientauglicher zum Radfahren war.

»Das ist aber kein Café«, stellte Röder fest.

»Nein, aber ich brauche nach diesem verkorksten Tag und dem verdammten Fall eine vernünftige Schorle und etwas Deftiges zum Essen. Ich bin noch im Dienst und werde es auch noch eine Weile bleiben, daher wollte ich nicht im Präsidium herumtönen, wie sehr mich das alles ankotzt. Wenn du mir jetzt eine Dienstaufsichtsbeschwerde anhängen willst, nur zu, denn die von Hasbachs schleimigem Anwalt ist ohnehin schon so gut wie sicher. Da kommt es auf eine mehr oder weniger auch nicht mehr an.«

Röder klopfte seinem Freund aufmunternd auf die Schulter. »Ich trinke eine mit, denn ich hänge da ja auch drin.«

Steiner war mit dem Wirt per Du, und sie begrüßten sich herzlich. Er stellte Röder als guten Freund von Hellinger vor, den Scholz natürlich ebenfalls gut kannte.

Sie bestellten Schorle und Rumpsteaks mit Zwiebeln, bevor Steiner noch einmal dienstlich wurde. »Ich grübele schon die ganze Zeit darüber, was in Larscheid gefahren ist, aber ich komme zu keinem Schluss.« Er sprach das Thema zum wiederholten Mal an. »Ich finde, du solltest ihn vom Fall abziehen.«

»Ich werde gleich morgen noch mal mit ihm sprechen. Ich verstehe auch nicht, warum er seine Objektivität verloren hat«, wich Röder der Forderung aus.

»Also, ich verstehe das schon bis zu einem gewissen Maß. Er ist ein Ossi und kann sich an die DDR gut erinnern. Er war ein junger Mann, als die Mauer fiel, und hat mit seiner Promotion zur Aufarbeitung der Stasi-Verbrechen beitragen wollen.«

Röder nickte.

»Trotzdem finde ich, dass an der Sache etwas stinkt.«

»Wie meinst du das?«, fragte Röder, der normalerweise derjenige war, der einseitigen Ermittlungen nicht traute und seinen Freund damit konfrontierte.

»Ich weiß es nicht. Aber der Hasbach ist mir eine Spur zu glatt. Er hat alle Fragen perfekt pariert und zwar zu perfekt für meine Begriffe.«

»Wir haben uns aber auch verrannt. Seine Geschichte klingt plausibel.«

»Ja, natürlich klingt sie plausibel, aber ich finde es schon komisch, dass seine beiden Handys, das verloren gegangene und das Ersatzgerät, nur zwischen seiner Wohnung und der Uni hin- und herpendelten.«

»Er hat doch eine Erklärung dafür gegeben. Er benutzt sie nur beruflich.«

»In Bobenheim hat er aber eins dabeigehabt. Das war ein

privater Anlass – und dann geht es nach dem Mord verloren, und er pendelt unerkannt mit dem Ersatzgerät zwischen Wohnung und Uni hin und her? Das sieht nach Absicht aus. Er wollte nicht erreicht oder geortet werden und gab vor, sein Handy verlegt zu haben. Jedenfalls stimmt das Bewegungsmuster nicht, oder er hat seine Gewohnheiten geändert, und dann stellt sich natürlich die Frage nach dem Warum.«

»Damit wirst du keinen Haftrichter überzeugen.«

»Das ist das Problem. Hasbach und sein Winkeladvokat wissen das. Und außerdem haben wir trotz vager Alibis kein Motiv.«

»Was ist, wenn Larscheid recht hat und Schmidt die Identität seines Bruders angenommen hat?«, fragte Röder.

»Du weißt genau, dass wir dafür keinen Beweis haben.«

»Klar, deswegen müssen wir auch die Vergangenheit der Zwillingsbrüder auseinandernehmen.«

»Du sagst es, und das ist auch etwas, was mir nicht gefällt. Larscheid hat bereits in der Vergangenheit, sprich: in den Stasi-Unterlagen, gewühlt. Ihr sagt alle, dass er ein Fachmann ist. Warum hat er nichts Bedeutendes herausgefunden? Hast du denn schon seinen Bericht gelesen?«

»Nur den vorläufigen«, gab Röder zu. »Und er meint, dass er noch nicht alles aus den Unterlagen herausgeholt hat. Er scheint sich sicher zu sein, in den vielen Kopien, die er mitgebracht hat, noch irgendetwas finden zu können.«

Steiner nickte und hob das Glas, um mit Röder anzustoßen. Danach vertilgten sie ihr Rumpsteak und bestellten eine weitere Schorle. Scholz kam zu ihnen an den Tisch, und sie unterhielten sich über die Mannheimer Adler, den FCK und den aktuellen Weinjahrgang. Am Ende des Abends waren Röder und Scholz ebenfalls per Du, und Röder entschied sich, das Auto stehen zu lassen und mit der Rhein-Haardtbahn nach Hause zu fahren, deren Haltestelle ganz in der Nähe war.

***

Der Dienstag verflog für Röder mit Routinearbeiten. Morgens hatte er sein jährliches Beurteilungsgespräch mit seinem Vorgesetzten, dem Leitenden Oberstaatsanwalt und Chef der Behörde. Bisher war Röder einer von drei Oberstaatsanwälten, die als Anwärter auf den Chefposten galten. Angesichts der aktuellen Verwicklungen und der Meinung seines Vorgesetzten schien sein Stern allerdings im Sinken begriffen zu sein. Aus irgendeinem Grund ging Röder erleichtert aus dem Gespräch, denn er wusste schon lange, dass Karriere nicht alles im Leben war.

Danach führte er ein weiteres ernstes Gespräch mit Larscheid. »Du bist voreingenommen, das darfst du als zuständiger Staatsanwalt nicht sein, und das weißt du ganz genau.«

»Ich versuche doch nur zu beweisen, dass Hasbach Schmidt ist, der ein ganz übler Stasi-Scherge war.«

»Das ist absurd, Jürgen, wie kommst du denn nur darauf? Schmidt ist tot.«

»Nein, Hasbach ist tot, und Schmidt hat seine Identität übernommen«, sagte Larscheid stur. »Ich werde es noch beweisen, denn ich habe die Kopien von der BStU. Irgendwo da steht der Beweis.«

»Okay, ich mache dir jetzt einen Vorschlag: Du hast sechsunddreißig Stunden Zeit, um deine Theorie zu beweisen. Ich bin morgen nicht da, aber wenn du am Donnerstagmorgen keine handfesten Beweise hast, dann vergisst du das Ganze und konzentrierst dich voll auf die Aufklärung des Falls gemäß Faktenlage. Hast du mich verstanden?«

Larscheid hatte verstanden und willigte ein. Außerdem musste er Röder versprechen, dass er offen mit Steiner über seine Vermutungen sprechen würde.

Den Rest des Tages verbrachte Röder mit administrativen Abteilungsangelegenheiten und Aktenarbeit. Es wurde spät an diesem Abend, denn er hatte sich für den morgigen Mittwoch zum Themennachmittag für leitende Führungskräfte im Mainzer Innenministerium angemeldet. Die Themennachmittage fanden meist zweimal im Jahr statt und bestanden aus einem Vortrag und anschließender ausgiebiger Diskussion mit Erfahrungsaustausch. Er befand sich gerade auf dem Weg nach Hause, als Steiner anrief.

»Was hast du denn deinem jungen Kollegen für Flausen in den Kopf gesetzt? Behauptet der doch allen Ernstes, dass Hasbach Schmidt ist. Das ist doch vollkommener Blödsinn. Schmidt ist tot. Ich habe das überprüfen lassen. Er hat sich im November 1990 in Berlin erschossen. Ich habe mir die Akte elektronisch schicken lassen, da steht es schwarz auf weiß.«

»Könnte es nicht doch Hasbach gewesen sein, der in Berlin tot in der Wohnung gelegen hat?«, fragte Röder.

»Jetzt fängst du auch noch an zu spinnen.«

Röder ignorierte die Bemerkung. »Hasbach hat Anfang der Neunziger eine Ausbildung zum Bilanzbuchhalter gemacht. Warum? Er war doch schon promovierter Diplomkaufmann.«

»Stell dir vor, die Frage habe ich mir auch gestellt und Hasbach angerufen, und weißt du, was seine Antwort war? Nach dem ganzen Theoriekram an der Uni wollte er wissen, wie das alles in der Praxis funktioniert. Er wollte Prof an der Fachhochschule in Worms werden, und die bilden da auch Steuerberater aus, die ein bisschen mehr Praxisbezug brauchen. Das ist alles ganz plausibel.«

»Was ist mit den Eltern?«

»Das mit dem Vater, der beim Autounfall gestorben ist, stimmt. Er ist Mitte der Achtziger auf dem Autoput in Jugoslawien verunglückt. Seine Mutter lebt im Pflegeheim, wie er gesagt hat. Wir haben noch keinen Kontakt zu ihr.«

»War Hasbach jemals verheiratet?«

»Nein, aber er hatte wohl immer wieder Partnerinnen, mit denen er mehr oder weniger lang zusammengelebt hat. Ich habe ihn am Telefon gefragt, mit wem er 1990 zusammengelebt hat, und er hat geantwortet, dass er damals Single war.«

»Es könnte also sein, dass Schmidt in die Rolle seines

braven Westbruders geschlüpft ist, ohne dass es einer merkte«, stellte Röder fest.

»Ach, jetzt hör doch auf. Ihr Staatsanwälte habt doch alle einen rennen. Ich halte mich lieber an die Fakten.«

★★★

Nach einer kurzen Stippvisite im Büro saß Röder am nächsten Vormittag im Zug nach Mainz. Er musste seine Anmeldeunterlagen durchforsten, um sich wieder an das Thema der Fortbildung zu erinnern. Doch nicht nur deshalb hatte er den Zug genommen. Der letzte Tagesordnungspunkt, der allerdings nicht auf der Agenda stand, war der Besuch des Mainzer Weihnachtmarktes, genau genommen des Weihnachtsdorfes. Beim Wintertermin traf er viele alte Kollegen und Studienfreunde, die mittlerweile über ganz Rheinland-Pfalz verteilt waren. Im Weihnachtsdorf auf dem Liebfrauenplatz, vor dem Dom, wurde das Wiedersehen immer gebührend gefeiert.

Das Weihnachtsdorf im Zentrum des Weihnachtsmarktes gab es in dieser Form nur in Mainz, denn die Häuser des Dorfes waren ausrangierte Weinfässer, in die Sitzbänke installiert waren. Die Fässer boten sechs bis acht Personen Platz und waren um ein Lagerfeuer herum aufgebaut. Einige waren sogar beheizt, und der Glühwein wurde in Thermoskannen serviert. Zum Essen gab es Schwenk- und Spießbraten, deren appetitliche Gerüche über den Platz waberten.

Röder fand den Vortrag und die sich entspinnende Diskussion, an der er selbst rege teilnahm, äußerst interessant, gaben sie ihm doch die Möglichkeit, mal wieder über den Tellerrand hinauszuschauen. Trotzdem freute er sich, als es draußen dunkel war und er nach einem kurzen Fußmarsch mit seinen Bekannten in einem der urigen Fässer Platz genommen hatte.

Die Stimmung im Fass war seit geraumer Zeit auf dem Höhepunkt, als sein Smartphone klingelte. Es war Steiner, der ohne Begrüßung zu reden anfing: »Halt dich fest: Hasbach ist tot.«

Röder glaubte, nicht richtig gehört zu haben. Außerdem war der Lärmpegel im Fass am Anschlag. »Was hast du gesagt?«

»Hasbach ist tot, mausetot«, brüllte Steiner am anderen Ende der Leitung.

»Moment, ich muss hier erst mal raus«, rief Röder und drängte seine neben ihm sitzenden Kollegen, ihn herauszulassen. Draußen suchte er sich hastig ein halbwegs ruhiges Eck. »Was ist passiert?«

»Wir haben ihn im Wohnwagen gefunden. Die Frau mit den Lockenwicklern hat die Polizei gerufen, weil sie Schüsse gehört hat. Als die Kollegen kamen, haben sie die Leiche entdeckt.«

»Wann war das?«

»So gegen halb drei.«

»Du hättest mich ruhig früher anrufen können.«

»Hab ich, aber du bist nicht rangegangen«, sagte Steiner. »Ich habe dir sogar eine Nachricht auf die Mailbox gequatscht.«

Röder hatte sein Smartphone während der Fortbildungsveranstaltung ausgeschaltet gehabt und seitdem seine Mailbox nicht abgehört. »Wo ist er jetzt?«

»Auf dem Weg in die Gerichtsmedizin.«

»Hierher, nach Mainz?«

»Wohin denn sonst? Willst du ihn dir angucken gehen, wenn du schon da bist?«

»Du sagst es, und du kommst am besten auch.«

»Das kannst du vergessen. Das war heute ein langer Tag, ich muss mich mal wieder ausschlafen.«

Röder redete noch eine Weile auf seinen Freund ein, bis dieser endlich murrend zusagte: »Du bist eine echte Nervensäge, und ich weiß nicht, was das bringen soll, aber gut, ich komme.«

»Vier Augen sehen mehr als zwei«, antwortete Röder und legte auf.

Seine Bekannten im Fass reagierten verwundert, als er sich verabschiedete, aber Röder machte sich davon unbeeindruckt auf den Weg. Am Ende der Fußgängerzone fand er den Taxistand, und keine zehn Minuten später setzte ihn der Fahrer vor dem rechtsmedizinischen Institut am Rande der Altstadt ab. Dem Pförtner zeigte er seinen Ausweis und verlangte, den diensthabenden Arzt zu sprechen. Die Rechtsmedizin war rund um die Uhr besetzt, auch wenn während der Nachtstunden keine Obduktionen durchgeführt wurden. Die forensische Ambulanz dagegen war vierundzwanzig Stunden in Betrieb, denn die Untersuchung von Gewaltopfern und die vielen Alkoholtests kannten keinen Feierabend.

»Herr Dr. Röder! Was für eine schöne Schlamassel.«

Röder blickte sich überrascht um und erkannte Dr. Huang-Nyo, der für seine skurrilen Versprecher bekannt war, obwohl er ansonsten ein sehr gutes Deutsch sprach.

»Ach, Unsinn. Ich meine natürlich Überraschung.«

Röder begrüßte den stets gut gelaunten Rechtsmediziner herzlich. »Was treiben Sie denn um diese Zeit noch hier? Sie können sich wohl nie von Ihrem Horrorkabinett trennen?«

»Ich habe Überstunden gemacht und wollte gerade gehen. Aber sagen Sie: Was führt Sie zu so später Stunde zu mir? Ihren vom Glühwein gefärbten Lippen nach sehen Sie aus, als kämen Sie gerade vom Weihnachtsmarkt. Sollen wir bei Ihnen etwa eine Blutalkoholmessung machen?«

Das Institut war verantwortlich dafür, dass jede in Rheinland-Pfalz amtlich genommene Blutprobe mit Hilfe modernster Technik noch einmal überprüft wurde, um vor Gericht verwendet werden zu können.

»Nicht nötig. Ich war erst vor einigen Wochen bei meinem Hausarzt, der mir bestätigt hat, dass mein Gamma-GT-Wert für einen Pfälzer einwandfrei ist.«

»Ja, den Witz kenne ich aus dem Studium. Bei einem Pfälzer kann man getrost zwanzig Prozent auf den Gamma-GT-Wert aufschlagen, bevor wir Ärzte uns Sorgen machen müssen.«

»Das dürfte bei euch Rheinhessen nicht anders sein«, konterte Röder, und beide lachten. Dann erklärte Röder den Zweck seines Besuches.

»Ja, der ist vor einer halben Stunde eingeliefert worden. Wenn er nicht schon mit Löchern im Bauch auf die Welt gekommen ist, wird er wohl daran gestorben sein. Der Mann weist ein halbes Dutzend Schussverletzungen auf. Da war jemand sehr wütend.« Huang-Nyo machte eine Pause, als müsste er eine Entscheidung treffen, und fuhr dann fort: »Ach, wissen Sie was? Zu Hause wartet sowieso niemand auf mich, da können wir die Leiche doch schon mal in die Röhre schieben. Ich nehme den Kollegen, die morgen die Obduktion vornehmen müssen, ein bisschen Arbeit ab, und wir wissen vielleicht heute schon ein wenig mehr über den Tathergang und den Täter.«

Seit einigen Jahren war es üblich, dass die Toten vor der Leichenöffnung per Computertomografie untersucht und anschließend mit Streifenlicht gescannt wurden. Diese Maßnahmen ergänzten die übliche Obduktion mit Säge und Skalpell. Das gewonnene dreidimensionale Bild dokumentierte den Zustand der Leiche bei der Einlieferung, ohne den Körper weiter zu beschädigen. Gerade bei Schusswunden und Stichverletzungen lieferte dieses Verfahren wertvolle Hinweise, denn die Verletzungen konnten mit den Tatwerkzeugen leicht verglichen und der Tathergang mit moderner Software simuliert werden.

»Mein Obduktionshelfer ist allerdings schon gegangen, deshalb müssen Sie mir zur Hand gehen.«

Dr. Huang-Nyo ging in den Kühlraum voraus, an dessen rückwärtiger Wand sich die Kühlfächer für die eingelieferten Leichen befanden. Röder bereute es bereits, dass er überhaupt hergekommen war. Auf seinen Einsatz als Obduktionshelfer war er in keiner Weise vorbereitet gewesen.

Huang-Nyo zog eine der überdimensionalen Schubladen auf. Darin befand sich der Leichnam einer extrem übergewichtigen Frau. »Das ist hier vielleicht wieder eine Unordnung«, schimpfte er, als er ein weiteres Fach leer vorgefunden hatte und erst im dritten Anlauf erfolgreich war. »Ah, habe ich es doch gewusst, hier ist er. Bei uns ist nämlich noch kein Patient davongelaufen.« Huang-Nyo zog die Schublade ganz auf und schob eine Bahre heran. »Jetzt heben Sie den Kollegen mal kurz an«, sagte er.

Röder sah zum ersten Mal den toten Hasbach. Ein Projektil hatte sein Gesicht getroffen, das nur noch eine unförmige Masse war. Der Körper war entkleidet und wies mehrere blutige Schusswunden auf. Mit der schlimmen Gesichtswunde zählte Röder sechs Einschüsse.

»Jetzt glotzen Sie nicht so, sondern helfen Sie mir.«

Röder seufzte, und gemeinsam hievten sie den steifen Körper auf die Bahre.

»Da scheint jemand ein ganzes Magazin auf den Typen abgefeuert zu haben. Den ersten Schuss in die Brust, dann den einen oder anderen beim Fallen in den Bauchbereich verpasst und den Rest Blei reingepumpt, als er am Boden lag. Ich würde sagen, neun Millimeter kurz, vielleicht eine Walther oder eine ähnliche Knarre.« Huang-Nyo, der einen guten Kopf kleiner war als Röder, schob mit energischen Schritten die Bahre in den Röntgenraum.

Dort wiederholte sich die Prozedur, und Röder half, die Leiche auf die Pritsche des CT-Gerätes zu legen.

»Die Leiche ist noch ganz frisch, da brauchen Sie sich nicht zu ekeln«, sagte Huang-Nyo, der Röders angewiderten Gesichtsausdruck richtig interpretierte.

»Es ist alles in Ordnung«, entgegnete Röder und begleitete Huang-Nyo hinaus in den Kontrollraum.

»So, wir werden ihm jetzt eine ordentliche Portion Röntgenstrahlung verpassen und ihn so gründlich durchleuchten, wie er das zu Lebzeiten wahrscheinlich nie erfahren hat. Aber na ja, die Strahlung dürfte ihm nicht mehr schaden.« Huang-Nyo betätigte einige Knöpfe, bis das Gerät hochgefahren war und die Pritsche sich langsam in Bewegung setzte.

»Wie kommen Sie darauf, dass die Tatwaffe eine Walther

gewesen ist?«, fragte Röder, während Hasbachs Leiche Millimeter für Millimeter in der Röhre verschwand.

»Die Einschüsse sehen stark nach einer Neun-Millimeter aus, sechs Schüsse, kurz nacheinander abgefeuert. Dafür sprechen die unterschiedlichen Winkel der Schusskanäle. Im Stehen …« Huang-Nyo zeigte mit dem Finger auf seine Brust. »Im Fallen …« Er zeigte auf seinen Bauch. »Peng, peng, peng, als er auf dem Boden lag.« Huang-Nyo pikste sich mit dem Finger mehrmals in seinen Bauch, bevor er den Schuss in den Kopf andeutete. »Peng. Finito, basta, Exitus.«

»Okay, okay, verstanden. Aber warum eine Walther?«

»Ah, das wollen Sie wissen. Also gut: Es war eine Neun-Millimeter kurz, denn einige Projektile sind nicht wieder ausgetreten, weil sie schwächer sind als die einer Neun-Millimeter-Parabellum. Hätte der Täter eine Glock mit siebzehn Schuss gehabt, hätte er in seinem Zorn wohl ebenfalls das ganze Magazin verballert, und wir hätten ein Sieb vor uns. Eine Walther PP neun Millimeter dagegen hat sieben Schuss, und ich kann sechs Einschüsse zählen.«

»Wo ist dann die siebte Kugel?«

»Danebengegangen, was sonst?«

Röder versuchte, die Logik des Gerichtsmediziners nachzuvollziehen, und blickte dem toten Hasbach hinterher, der ruckelnd aus seinem Gesichtsfeld verschwand. Huang-Nyo starrte konzentriert auf den Monitor, auf dem sich das Innenleben des Toten Scheibchen für Scheibchen in bunten Farben aufbaute.

Nach einer guten halben Stunde war der Röntgenscan vollständig, und Huang-Nyo trieb Röder an, den Leichnam wieder auf die fahrbare Bahre zu legen und in den Raum mit dem Streifenlichtscanner zu bringen. Der projizierte über eine Maske ein Lichtgitter auf den Körper. Eine angeschlossene Computerkamera konnte daraus ein millimetergenaues Abbild der Körperoberfläche berechnen. Diese Methode erlaubte es den Fachleuten, ein perfektes dreidimensionales Bild des Toten zu erstellen und ihn mit spezieller Software, wie in einem Computerspiel, wieder zum Leben zu erwecken. So ließen sich wertvolle Erkenntnisse zum Tathergang rekonstruieren. Beispielsweise konnte man aus dem Winkel der Schusskanäle die Größe des Täters ermitteln oder feststellen, welche Kugel zuerst getroffen hatte oder wie sich die Blutspritzer an den Wänden erklären ließen.

Röder musste Huang-Nyo helfen, Hasbach umzudrehen, damit auch dessen Rückseite für das Computermodell gescannt werden konnte. Während sie an der Leiche hantierten, kam Steiner hinzu.

»Servus, Ben. Bist du jetzt zum Obduktionshelfer aufgestiegen? Bravo, da machst du endlich mal einen sinnvollen Job und schikanierst als Bürohengst nicht die kleinen Beamten von der Kripo.«

»Na ja, er muss noch so einiges lernen«, mischte sich Huang-Nyo ein. »Er ist viel zu langsam und kennt die einfachsten Griffe nicht. Wenn Sie es besser können, dürfen Sie jetzt mal anpacken.«

»Das würde ich gern, aber ich habe einen schlimmen Rücken«, antwortete Steiner mit einem Lächeln im Gesicht. »Was hat er denn da am rechten Unterarm? Ist das eine Verletzung?«, fragte er, als Hasbach endlich auf dem Bauch lag.

Huang-Nyo warf einen kurzen Blick auf die deutliche Hautverfärbung an der Leiche. »Nein, das ist ein Feuermal, ein angeborenes Muttermal«, sagte er und schaltete den Scanner ein, um die Rückseite von Hasbach aufzunehmen, während Steiner etwas Unverständliches in seinen Bart murmelte. »Wenn das hier fertig ist, räumen wir auf und gehen in mein Büro, denn aus meiner Sicht ist schon jetzt ziemlich klar, wie der Mann zu Tode gekommen ist.«

Als der Scan fertig war, half Röder Huang-Nyo unter den hämischen Blicken von Steiner, die Leiche wieder in der Schublade zu verstauen. Obwohl es vollkommen unbegründet war, hing ein schaler Geschmack nach Verwesung in seiner Nase. »Früher sind wir nach den Leichenschauen immer einen Whisky trinken gegangen«, stellte er fest.

»Das stimmt, aber unser Lieblingswinzer in Bodenheim, den wir bei solchen Anlässen normalerweise aufsuchen, hat schon zu.«

»Wie bitte? Whisky vom Winzer?«, fragte Huang-Nyo erstaunt, und Steiner erklärte, dass der Besitzer des Weinguts Kirch in Bodenheim wie er ein Whisky-Fan war und für spezielle Gäste immer eine besondere Empfehlung parat hatte.

»Na ja, aber heute brauchen Sie nicht so weit zu fahren, denn ich habe auch immer eine Flasche in meinem Büro«, entgegnete Huang-Nyo. »Der Whisky ist vielleicht nicht der beste, aber es stimmt, dass das Zeugs den Leichengeruch vertreibt. Der Kollege im Kühlfach ist so was von frisch, und ich brauche den Whisky nur bei aufgequollenen Wasser- oder stark verwesten Leichen, aber zu so später Stunde trinke ich einen mit.«

Röder musste würgen, hatte sich aber gleich wieder im Griff.

»Ist alles in Ordnung?«, fragte Huang-Nyo, während Steiner süffisant grinste. Der Gerichtsmediziner führte sie in sein Büro und kramte eine Flasche aus seinem total überladenen Schreibtisch.

»Oh, ein Glenmorangie Original«, sagte Steiner anerkennend. »Der darf eigentlich in keiner Hausbar fehlen.« Er begann, mit Huang-Nyo zu fachsimpeln, der sich ebenfalls erstaunlich gut mit Single-Malt-Whiskys auskannte. Sie waren sich schnell einig, dass der Hochland-Whisky ein ausgezeichnetes Preis-Leistungs-Verhältnis hatte, und diskutierten über die Sondereditionen des Whiskys, die schnell mehrere hundert Euro kosten konnten.

»Es tut mir leid«, entschuldigte sich Huang-Nyo, »dass ich keine Whiskygläser habe. Aber hier sind noch ein paar Plastikbecher, mit denen wir normalerweise die Urinproben für die MPU-Tests sammeln. Ich glaube, die wurden noch nicht benutzt.«

Während Röder dankbar seinen Whisky trank und hoffte, den schlechten Geschmack und die bösen Geister damit zu vertreiben, lud Huang-Nyo das dreidimensionale Bild von Hasbach auf seinen Computer und brachte es mit der Maus in die richtige Position.

»Sehen Sie her«, sagte er, und Röder und Steiner versammelten sich mit ihren Probenbechern in der Hand um den sitzenden Huang-Nyo herum. »Es ist wohl so, wie ich schon vermutet habe«, sagte er und deutete mit einem Kugelschreiber auf den virtuell wiederbelebten Hasbach. »Der erste Schuss traf das Opfer in die Brust, ging nur ganz knapp am Herz vorbei und blieb hinten an den Rippen stecken. Mit einer schnellen notfallmedizinischen Versorgung hätte er das womöglich überlebt. Dem Schusskanal nach zu urteilen und in der Annahme, dass die Schussentfernung vielleicht zwei Meter betrug, dürfte der Täter etwa ebenso groß wie das Opfer gewesen sein. Also eins achtzig plus/minus fünf Zentimeter. Das Opfer ist dann gestürzt, aber der Täter hat weitergeschossen. Hier haben wir einen Streifschuss, das dürfte der zweite Schuss gewesen sein.«

»Dr. Huang-Nyo meint, dass es eine Walther PP gewesen sein könnte«, sagte Röder zu Steiner, der nickte.

»Die restlichen Kugeln hat der Täter dann auf das am Boden liegende Opfer abgefeuert, bevor er ihm die letzte Kugel aus nächster Nähe in den Kopf jagte. Die Schüsse in den Bauch sind bis auf einen, der am Rückgrat hängen geblieben ist, glatte Durchschläge. Wenn wir also von einem vollen Magazin ausgehen, müssten sich am Tatort vier Projektile und eine Riesensauerei finden lassen.«

»Die KTU hat tatsächlich vier Projektile des Kalibers neun Millimeter kurz im Wohnwagen sichergestellt«, bestätigte Steiner.

Sie diskutierten noch eine Weile über die Schussverletzungen von Hasbach, die Huang-Nyo ihnen einzeln an dem dreidimensionalen Abbild am Computer erklärte, bevor er ihnen schließlich noch einmal aus seiner Whiskyflasche in die Probenbecher nachschenkte. Es war schon nach elf Uhr, als sie sich von dem Rechtsmediziner verabschiedeten und versprachen, bei der nächsten Obduktion für den Whisky zu sorgen.

»Jetzt bekommst du von mir sogar noch die Heimfahrt spendiert«, sagte Steiner.

»Nicht nötig, ich habe eine Rückfahrkarte. Du kannst mich am Bahnhof absetzen«, erwiderte Röder, der es aber nicht ernst meinte. Die Temperaturen waren deutlich gefallen, und Schnee lag in der Luft. Er hatte absolut keine Lust, an irgendwelchen zugigen Bahnsteigen zu warten, zumal die Zugfahrt um diese Uhrzeit mindestens zwei Stunden dauerte.

»Das würde ich vielleicht sogar machen, weil du mich zu später Stunde noch hierherkommandiert hast. Aber nun revanchiere ich mich auf andere Weise: Du begleitest mich noch wohin. Ruf schon mal Manu an, dass du spät nach Hause kommst.«

»Was hast du denn vor? Den obligatorischen Whisky hast du doch schon bekommen.«

»Lass dich überraschen.«

***

Die Autobahn war beinahe leer, und sie hingen eine Weile ihren Gedanken nach. Steiner brach schließlich die Stille.

»Wenn Larscheid recht hat, dann war Hasbach der Mörder von Biehler und Carola Lang. Wer aber hat ihn umgebracht?«

Röder war kurzzeitig überrascht, dann sagte er: »Biehlers Mutter.«

Steiner brach in schallendes Lachen aus. »Ich sehe schon die Schlagzeile in der ›Rheinpfalz‹ vor mir: ›Oma richtet Mörder ihres Sohnes hin‹.«

»Blödmann. Sie hat damit gedroht, und sie hat ein Motiv. Deshalb können wir sie nicht ausschließen. Ich dachte, so etwas lernt man an der Polizeihochschule.«

»Du hast natürlich recht«, antwortete Steiner amüsiert. »Aber die Frau ist Ende siebzig und bettlägerig. Wie sollte sie mit einer Pistole bewaffnet in Hasbachs Wohnwagen eindringen und ihn mit sieben Schüssen zur Strecke bringen?«

»Wir wissen über die Frau doch im Grunde so gut wie gar nichts, und so, wie ich die Pflegerin im Altenheim verstanden habe, war sie vor dem Zusammenbruch ziemlich fit. Vielleicht kann sie ja mit einer Waffe umgehen. Möglicherweise war sie früher eine Sportschützin oder was weiß ich.«

»Der Täter war eins achtzig groß.«

»Plus/minus fünf Zentimeter. So richtig klein kam mir die Frau nicht vor, und außerdem scheint Hasbach den Täter oder die Täterin ohne Argwohn in den Wohnwagen gelassen zu haben, denn anders sind die Schüsse aus nächster Nähe nicht zu erklären.«

»Ja, wir müssen das checken«, sagte Steiner ernst. »Aber zuerst prüfen wir etwas anderes.«

Röder war zu müde, um Steiners Worten eine Bedeutung zuzuordnen, und er hing seinen schläfrigen Gedanken nach, bis sie bei Grünstadt die Autobahn verließen und auf der Deutschen Weinstraße in Richtung Bad Dürkheim fuhren. Erst als Steiner in Kirchheim nach Großkarlbach abbog, wusste Röder, dass irgendetwas nicht stimmte und Steiner einen anderen Plan verfolgte.

»Du willst zu Hasbach nach Hause?«

»Genau, ich will was überprüfen.«

»Nun sag schon, was dich umtreibt«, bat Röder, der wieder hellwach war.

»Das wirst du sehen.«

Röder mochte Großkarlbach. Der hübsche Ort lag in einer Senke am Eckbach und war immer noch von seinen historischen Mühlen geprägt. Im Dorf befand sich die Kändelgasse, die parallel zum Eckbach verlief und deren Name von der hölzernen Rinne abgeleitet war, die in alten Zeiten die Mühlen im Ort mit Wasser versorgt hatte. Ende Juli stieg hier immer das Kändelgassenfest, das zu den bekanntesten Weinfesten in der Region gehörte, und am ersten Advent diente die Gasse als Kulisse für einen romantischen Weihnachtsmarkt. Etliche Weingüter und Restaurants machten das Dorf zum beliebten Ausflugsziel, und nicht zuletzt kaufte Röder in der Sektkellerei Schreier & Kohn häufig ein, wobei der Muskatellersekt sein Favorit war, ein Urteil, das auch Hellinger teilte, der natürlich mit den Eigentümern gut bekannt war, wie mit fast allen Winzern in der Gegend.

Hasbachs Haus befand sich in der Rieslingstraße, die sich im Wohngebiet oberhalb des alten Dorfkerns befand, und Steiner stoppte vor einem gepflegten Bungalow. Die Tür war versiegelt, was Steiner zu einer Erklärung veranlasste, während er das Schloss mit geübten Händen knackte und das Siegel zerriss. »Ich habe das Haus heute Mittag versiegeln lassen, weil ich die KTU noch einmal reinschicken will. Vielleicht haben wir ja letzte Woche etwas übersehen.« Er ging schnurstracks in das Arbeitszimmer, und Röder folgte ihm.

An der Wand gegenüber dem Schreibtisch befand sich ein Bord, auf dem mehrere Dutzend Pokale verstaubten und das von Fotos umrahmt wurde, die Hasbach in Siegerpose auf dem Fahrrad zeigten. Die Sammlung stammte aus Hasbachs Zeit als erfolgreicher Amateurradfahrer. Steiner nahm eines der Bilder von der Wand. Hasbach hob darauf die Hand zum Victory-Zeichen.

»Verdammt noch mal«, fluchte Steiner. »Ich wusste es.«

»Was ist denn los?«

»Schau dir das Foto an«, sagte Steiner und drückte es Röder in die Hand. Der blickte verständnislos auf das Bild, bis er endlich begriff.

»Das gibt's doch nicht«, entfuhr es ihm.

»Anscheinend doch. Larscheid hat recht. Hasbach war Schmidt. Der Mann auf dem Foto hat kein Feuermal auf der Innenseite seines Unterarms.«

»Das bedeutet, der Tote in Berlin war in Wahrheit der westdeutsche Zwilling, der auf diesem Foto abgebildet ist, und nicht der Stasi-Offizier. Das ist unglaublich.«

»Vielleicht hat Schmidt nachgeholfen, und der Selbstmord war fingiert. Hasbach alias Schmidt hat selbst gesagt, dass er seinen Bruder nach dem Mauerfall mehrmals getroffen hat. Als Stasi-Offizier hatte er mit Sicherheit so einige Tricks auf Lager, um solche Sachen durchzuziehen und falsche Fährten zu legen.«

»Warum sollte Schmidt seinen Zwillingsbruder umbringen? Nur wegen der neuen Identität? Das hätte er bestimmt einfacher haben können.«

»Vielleicht Hass, dass dieser mit dem Vater abgehauen und in Freiheit und Wohlstand gelebt hat. Außerdem hätte er sich wegen seiner Vergangenheit möglicherweise vor Gericht verantworten müssen. Eine falsche Identität ist lange nicht so sicher wie ein Identitätstausch. Ich finde, das rechtfertigt schon ein Motiv. Wenn er wirklich die Identität seines Bruder angenommen hat, macht das mit der Weiterbildung zum Bilanzbuchhalter jedenfalls Sinn, denn er musste sich ja irgendwie das Wissen aneignen, um in diesem Beruf arbeiten zu können.«

»Unglaublich, er war also ein Scharlatan, und niemandem an der Uni ist es aufgefallen«, stellte Röder fest.

»Ja, aber das kommt schon mal vor. Erinnere dich an die Fälle angeblicher Ärzte und Piloten überall auf der Welt, die ihre Lebensläufe so gefälscht hatten, dass sie jahrelang unerkannt in führenden Positionen arbeiten konnten.«

»Was ist mit Biehler und Lang? Waren sie zu Stasi-Zeiten seine Opfer und haben ihn erkannt, woraufhin er sie umgebracht hat?«

»Kann schon sein, aber wir müssen uns auch die Frage stellen, wer ihn umgebracht hat. Vielleicht waren nicht nur diese beiden seine Stasi-Opfer, sondern es gibt noch weitere Personen, die ein Interesse an seinem Ableben hatten und sich rächen wollten.«

»Das kann ja gar nicht anders sein. Der Mann hat berufsmäßig wahrscheinlich Hunderte von Menschen gequält und in den Knast gebracht«, sagte Röder.

»Um das alles herauszufinden, ist es heute zu spät. Lass uns nach Hause fahren.«

»Ja, aber ich rufe jetzt auf jeden Fall noch schnell bei Larscheid an und sage ihm, dass er recht hatte.«

Röder konnte seinen Mitarbeiter nicht erreichen und hinterließ ihm stattdessen eine Nachricht auf der Mailbox. Als er gegen eins nach Hause kam, musste er Manu erklären, dass er nicht auf dem Weihnachtsmarkt in Mainz versumpft war, sondern eine Leiche hin- und hertragen musste und mit Steiner ermittelt hatte, bevor er schließlich todmüde ins Bett fiel.

★★★

Schneeregen peitschte um die Staatsanwaltschaft, als Röder total übermüdet um kurz vor zehn in seinem Büro eintraf. Er hatte für halb elf eine Besprechung mit den Ermittlern und Larscheid angesetzt. Er bat Frau Vogel, für starken Kaffee zu sorgen. Am Anfang ihrer Zusammenarbeit hätte sie das nur unter Murren getan.

Larscheid war schon im Sitzungsraum, als Röder diesen pünktlich betrat. Larscheid verkabelte gerade seinen Laptop mit dem Beamer und sah ebenfalls ziemlich mitgenommen aus.

»Ich habe deine Nachricht erhalten«, sagte er nach der Begrüßung. »Ich konnte nicht ans Telefon gehen, weil ich die ganze Nacht über die Kopien der Stasi-Unterlagen durchgeackert habe und das Handy lautlos gestellt war. Als ich die Nachricht dann gegen vier Uhr abgehört habe, dachte ich, es sei schon zu spät für einen Rückruf.«

»Entscheidend ist, dass du den richtigen Riecher hattest. Wir haben dir alle nicht geglaubt, aber du hast hervorragende Arbeit geleistet, Jürgen. Hast du das mit dem Muttermal gewusst?«

»Nein, aber ich habe Schmidts Akte rauf und runter gelesen, und ich kenne ja die Lebensläufe von solchen Typen. Es war einfach ein Gefühl, das ich jedoch nicht mit harten Fakten belegen konnte. Der Beweis stand ja nicht in der Akte, sondern auf seinem Körper.«

Röder nickte anerkennend und ging endlich an sein Telefon, das seit einigen Sekunden läutete. Es war Steiner, der sich entschuldigte, weil er am Oggersheimer Kreuz wegen des Schneetreibens im Stau stand und deshalb mit Sybille später kommen würde.

»Lass uns anfangen«, sagte Röder. »Auch auf die Gefahr hin, dass du den beiden nachher alles noch mal erzählen musst.«

»Kein Problem. Lass mich mit Biehler anfangen«, sagte Larscheid und zeigte eine Folie mit den wichtigsten Fakten. »Biehler ist 1964 in Dresden geboren. Seine Eltern waren in einem VEB in der Nähe von Dresden beschäftigt, der Edelstahl herstellte. Er wurde mit elf für den Leistungssport entdeckt, und wie wir schon wissen, ist er der zwei Jahre jüngeren westdeutschen Carola Lang bei einem deutsch-deutschen Freundschaftswettkampf begegnet. Die Beziehung hat ihm ernste Schwierigkeiten bereitet, denn solche Bekanntschaften wurden von der Stasi wegen potenzieller Fluchtgefahr rigoros unterbunden. Nach einem Wettkampf in Ostberlin wurde Lang mit falschen Versprechungen als informelle Mitarbeiterin angeworben. Sie dachte, sie könnte ihren ostdeutschen Freund retten, und hoffte auf eine gemeinsame Zukunft. Tatsächlich fiel sie auf ein böses Intrigenspiel herein, dessen Drahtzieher Kurt Schmidt war. Das lässt sich anhand der Akten eindeutig nachvollziehen.«

»Da hat sich deine Nachtschicht ja gelohnt«, sagte Röder, und sie diskutierten über die Quellen und Details, die sich alle lückenlos aneinanderreihten, als Steiner und Sybille eintrafen.

»Der Polizeipräsident wird heute noch deinen Chef anrufen«, begann Steiner ohne Umschweife. »Er ist mit den Ermittlungsergebnissen unzufrieden, und auch die Franzosen machen Druck. Er will die Sonderkommission ›Belzenickel‹ verstärken und mich als Leiter ablösen.«

»Das ist ein Grund mehr, die Ermittlungen schnell zum Abschluss zu bringen«, sagte Larscheid. »Ich denke, wir haben im Grunde alles für die Aufklärung der Morde an Biehler und Lang. Den Mord an Hasbach müssen wir separat weiterverfolgen. Aber lasst mich mal mit einem möglichen Szenario für die ersten zwei Morde weitermachen.«

Alle stimmten zu, und Larscheid fuhr fort: »Carola Lang hat auf der Geburtstagsfeier von Hellinger Kurt Schmidt alias Winfried Hasbach wiedererkannt. Wahrscheinlich war es die unverwechselbare Form des Feuermals auf dessen Unterarm. Schmidt leugnete alles und behauptete, Hasbach zu sein, woraufhin ein Streit entbrannte. Sie trat mit ihrer alten Liebe Biehler in Kontakt, von dem sie sich trotz seiner kriminellen Laufbahn nie ganz getrennt hatte. Beide holten bei der Gauck-Behörde oder wie man die Stasi-Unterlagenbehörde heute nennen mag, eine Selbstauskunft ein. Das entspricht den Einträgen, die ich recherchiert habe. Laut den Protokollen der Behörde haben sie das im Oktober gemacht, kurz nach dem Eklat auf der Geburtstagsfeier. Ich nehme mal an, die beiden haben Schmidt alias Hasbach danach erpresst. Dem Biehler traue ich das locker zu, und der Lang eigentlich auch. Sie hat sich ja auch mehr schlecht als recht durchs Leben geschlagen, und sie hatte eine Menge Schulden wegen ihres Bauernhofs, der noch längst nicht abgezahlt war.«

»Wir haben bei keiner der Hausdurchsuchungen Unterlagen über Selbstauskünfte gefunden«, sagte Röder und fügte hinzu: »Haben die Franzosen vielleicht was?«

Steiner schüttelte den Kopf, aber Sybille meldete sich zu Wort: »Rückstände auf dem Rücksitz des ausgebrannten Astras, der erst Hellingers Bus gerammt hat und hinterher in Pleisweiler aufgefunden wurde, deuten auf eine größere Menge Papier hin. Es ist ja sehr plausibel, dass Hasbach den Wagen gefahren hat. Vielleicht hat er die Selbstauskünfte nach den Morden geklaut und ließ sie zusammen mit den Spuren im Fahrzeug verschwinden. Vielleicht hat er auch deshalb die beiden Morde begangen, um an die Unterlagen zu gelangen.«

»Das wäre sehr kurzfristig gedacht. Er musste doch wissen, dass wir in der Vergangenheit der beiden graben und auf ihn stoßen würden«, gab Röder zu bedenken.

»Aber Furcht vor Enttarnung ist ein klares Motiv, und er fühlte sich in die Enge getrieben. Seine Existenz stand auf dem Spiel, da handeln viele Leute irrational. Wir sollten nicht vergessen, dass er seinen Zwillingsbruder vermutlich aus ähnlichen Gründen umgebracht hat.«

Alle stimmten zu, dass das Motiv für beide Morde stark war, und diskutierten über die Mordwaffe, die von der französischen Polizei bei einem Taucheinsatz im Teich des Ziegengeheges gefunden worden war. Es handelte sich um einen Totschläger mit einer Teleskopfeder, wie er gern von der Stasi verwendet wurde, um beispielsweise Kniescheiben zu zertrümmern. Das Tatwerkzeug passte perfekt zu den Kopfverletzungen der beiden Opfer.

»Du kannst von Glück sagen, dass er seinen Totschläger schon weggeworfen und dir nur noch eins mit der Schaufel übergebraten hat. Sonst würdest du wahrscheinlich nicht hier sitzen«, sagte Steiner zu Röder, und im Raum herrschte für einen Moment betroffene Stille.

Röder fasste sich als Erster. »Was ist denn mit der Drogenspur?«, wollte er wissen.

»Ich denke, die können wir abhaken«, antwortete Steiner. »Laut unserem Drogenspezialisten war das Biehlers Privatvergnügen. Anscheinend finanzierte er damit seinen Lebensunterhalt und das Altersheim seiner Mutter. Das große Geld wollte er wohl mit der Erpressung von Schmidt alias Hasbach machen. Wir gehen davon aus, dass Schmidt von den Drogen wusste und die Tüte mit Stofftierchen bei Carola Lang platzierte. Er hat sie wohl bei Biehler mitgehen lassen, um gezielt eine falsche Spur ins Drogenmilieu zu legen. Der Mann war ein Profi und sein Lehrmeister die Stasi.«

»Okay«, sagte Röder. »Die Tötungsdelikte an Biehler und Lang sind damit aufgeklärt. Jetzt müssen wir uns auf die Suche nach dem Mörder von Schmidt konzentrieren.«

»Oder der Mörderin. Mit einer Pistole in der Hand kann auch eine Frau so brutal morden, wenn sie entsprechend in Rage ist«, warf Sybille ein und erntete zustimmendes Nicken der anderen.

»Wissen wir denn schon etwas Genaueres über die Waffe?«, fragte Röder.

»Eine Walther neun Millimeter kurz, wie unser Rechtsmediziner schon richtig vermutet hat. Ungewöhnlich sind die Spuren der Züge auf den Kugeln. Unser Fachmann meint, die seien typisch für die Dienstpistole 1001, die Nachkriegsvariante der Walther PP, so wie sie in der DDR gebaut und bei der Vopo ausgegeben wurde. Die Projektile sind jetzt beim LKA zur genaueren Auswertung.«

»Das ist interessant und ein weiterer Hinweis darauf, dass wir wahrscheinlich auf der richtigen Fährte sind, wenn wir mit der DDR-Vergangenheit weitermachen«, stellte Röder fest und wandte sich an Larscheid. »Gibt es in deinen Kopien von der Gauck-Behörde einen Hinweis auf eine dritte Person, die mit den anderen in Verbindung stand?«

Larscheid schüttelte den Kopf. »Bis jetzt nicht, aber ich habe mehrere hundert Seiten nur überflogen und nicht im Detail gelesen. Vielleicht ist da noch etwas drin.«

»Brauchst du Hilfe?«, fragte Röder.

»Nein, das schaffe ich allein, ich kenne mich in den Unterlagen ohnehin am besten aus.«

»Was ist eigentlich mit Biehlers Mutter?«, fragte Röder. »Wir kennen jetzt den ersten Teil der Geschichte, aber wer ist Schmidts alias Hasbachs Mörder?«

Larscheid und die Kriminalbeamten schauten sich gegenseitig fragend an.

Steiner war es schließlich, der das Wort ergriff. »Die alte Frau Biehler wurde vor drei Tagen von Freunden aus dem Altersheim abgeholt.«

»Sie wurde was?«

»Von Freunden abgeholt. Ein Altenheim ist kein Knast, und die Frau braucht sicher Zuspruch und Trost.«

»Und wo ist sie jetzt?«, wollte Röder wissen.

»Keine Ahnung, aber wir sind dran«, antwortete Steiner.

★★★

Steiner blieb zum Mittagessen. Larscheid hatte sich entschuldigt, und Sybille saß mit Köksal, dem Vater ihres ungeborenen Kindes, abseits an einem separaten Tisch. Sie wirkten ernst.

»Bei denen hängt doch hoffentlich nicht der Haussegen schief?«, fragte Röder.

»Sybille spricht von Abtreibung.«

»Was? Das kann sie doch nicht machen. Sie ist alt genug, und das Kind wird in stabile Verhältnisse reingeboren. Du musst ihr das ausreden.«

»Ich fürchte, das ist nicht meine Entscheidung. Sie ist im Moment ein wenig durcheinander und sieht ihre Karriere in Gefahr. Vielleicht solltest du mal mit Köksal sprechen.«

Sie wurden unterbrochen, als Röders Chef mit seinem Tablett neben ihnen auftauchte und Röder um ein dringendes Gespräch nach der Mittagspause ersuchte.

»Wie ich gesagt habe, es riecht nach dicker Luft«, sagte Steiner, aber Röder beruhigte ihn, denn schließlich hatten sie die beiden ersten Morde ziemlich sicher aufgeklärt. Dass der mutmaßliche Mörder nun auch tot war, eröffnete einen neuen Fall, an dem sie mit Hochdruck arbeiteten. Röder und Steiner stimmten sich ab, wie sie ihren Chefs gegenüber argumentieren wollten.

Tatsächlich konnte Röder den leitenden Oberstaatsanwalt beim anschließenden Gespräch, zu dem auch der Polizeipräsident telefonisch zugeschaltet war, von ihrer Position überzeugen. Das Ende vom Lied war allerdings, dass Röder den Rest des Tages mit der Vorbereitung einer Pressekonferenz beschäftigt war, die sein Chef angesichts des öffentlichen Drucks und der permanenten Anfragen der französischen Behörden für den späten Nachmittag angesetzt hatte. Alle wollten vor Weihnachten eine vollständige Aufklärung des

Falles verbuchen und beruhigt in die Ferien gehen können. Außerdem sollte die Aufklärungsstatistik für das ablaufende Jahr nicht durch einen ungeklärten Fall solchen Ausmaßes getrübt werden. Immerhin ließen sich bedeutende Teilerfolge verkünden. So versprach sein Chef, der auch Behördensprecher war, mit unerschütterlichem Selbstvertrauen eine restlose Aufklärung des Verbrechens noch vor dem Jahreswechsel.

Ansonsten verlief die Pressekonferenz ereignislos. Offenbar hatte die Öffentlichkeit trotz des spektakulären Falls kein besonders großes Interesse daran. Röder registrierte erstaunt, dass vielleicht ein bisschen mehr als die Hälfte der sonst üblichen Anzahl von Journalisten anwesend war, und konnte sich das Fernbleiben der anderen nur mit dem einsetzenden Weihnachtsstress erklären. Wirklich kritische Fragen gab es so gut wie keine, und sein Chef zeigte sich nach der Konferenz sichtlich erleichtert.

Röder bereitete noch die Pressekonferenz nach, prüfte schnell in seinem Büro die nicht aufschiebbaren Angelegenheiten und machte sich auf den Weg nach Hause. Er hatte Frankenthal gerade hinter sich gelassen, als ihm einfiel, dass seit Kurzem immer donnerstags ein Yogakurs in seinem Haus stattfand und er keinerlei Lust verspürte, über ayurvedische Ernährung zu sprechen, während er seine Schorle trank. Spontan änderte er seinen Plan und legte einen Stopp in Kallstadt ein.

Das Weingut seines Freundes war weihnachtlich beleuchtet, und in der Probierstube brannte Licht. Als er sie betrat, fiel ihm auf, dass der Buddha und die Räucherstäbchen verschwunden waren. Hellinger bediente gerade einige Kunden in der wiederhergestellten Probierstube. Max kam mit einer Weinflasche aus dem Lager, die zum Probieren bestimmt war. Röder wurde herzlich begrüßt, und Hellinger stellte ihm ungefragt eine Rieslingschorle hin. Die Kunden staunten ob des riesigen Weinglases, und einer wagte, im besten Hochdeutsch zu fragen: »Ist das eine Blumenvase?«, woraufhin Hellinger lachte und einen Vortrag über das pfälzische Kulturgut »Dubbeglas« hielt. Die Anspannung fiel von Röder ab, und er unterhielt sich mit den Gästen aus Hannover, denen Hellinger seinen Wein kistenweise mit einem Sackkarren an ihr Auto fuhr.

»Sag mal, wollte meine Tochter heute nicht aushelfen? Sie ist doch immer donnerstags bei dir.«

»Nein, sie hat sich wegen ihrer Abiturvorbereitungen entschuldigt. Das ist schon in Ordnung, denn es ist wirklich blöd, dass das Abitur heutzutage schon Mitte Januar geschrieben wird. Das war zu unserer Zeit besser, wir konnten uns in aller Ruhe auf den Weinfesten auf die nächsten Prüfungen vorbereiten«, sagte Hellinger und stieß mit Röder an.

»Oder sie ist mit Manu und Linda im Yogakurs, der gerade bei mir zu Hause stattfindet«, sagte der mit einem gewissen Frust in der Stimme.

»Das glaube ich nicht, denn Linda ist nicht mehr hier. Sie sagte, dass sie keinen Bock auf spießige Weihnachten habe, und hat sich kurzerhand einen Flug nach Indien gebucht. Sie wird die nächste Zeit im Ashram sein, um Zuflucht zu suchen und spirituell zu wachsen. Sie will damit ihren wahren Kern erkennen, sagt sie. So ähnlich hat sie jedenfalls gequatscht, als sie die Koffer gepackt hat.«

»Das tut mir leid zu hören. Habt ihr Streit gehabt?«

»Nicht direkt, aber Buddha, Wein und Ayurveda harmonieren nicht wirklich optimal miteinander.«

Röder empfand Mitleid für seinen sitzen gelassenen Freund und antwortete nicht sofort. Für einen Augenblick herrschte Schweigen im Raum, dann machte er spontan einen Vorschlag. »Max und du könnt Heiligabend gern bei uns verbringen. Meine Mädels sind ja ganz verrückt nach Max, und die Bescherung mit ihm wird bestimmt ein riesiger Spaß. Manu hat sicher nichts dagegen.«

»Darauf freue ich mich aber und Max bestimmt auch«, sagte Hellinger und klopfte Röder auf die Schulter. Er stand auf, um für Schorlenachschub zu sorgen, und Röder meinte, eine Träne in seinem Auge zu sehen. Offensichtlich war sein

Freund, der keine enge Verwandtschaft mehr hatte, ehrlich gerührt.

Hellinger begann, aus einer nicht etikettierten Flasche das »Pfälzer Lebenselixier« zu mischen. Es war sein Haustrunk und bester Schorleriesling. Dabei diskutierten sie noch eine Weile über »die« oder »der« Schorle und kamen zu dem Schluss, dass beides erlaubt war, obwohl den Pfälzern immer die männliche Form nachgesagt wurde.

»Die meisten sagen ›die Schorle‹«, stellte Hellinger fest, der es wissen musste. »Eine gängige Ausnahme ist ›äh schääner Schorle‹, den du dir am Schoppenstand auf dem Weinfest oder an einer Pfälzerwaldhütte bestellst.«

»Schää muss er gar net sinn. Schmecke muss er«, antwortete Röder in bester Pfälzer Manier, und die beiden bogen sich vor Lachen.

Röder verzichtete auf eine weitere Schorle und verabschiedete sich guter Dinge von dem Winzer seines Vertrauens. Als er zu Hause ankam, war es wieder einmal erstaunlich still in der weihnachtlich geschmückten Wohnung, aber es brannte Licht. Wie üblich wurde er stürmisch von Lotte begrüßt, die mit ihrem freudig wedelnden Schwanz die Weihnachtsdeko im Flur umriss, wobei zum Glück nichts zu Bruch ging.

Feli brütete tatsächlich wie angekündigt über einem dicken Ordner, der aussah wie die Unterrichtsmitschrift aus dem Fach Biologie, und Laura saß mit Stöpseln im Ohr auf der Couch, hörte Musik, las und knabberte dabei Lebkuchen. Manu fand er arbeitend am Ikea-Klapptisch im Yogazimmer vor.

»Ist denn heute kein Yogakurs?«, fragte Röder scheinheilig.

»Stell dir vor, Linda ist auf und davon. Sie ist in einem Ashram in Indien und hat alle Kurse abgesagt«, informierte ihn Manu, die an dem Klapptisch über ihrem Laptop brütete.

Röder verspürte große Erleichterung, auch wenn er versuchte, sich das nicht anmerken zu lassen. Deshalb lenkte er das Gesprächsthema auf den Drogenartikel, an dem Manu weiterhin arbeitete. Sie kam gut voran und hatte bereits Kontakt zu einem bekannten Nachrichtenmagazin aufgenommen, das großes Interesse an der Story zeigte. Mit einigem Erstaunen musste Röder hören, dass Manu auf Vermittlung von Steiner auch mit dem Verbindungsbeamten des Rauschgiftdezernats der Soko »Belzenickel« gesprochen hatte und den genauen Stand der Ermittlungen kannte. Manu beruhigte ihn, denn sie ins Vertrauen zu ziehen war überlegte Öffentlichkeitsarbeit der Ermittler. Es galt lediglich noch eine große Razzia abzuwarten, die am kommenden Wochenende auf den Weihnachtsmärkten stattfinden sollte, dann konnte der Artikel erscheinen.

»Was hältst du eigentlich davon, wenn wir Achim und Max zur Bescherung an Heiligabend einladen?«, fragte Röder, um das Thema zu wechseln. »Die beiden wären ja sonst ganz allein, und Max mit seinen leuchtenden Kinderaugen wäre bestimmt eine tolle Bereicherung für den Abend.«

»Im Grunde habe ich nichts dagegen, denn sie gehören ja quasi zur Familie. Aber du musst mir versprechen, dass ihr nicht bloß den ganzen Abend Schorle sauft und anfangt, Weihnachtslieder zu grölen. Es soll schon ein bisschen feierlich bei uns zugehen, was bedeutet, dass ihr zwei euch benehmen müsst.«

»Das ist doch für uns kein Problem«, antwortete Röder mit voller Inbrunst.

»Ach, Ben, noch etwas: Ich glaube, wir brauchen doch einen größeren Schreibtisch.«

SECHS

Der Freitagmorgen begann irgendwie verkorkst. Röder hatte ein langes Gespräch mit Köksal, der einen wichtigen Fall vor Gericht verloren hatte und unter seiner Rolle als werdender oder möglicherweise nicht werdender Vater litt. Röder staunte, als er am Ende des Gespräches erfuhr, dass bei den Köksals zu Hause früher immer ein Weihnachtsbaum gestanden hatte. Köksals Eltern, Deutsche mit türkischen Wurzeln, hatten das romantische Fest ihren Kindern nicht vorenthalten wollen. Auf die Frage, was er und Sybille an Weihnachten vorhatten, antwortete Köksal: »Wir werden wohl zu Hause bleiben. Die Zeiten, als meine Eltern zu Hause Weihnachten gefeiert haben, sind vorbei, und Sybille will sich bei ihren Eltern nicht blicken lassen, solange sie sich nicht entschieden hat, wie es weitergehen soll.«

»Kommt doch einfach an Heiligabend zu uns«, hörte Röder sich sagen. Er dachte daran, dass die Familienatmosphäre das Problem des jungen Paares vielleicht lösen konnte. Im selben Moment hoffte er inständig, dass es keinen Zoff geben würde, denn er konnte sich nichts Abschreckenderes für eine unentschlossene werdende Mutter vorstellen als einen Familienkrach. Den gab es im Hause Röder das eine oder andere Mal auch zu festlichen Anlässen, wenn sie sich zu lange auf der Pelle saßen.

Es war kurz vor der Mittagspause, und Köksal war gerade gegangen, als Steiner anrief.

»Hallo, Ben«, grüßte er, und Röder merkte am Tonfall seines Freundes, dass etwas nicht stimmte. »Ich habe eine starke Vermutung, wenn nicht sogar einen Verdacht, wer unsere gesuchte Person ist.«

»Sehr gut. Wer ist es deiner Meinung nach?«

»Die Antwort wird dir nicht gefallen.«

»Egal, nun sag schon.«

»Ich habe mir Larscheids vorläufigen Bericht und die Unterlagen, die er zitiert, noch einmal genauer angesehen. Dann habe ich bei der BStU eine Liste jener Unterlagen angefordert, die Larscheid bei seinen Recherchen eingesehen und angefordert hat.«

»Na und?«, sagte Röder, aber gleichzeitig beschlich ihn ein mulmiges Gefühl.

»Ich habe seinen Bericht mit den Listen verglichen und Diskrepanzen festgestellt. Die entsprechenden Unterlagen habe ich angefordert und vor einer halben Stunde gefaxt bekommen.«

»Was steht drin?«, fragte Röder knapp.

»Larscheid und sein zwei Jahre älterer Bruder sind 1988 von Schmidt verhört worden.«

Röder hatte jetzt einen dicken Kloß im Hals. »Warum?«

»Die Anklage klingt schwerwiegend: ›Gewerbsmäßige Herstellung und Vertrieb halluzinogener Suchtmittel‹.«

»Das ist allerdings heftig.«

»Dabei kann ich mir das nicht so wirklich vorstellen. In der DDR gab es keine große Drogenszene, und Larscheid war gerade mal fünfzehn, sein Bruder siebzehn. Solche Halbstarken sollen Schwerkriminelle gewesen sein?«

»Komisch, Jürgen hat nie einen Bruder erwähnt.«

»Ja, sehr seltsam, nicht? Keiner will einen Bruder gehabt haben. Und noch etwas: Larscheids Vater war ein hohes Tier bei der Vopo.«

»Hohes Tier? In seiner Personalakte steht etwas von einem kleinen Streifenbeamten.«

»Danach sieht es den Unterlagen zufolge aber nicht aus. Larscheid hat auch die Akte über ihn bei der BStU eingesehen. Aber egal, ob großes oder kleines Tier, das könnte eine Erklärung für die Polizeipistole 1001 sein, mit der Schmidt alias Hasbach erschossen wurde. Was sollen wir davon halten? Ich hätte Larscheid nichts von meinem Verdacht gesagt, aber ich wollte ihn unter einem Vorwand anrufen, um zu sehen, wo er steckt. Ich konnte ihn aber nicht erreichen, weder im Büro noch auf seinem Handy.«

»Ich kann es noch nicht glauben, aber das muss er uns auf alle Fälle erklären. Ich rufe dich gleich zurück«, sagte Röder und knallte den Hörer auf die Station. Aufgeregt lief er zur Tür und riss sie so heftig auf, dass Frau Vogel im Vorzimmer erschrak und den Fingernagel versaute, den sie gerade lackierte. »Wo ist Larscheid?«, brüllte Röder.

»Der ist schon vor einer Viertelstunde gegangen«, antwortete Frau Vogel zaghaft.

»Haben Sie eine Ahnung, wo er sein könnte?«

»Ich nehme an, zu Hause, es ist schließlich Freitag.«

»Versuchen Sie, ihn zu erreichen, und lassen Sie nicht locker. Sein Telefon und sein Handy müssen glühen. Ich muss ihn unbedingt sprechen.«

»Manchmal fährt er freitags nach Altrip zu seinem Bootsverein. Da bastelt er auch im Winter an seinem Boot herum und trifft sich mit Vereinskollegen.«

Röder erinnerte sich, dass Larscheid ein Sportboot besaß und ihn immer mal auf eine Spritztour mitnehmen wollte. Er hatte ihm sogar mal Bilder vorgelegt, die ein schnittiges rotes Boot mit einem schwarzen Verdeck zeigten, das von irgendeiner Dreihundert-PS-Monstermaschine angetrieben wurde.

»Ich muss weg, aber Sie versuchen weiterhin, Larscheid aufzutreiben«, schärfte er Frau Vogel ein und ging ins Büro zurück, um seine Winterjacke zu holen. Auf dem Weg nach draußen rief er Steiner zurück und teilte ihm mit, dass Larscheid in Altrip sein könnte. Steiner versprach, dorthin zu kommen und unterdessen eine Polizeistreife zu Larscheids Wohnung nach Heßheim zu schicken.

Röder quälte sich durch den Stadtverkehr, bis er bei Studernheim endlich Gas geben konnte und auf die B 9 Richtung Süden auffuhr. Er fluchte heftig, als er auf der Höhe von Maudach in eine Radarfalle geriet, doch er dachte nicht daran, das Tempo zu drosseln. An der Abfahrt nach Rheingönheim staute sich der freitägliche Feierabendverkehr, und er bedauerte, dass er kein Blaulicht wie die Kriminalpolizei hatte und sich durchdrängeln konnte. Schließlich passierte er die Blaue Adria und den Silbersee und erreichte den Ortseingang von Altrip. Nun war er allerdings aufgeschmissen, denn er hatte keine Ahnung, wie er von hier aus zum Motorbootclub kommen sollte. Viel zu spät fiel ihm ein, dass er den Weg auf seinem Smartphone googeln könnte, was sich auf dem kleinen Display zu einer nervenaufreibenden Angelegenheit auswuchs. Er wollte das Gerät schon aus dem Fenster werfen und einen Passanten nach dem Weg fragen, als er endlich eine brauchbare Karte laden konnte. Röder stellte fest, dass sich der Club an einem Altrheinarm im Prinz-Karl-Wörth-Hafen bei Rheinkilometer vierhundertsiebzehn befand. Er musste umkehren und nach einer Zufahrtsstraße suchen, die hinter dem Silbersee nach rechts zur Gaststätte »Weißes Häus'l« abzweigte.

Diesmal fand er den Weg ohne große Schwierigkeiten und bretterte die schmale Straße entlang, was ihm wütende Gesten einiger Hundebesitzer einbrachte, die hier mit ihren Vierbeinern unterwegs waren. Vor der Gaststätte musste er scharf rechts abbiegen, was eine große Schlammfontäne zur Folge hatte und noch mehr Hundebesitzer gegen ihn aufbrachte. Nach gut einem Kilometer sah er endlich die Clubgebäude und die kleine Anlegestelle.

Ein alter Traktor stand mit einem Bootstrailer nah am Wasser, und Röder erkannte schon von Weitem das knallrote Boot mit dem schwarzen Verdeck. Larscheid arbeitete an Deck, er hatte das Boot offensichtlich gerade erst zu Wasser gelassen und den Motor gestartet. Röder rannte über den Steg auf das Boot zu, als im selben Moment ein Zivilfahrzeug mit einem aufgesetzten Blaulicht vor dem Traktor stoppte. Steiner sprang heraus und lief ebenfalls zum Steg. Larscheid erblickte sie, hechtete zum Führerstand und rammte in dem Moment den Gashebel nach vorn, als Röder mit einem waghalsigen Sprung hinter Larscheid im Boot landete, das rasant beschleunigte.

Larscheid verpasste Röder einen Tritt, damit er Abstand

hielt, lenkte mit der einen Hand das Boot und griff mit der anderen in seinen Anorak, aus dem er eine alte Walther zog und sie auf Röder richtete. »Was machst du denn hier?«, brüllte er gegen den heulenden Lärm des Motors an.

»Na, was wohl? Ich weiß, dass du Schmidt umgebracht hast.«

»Das Schwein hat es nicht anders verdient.« Das Boot hatte die Fahrrinne des Rheins erreicht, und Larscheid steuerte es flussabwärts. »Du solltest nicht hier sein«, schrie er.

»Halt das Boot an«, brüllte Röder.

»Bleib da, wo du bist, oder ich schieße.«

In atemberaubender Geschwindigkeit zogen sie an einem Frachtschiff vorbei, das zu Berg fuhr.

»Halt das Boot an oder erschieß mich«, rief Röder und ging erneut auf Larscheid zu. Der zögerte nicht lange und riss den Gashebel zurück, woraufhin das Boot abrupt stoppte und Röder der Länge nach auf das Deck krachte. Sofort war Larscheid über ihm und zerrte ihn in die Kabine. Röder wehrte sich nur schwach. Er war von dem Sturz benommen, und Larscheid war jünger und ein durchtrainierter Sportler. In der Kabine realisierte er, dass Larscheid ihn eingesperrt hatte und das Boot wieder volle Fahrt aufnahm. Er schlug mit den Fäusten gegen die Tür, die sich aber als erstaunlich stabil erwies. Mit Schrecken musste er feststellen, dass Larscheid das Boot nach rechts in die Fahrrinne des Gegenverkehrs lenkte.

Sie befanden sich auf der Höhe der Reißinsel, wo der Rhein eine Schleife machte, bevor er wieder geradeaus nach Nordwesten schwenkte. Röder blickte in Fahrtrichtung und sah in einiger Entfernung einen großen Schubverband, der soeben die Konrad-Adenauer-Brücke passiert hatte. Er brüllte, aber Larscheid steuerte direkt auf den Bug des riesigen entgegenkommenden Gefährts zu und holte das Letzte aus der dreihundert PS starken Maschine heraus. Den Rumpf steil aufgerichtet, flog das Boot über das Wasser. Larscheid kämpfte mit dem Steuer, um es bei dieser Geschwindigkeit auf Kurs zu halten.

In der Kabine riss Röder in seiner Verzweiflung den kleinen Feuerlöscher aus der Halterung und hämmerte ihn gegen die Kabinentür. Der Kapitän des Schubverbandes hatte sie wohl bemerkt, denn Röder konnte die warnende Schiffssirene hören, die sogar den lärmenden Motor des Sportbootes übertönte. Er hieb gegen die Sicherheitsglasscheibe, die zerbarst und sich aus dem Rahmen wölbte, aber erst nach dem vierten Schlag vollends nachgab. Die Öffnung war allerdings viel zu klein, als dass Röder sich hindurchzwingen könnte. Er versuchte, den Schlüssel zu fassen zu bekommen, der außen in der Tür steckte. Die Schiffssirene ertönte zum wiederholten Mal, inzwischen so nah, als wäre sie unmittelbar neben ihm. Entsetzt drehte Röder sich um und sah den Bug des Schubverbands auf sich zukommen. Dann wurde er auch schon auf den Boden geschleudert und dachte für einen kurzen Moment, dass das der Aufprall und damit sein Ende war. Aber das Boot hatte plötzlich gestoppt, und der Motor erstarb, bis es schließlich nur noch vor sich hin dümpelte. Larscheid hatte in letzter Sekunde das Steuer herumgerissen und das Boot zum Stehen gebracht.

Röder rappelte sich stöhnend auf. Larscheid hatte die Tür geöffnet und stand vor ihm, die Pistole in der Hand. Die Mündung war auf den Boden gerichtet.

»Du Vollidiot«, schrie Röder. »Willst du uns umbringen?«

»Nein, nur mich, aber du bist mir dazwischengekommen, sonst wäre ich gegen das Schiff gerast. Du hast alles vermasselt.«

»Du hast alles vermasselt. Du warst einer meiner besten Mitarbeiter.«

Larscheid nickte. »Und jetzt bin ich ein Verbrecher. Ein ganz gewöhnlicher Verbrecher.«

»Warum hast du Schmidt umgebracht?«

»Warum? Weil er ein Schwein war. Er hat nicht nur Biehler und seine Freundin auf dem Gewissen, sondern auch meinen Bruder.«

»Deinen Bruder? Deinen zwei Jahre älteren Bruder?«

»Du weißt davon?«

»Nicht alles, du musst mir die Geschichte erzählen.«

»Ja, du sollst sie hören, denn alle Welt soll wissen, was für ein Unrechtsstaat die DDR war und dass bei mir, obwohl ich dachte, es sei längst vergessene Vergangenheit, auch Jahre danach alles wieder hochgekommen ist und mein Leben und meine Zukunft kaputtgemacht hat.«

Röder hatte das Gefühl, dass er seinen Mitarbeiter in den Arm nehmen sollte, so mitleiderregend wirkte Larscheid mit einem Mal auf ihn, aber er schwieg. Aus vielen Verhören wusste er, dass jetzt der Zeitpunkt zum Sprechen gekommen war.

»Mein Bruder und ich haben Hanfsamen aus Vogelfutter rausgepickt und den Mist in einen Blumentopf gesetzt. Mensch, das war ein harmloser Dummejungenstreich. Hier im Westen wäre für das schwache Zeugs und die geringe Menge das Verfahren eingestellt worden, oder wir hätten eine väterliche Ermahnung vom Richter bekommen.«

»Nicht so in der DDR.«

»Nein, nicht so in der DDR. Du musst wissen, dass mein Vater kein einfacher Streifenbeamter in der DDR war. Er war ein Oberst bei der Volkspolizei. Da habe ich in meinem Lebenslauf gelogen.«

»Es gibt in Deutschland keine Sippenhaft. Egal, was dein Vater früher getan hat, du bist Jurist und Staatsanwalt geworden. Ein guter sogar.«

»Das ist nicht der Grund. Ich habe mich für meinen Vater geschämt, ja, aber das war längst nicht alles. Er trägt an allem die Schuld.«

»Schuld an was?«, fragte Röder.

»Er hat den Blumentopf entdeckt, aber anstatt uns zur Rede zu stellen, hat er einen Bekannten von der Stasi gebeten, uns einen Schreck einzujagen.«

»Einen Schreck einjagen? Für was sollte das gut sein?«

»Das frage ich mich auch, aber mein Vater war ein linientreuer und harter Mann. Ein Verhör durch die Stasi sollte uns zur Räson bringen, quasi eine Erziehungsmaßnahme der besonderen Art. So wurden wir auf dem Heimweg von der Schule einkassiert. Zwei Wartburgs fuhren vor, Männer stiegen aus und brachten uns getrennt voneinander in die berüchtigte Stasi-Zentrale in der Bautzner Straße.«

»Das ist unglaublich.«

»Schlimmer als unglaublich, es war der blanke Horror. Und die sogenannte ›Erziehungsmaßnahme‹«, Larscheid sprach das Wort betont spöttisch aus, »ging furchtbar daneben.«

»Wie meinst du das?«

»Ich kann nur sagen, was mir passiert ist, aber ich nehme an, dass es meinem Bruder genauso erging. Ich musste mich ausziehen und wurde einer Leibesvisitation unterzogen, wobei die Beamten nicht gerade zimperlich vorgingen. Dann gaben sie mir meine Unterwäsche zurück und steckten mich in ein winziges, verdrecktes Loch, in dem sich nur eine Pritsche und ein nach Exkrementen stinkender Eimer befanden. Nach Stunden in diesem stickigen, heißen Loch ohne Wasser und mit einer Scheißangst wurde ich dem Verhöroffizier vorgeführt.«

»Schmidt.«

»Genau, Schmidt.« Larscheid spuckte auf den Boden. »Wenn ich heute Nazi-Filme sehe, denke ich immer, die Stasi war genauso schlimm.«

»Wie ist das Verhör abgelaufen?«

»Immer wieder die gleichen Fragen. Wie mein Name sei, wo ich geboren wurde, wo ich zur Schule gehe, wer meine Kontaktleute in der BRD seien und so weiter und so weiter. Den ganzen Quatsch wieder und wieder von vorne. Dann Schläge, Kopf-auf-die-Tischplatte-Drücken und noch mal die gleichen Fragen. Mensch, wir hatten ein paar mickrige Hanfpflänzchen in Mutters Blumentopf gepflanzt. Deswegen waren wir schon Feinde des Arbeiter-und-Bauern-Staats?«

»Was war mit deinem Bruder?«, fragte Röder und erschrak wegen Larscheids heftiger Reaktion, als dieser unversehens zu weinen anfing.

»Er hat's nicht überlebt!«, rief er unter Tränen. »Die Misshandlung, der Stress, nichts zu trinken und diese Scheißangst. Er ist im Verhör zusammengebrochen, und dieser Vollidiot von Sanitäter, den Schmidt gerufen hatte, fächelte ihm Luft zu, statt ihn fachmännisch zu reanimieren.«

»War dein Bruder krank?«, fragte Röder, nachdem sich Larscheid wieder einigermaßen beruhigt hatte.

»Das war er wohl. Man hat ihn obduziert und stellte fest, dass er seit seiner Geburt an einem unerkannten Herzfehler litt. An einem, mit dem man bei richtiger Behandlung und gegebenenfalls einer Standard-OP hundert Jahre hätte alt werden können.«

Röder war fassungslos. Der Franzose, der laut Capitaine Pauline Godart 1988 in Ostberlin von der Stasi aufgegriffen und verhört worden war, hatte Larscheids älteren Bruder sterben sehen. »Und dein Vater?«, fragte er leise.

»Der ist darüber wahnsinnig geworden, besonders, als er kaum zwei Jahre später mit ansehen musste, wie sein Lebenswerk den Bach runterging. Ich hatte kein Mitleid mit ihm, das geschah ihm vollkommen recht. Jetzt sitzt er schon seit ein paar Jahren in der Klapse und stiert seine alten Bilder an. Letzte Woche war ich bei ihm, um ihm zu sagen, dass Schmidt lebt, und hoffte, er würde die Nachricht nicht verkraften und tot umfallen. Mutter hatte sich nach der Wende von ihm getrennt, auch sie habe ich besucht.«

»Sie wird nicht stolz auf dich sein.«

»Nein, aber sie wird mich verstehen. Mein Vater hatte mir gesagt, dass Schmidt sich nach der Wende in Berlin das Hirn aus dem Kopf geblasen hat, in dem Jahr, als ich das Abitur gemacht habe. Ich war auf der einen Seite erleichtert, auf der anderen Seite auch wieder nicht. Der Kerl war mir zu leicht davongekommen. Trotzdem war es eine gute Nachricht, dass das Schwein tot war, und daran habe ich die ganzen Jahre geglaubt.«

»Bis der Mord an Biehler geschah und du den Fall übernommen hast.«

»Ja. Du glaubst gar nicht, was das für ein Wechselbad der Gefühle war, als ich merkte, was wirklich ablief. Meine Gereiztheit ist dir ja aufgefallen. Ich habe Jura studiert und fühlte mich jahrelang der Gerechtigkeit verpflichtet. Mit meiner Doktorarbeit glaubte ich einen Beitrag zur Aufarbeitung der Stasi-Geschichte geliefert und einen Schlusspunkt unter meine persönliche Vergangenheit gesetzt zu haben. Bis ich dem Schinder von damals gegenüberstand und sein Muttermal erkannte. Ich habe nicht gewusst, dass Schmidt einen Zwillingsbruder im Westen hatte.«

Röder hatte keine Worte mehr und schwieg. Mit wehmütigem Blick schaute er seinen Mitarbeiter an, der einmal so viel Hoffnung in sich getragen und nun alles verloren hatte.

»So, jetzt weißt du alles«, sagte Larscheid und steckte sich mit einer flinken Bewegung die Pistole in den Mund.

»Nein, tu's nicht«, schrie Röder, aber Larscheid drückte ab. Das Klicken war nicht zu überhören, doch ein Schuss löste sich nicht.

Larscheid lächelte. »Ich habe keine Munition mehr. Das Scheißding ist leer, ich habe das gesamte Magazin auf das Arschloch abgefeuert.« Er warf die Waffe achtlos auf den Boden. »Das ist heute wohl nicht mein Tag.«

»Nein, beileibe nicht. Das ist heute wirklich nicht dein Tag«, sagte Röder und umarmte nun doch seinen zitternden Mitarbeiter, der es nicht mehr lange sein würde, als draußen bereits das Boot der Wasserschutzpolizei an der Steuerbordseite beilegte.

Rechtzeitig zu Heiligabend hatte leichter Schneefall einge-
setzt und überzog die Pfalz wie eine Schicht Puderzucker.
Auf den Straßen fuhren keine Autos, und die einzigen Ge-
räusche waren die Kirchenglocken, deren gedämpfter Klang
die heimelige Stimmung unterstrich.

Im Hause Röder hatte am Nachmittag, bevor die Gäste
eingetroffen waren, das übliche Festtagschaos geherrscht.
Wegen des späten Eintreffens ihrer ältesten Tochter lagen
Manus Nerven blank, Röders Mutter versuchte, einen hoch-
gewachsenen Kaktus statt einer Kerze anzuzünden, und Feli
stritt sich mit Laura aus nicht nachvollziehbaren Gründen.
Mitten in diesem Trubel hatte Lotte bei einer Hetzjagd durch
das Wohnzimmer den bereits geschmückten Tannenbaum
umgerissen. Zum Glück hielt sich der Schaden in Grenzen,
und die Christbaumspitze hatte Röder mit Sekundenkleber
retten können.

Röder, Hellinger und Köksal standen mit einer Tasse
Glühwein in einem geschützten Eck auf der Dachterrasse
und genossen die Ruhe und Stille der Heiligen Nacht. Sie
waren von den Frauen aus der Küche rausgeschmissen worden, weil sie bei den Vorbereitungen für das gemeinsame
Essen angeblich nur im Weg herumstehen würden. Einzig
die Verantwortung für die Weinversorgung wurde ihnen
übertragen, was sie schnell erledigt hatten, sodass sie nun
Zeit für das winterliche Heißgetränk hatten.

»Das ist schon krass, dass der eigene Vater seine Söhne an
die Stasi ausliefert«, sagte Köksal.

»Ja, eine verquere Auffassung von Erziehung und Pflicht-
erfüllung«, entgegnete Röder. »Die Absicht des Vaters war
es, seine Söhne auf den Pfad der realsozialistischen Tugend
zurückzubringen, er wollte ihnen einen Schreck einjagen.
Das Perverse dabei war, dass Schmidt nach dem Todesfall

eine Erklärung für sein brutales Vorgehen brauchte und einen riesigen Fall von Drogenhandel konstruierte, dessen Haupttäter Larscheids toter Bruder war. In den Akten schuf er haltlose Verbindungen nach Westdeutschland, die angeblich dem Zweck dienen sollten, die saubere DDR mit Drogen zu überschwemmen. Dass er alles erfunden hatte, konnte man ihm natürlich nicht nachweisen, weil der Haupttäter gestorben war.«

»Und Larscheids Vater hat das gebilligt?«

»Na klar. Er wollte einen Imageschaden der Behörde vermeiden. Larscheid wurde im Gegenzug offiziell entlastet, weil er angeblich nichts von den Machenschaften seines großen Bruders gewusst hatte.«

»Was für eine schlimme Lügengeschichte«, sagte Hellinger. »Da frage ich mich, warum er den Vater nicht gleich mit erschossen hat.«

»Er war fünfzehn, und sein Vater tat alles, um die Sache zu vertuschen. In dem Alter und in diesem Staat war es für ihn unmöglich, aufzumucken, zumal er das ganze Ausmaß der perfiden Intrige erst lange nach der Wende verstand. Ihr müsst euch vorstellen, dass die Stasi-Unterlagen ja erst ab 1991 so nach und nach der Öffentlichkeit zugänglich gemacht wurden. Larscheid hatte auch schon bald darauf Einsicht beantragt und, wie ihr wisst, über die Stasi promoviert. Doch da war Schmidt offiziell längst tot und der Vater ein Wrack.«

»Was passiert jetzt mit ihm?«, fragte Hellinger.

»Rache als Motiv, keine verminderte Schuldfähigkeit. Er bekommt lebenslänglich«, antwortete Röder, und es herrschte betretenes Schweigen.

»Ich habe in der ›Rheinpfalz‹ gelesen, dass es am vergangenen Adventswochenende auf beinahe allen Weihnachtsmärkten in der Pfalz Drogenrazzien gab«, wechselte Hellinger das Thema.

»Ja, es wurden sechs falsche Weihnachtsmänner verhaftet, die offenbar nicht nur Kinderträume verteilt haben. Manu hat übrigens einen exklusiven Artikel über diese skurrile Art des

Drogenhandels geschrieben, der nächste Woche im ›Spiegel‹ erscheint. Über Larscheids Geschichte wird sie wohl auch einen Artikel machen.«

»Das ist ja super, dann kannst du ja in Rente gehen und Manu arbeiten lassen.«

»Genau. Hauptsach, isch bin gsund unn moi Fraa hat Arbeid«, antwortete Röder und stieß mit seinen beiden Freunden an.

»Ich habe gehört, eure Frauen geben keine Yogakurse mehr. Stimmt das?«, fragte Köksal und merkte nicht, dass er damit bei Hellinger in einen Fettnapf tappte.

»Ja, Marie-Claires altes Zimmer wird jetzt endlich zu unserem Arbeitszimmer, so wie es von Anfang an geplant war. Unser Schreiner hat mir versprochen, gleich im neuen Jahr den alten Jugendstilschreibtisch von meinem Vater aufzuarbeiten. Der ist ein echtes Schmuckstück, sage ich euch.«

Sie plauderten noch eine Weile über alle möglichen Themen. Röder staunte am meisten darüber, dass Hellinger zwischen den Feiertagen wieder eine Weinbestellung ins Elsass liefern würde: an Madame Capitaine Pauline Godart, die offensichtlich nicht nur Gefallen an Hellingers Wein gefunden hatte.

»Du bist ein unverbesserlicher Hallodri«, stellte Röder fest.

Ihr angeregtes Gespräch wurde von den Frauen unterbrochen, die energisch zum Essen riefen, woraufhin die Familie Röder und ihre Gäste an der Esszimmertafel Platz nahmen. Die Tafel reichte in diesem Jahr kaum für die große Personenzahl aus und bog sich unter der aufgefahrenen Menge an Speisen regelrecht durch. Manu und ihre Töchter hatten feierlich eingedeckt. Das Geschirr und die Weinrömer waren ein wenig altmodisch und kamen mittlerweile fast nur noch an Weihnachten auf den Tisch. Aus Familientradition gab es am Heiligabend immer Fleischfondue mit vielfältigen Beilagen und einer großen Menge an italienischen Antipasti, in die sich Röder hineinsetzen konnte. Auf den Tischen köchelte bereits die Fleischbrühe in zwei Fonduetöpfen.

»Du siehst gut aus, mein Kind«, sagte Röders Mutter zu ihrer ältesten Enkelin, die spät aus Gießen eingetroffen war. »Danke, Oma. Ich fühle mich auch wohl.« »Hast du denn keine Übelkeit am Morgen?« »Oma, dir entgeht aber auch wirklich nichts.« Marie-Claire musste lachen. »Nein, ich habe keine Übelkeit am Morgen.« »Prima, dann bekomme ich einen Urenkel!« »Was erzählt ihr denn da?«, fragte Röder, der sich mit Köksal unterhalten hatte und nur den letzten Teil des Gespräches mitbekommen hatte. Am ganzen Tisch war es ruhig geworden.

»Eigentlich wollte ich es euch in aller Ruhe sagen, aber Oma kann man nichts vormachen, sie hat mich gleich durchschaut: Ich bin schwanger.«

Das Schweigen hielt noch einen kurzen Moment an, bis Manu das Eis brach und mit Tränen in den Augen ihre Tochter umarmte. »Herzlichen Glückwunsch, meine Große. Das ist ja eine tolle Überraschung zu Weihnachten.«

Im Nu standen alle Geschwister um Marie-Claire herum und gratulierten, streichelten ihren Bauch und wollten alles genau wissen.

Als Röder seine Tochter drückte und ihr herzlich gratulierte, fragte er: »Wer ist denn der glückliche Vater?«

»Den werdet ihr schon noch kennenlernen.«

Röder grübelte noch lange über die Antwort seiner Tochter, aber er wollte die gute Stimmung nicht verderben und bohrte nicht weiter.

»Mensch, Opa, nun guck doch nicht so blöd aus der Wäsche«, sagte Hellinger und grinste dabei über das ganze Gesicht. »Da ich ja wusste, dass Sybille kommt, hab ich alkoholfreien Secco mitgebracht. Ich denke, das ist jetzt die Gelegenheit, eine Flasche davon zusammen mit der Kiste Winzersekt, die ich dir unter den Weihnachtsbaum gestellt habe, aufzumachen.« Da er sich im Haushalt der Röders gut auskannte, ging er zum Schrank, wo die Sektgläser standen, und begann, sie auszuräumen, um sie gleich darauf mit seinen besten Erzeugnissen zu füllen. »Auf die zwei neuen Erdenbürger, die zwar schon unter uns weilen, die wir aber noch nicht kennen«, rief er einen Toast in den Tumult hinein. Aufgeregt und fröhlich feierte die Gesellschaft bis in die Nacht hinein. Bei der Bescherung waren die aufgeregten Kinderaugen von Max das Gesprächsthema Nummer eins, und auch Sybille hatte einen besonderen Glanz in den Augen, als sie sich mit Marie-Claire unterhielt. In einem ruhigen Augenblick zog Röder seine Frau an sich und küsste sie innig. Sie waren sich einig, dass sie ihre Tochter mit aller Kraft unterstützen würden, damit ihr Enkel einen guten Start haben und Marie-Claire weiterstudieren konnte.

»Hast du eigentlich das Buch gesehen, das Achim uns geschenkt hat?«, fragte Manu.

»Du meinst den dicken Schinken ›Der perfekte Sommelier‹, der auf der Weinkiste lag?«

»Genau den. Das siebte Kapitel ›Charakteristik der Pfälzer Weine‹ stammt von ihm. Ich habe ihm dabei ein bisschen geholfen.«

»Ach, jetzt verstehe ich, warum du so eine Weinkoryphäe geworden bist. Ich habe mich schon gewundert, dass du dir auf einmal so ein großes Wissen über Wein angeeignet hast.«

»Ach Ben, manchmal bist du echt naiv. Du musst doch nur mal kurz auf das Flaschenetikett oder in die Weinliste schauen und ein paar Standardfloskeln darum herumbauen. Fertig ist die Weinbesprechung. ›Intensive, betörende Würze in der Nase, Kräuter, Blüten und ein leichtes Bouquet an exotischen Früchten. Jung und dennoch schon sehr elegant.‹ Willst du noch mehr hören?«

»Sprichst du jetzt von Achims Grauburgunder, den wir zum Essen hatten?«

»Nein, von dem Aftershave, das ich dir geschenkt habe«, antwortete Manu lachend.

Sie wurden von Marie-Claire unterbrochen. »Du, Papa, wenn das Kind kommt, muss ich mich wohl ein oder zwei

Semester beurlauben lassen. Ich wollte dich fragen, ob ich so lange in mein altes Zimmer einziehen kann. Mama ist einverstanden.«

»Sag mir bitte nur rechtzeitig, ob ich die Wände blau oder rosa streichen muss«, antwortete Röder resigniert, denn das eigene Arbeitszimmer war damit wieder in weite Ferne gerückt.

Dank

Mein Dank gilt allen Freunden, Unterstützern und Lesern meiner Bücher. Ihr Feedback ist sehr wichtig für die Weiterentwicklung der Serie und die fruchtbaren Diskussionen, die sich daraus ergeben. Sehr lehrreich war beispielsweise der Diskurs über »der« oder »die« Rieslingschorle. Laut Wikipedia ist beides erlaubt, jedoch gelten die Pfälzer als Vertreter des Maskulinums. Nun, zumindest in meinem Umfeld wird überwiegend (von wenigen Ausnahmen abgesehen) die weibliche Form bevorzugt, wobei auf der Hütte schon mal »ä schääner Rieslingschorle« bestellt wird. Der klare Konsens ist jedenfalls, dass es gar nicht auf die Schönheit ankommt, sondern, dass er/sie schmecken muss.

Insbesondere haben mich dieses Mal unterstützt: Dr. Claudia Bald und Dr. Felix Krabetz mit medizinischen Hinweisen und Details sowie die Familie Zinck, die sich freut, dass ihr schönes Restaurant in Niedersteinbach, das »Cheval Blanc«, Schauplatz geworden ist (unbedingt mal hinfahren).

Neben dem Winzer meines Vertrauens ist auch mein »Deitschlehrer« Helmut Geier sehr wichtig, der unermüdlich an der Eliminierung meines Pirmasenser Idioms arbeitet.

Martin Schröder aus Hettrum danke ich herzlich für das Gedicht »De Pfälzer Bub und kän Belzebub«. Ich staune immer wieder darüber, welche Talente in Menschen stecken, die ich schon seit Jahren kenne.

Meiner Familie bin ich großen Dank schuldig, denn sie liefert mir immer wieder Anregungen aus dem echten Leben und Tipps für die Handlung. Zum sechsten Mal hat Alex übrigens als Erster das Skript gelesen und seine Meinung geäußert.

Mein ausdrücklicher Dank gilt den Mitarbeiterinnen und Mitarbeitern des Emons Verlags, mit denen ich als Wiederholungstäter immer gern zusammenarbeite. Es macht einfach Spaß, und es wird weitergehen …

Markus Guthmann
WEINSTRASSENMORD
Broschur, 192 Seiten
ISBN 978-3-89705-491-2

»*Eine mörderisch spannende Story, humorvoll eingebettet in die Welten des Weinbaus, der Konzerne und der Computerkriminalität.*« Stadtanzeiger Neustadt

»*Seine Figuren zeichnet Guthmann detailliert, und mit einigen überraschenden Wendungen schafft er es, bis zum Ende Spannung in der Geschichte zu halten.*« Pirmasenser Zeitung

www.emons-verlag.de

Markus Guthmann
WEINSTRASSENMARATHON
Broschur, 192 Seiten
ISBN 978-3-89705-555-1

»Die Kombination aus Sport, Sex & Crime ist einfach fesselnd.«
Running – das Laufmagazin

»Richtig gut geschrieben.« SR3 Saarlandwelle

www.emons-verlag.de

Markus Guthmann
WEINSTRASSENRALLYE
Broschur, 192 Seiten
ISBN 978-3-89705-637-4

»Der Roman will vor allem eines: unterhalten. Das tut er mit
Bravour. Der Leser kann sich mit einem Glas Schorle ein Plätz-
chen in der Handlung suchen, mit dem Staatsanwalt auf Altauto-
Traumfahrt gehen und wird das Buch wahrscheinlich erst zur
Seite legen, wenn er die letzte umgeblättert hat.«　Prinz

»Ein unterhaltsamer Krimi mit viel Landschaft und Atmosphäre,
Spannung und Witz.«　Stadtanzeiger Neustadt

www.emons-verlag.de

MARKUS GUTHMANN

Weinstraßenabsturz

PFALZ KRIMI

emons:

Markus Guthmann
WEINSTRASSENABSTURZ
Broschur, 192 Seiten
ISBN 978-3-89705-885-9

*»Spannende Passagen wechseln sich ab mit humorvollen Be-
gebenheiten an lokalen Ortspunkten.«* Die Rheinpfalz

*»Durch heitere familiäre Episoden wurden kriminalistische
Spannungsbögen wiederholt aufgelockert. Viel Lokalkolorit
rund um das ›Dubbeglas‹ und die Bad Dürkheimer Saline ver-
leihen ›Weinstraßenabsturz‹ einen ausgesprochen charmanten
Charakter.«* Mannheimer Morgen

www.emons-verlag.de

Markus Guthmann
WEINSTRASSENGOLD
Broschur, 208 Seiten
ISBN 978-3-95451-149-5

*»Die Spannung kommt in dem Pfalz-(Eifel-)Krimi nicht zu kurz,
mit einem packenden Showdown in der dunklen Eifel.«*
www.deutscheweine.de